太平洋の精神史

The Cultural History of the Pacific Ocean:
Gulliver to *The Pacific Rim*

ガリヴァーから『パシフィック・リム』へ

小野俊太郎［著］

彩流社

目次

はじめに　「平和の海《パシフィック・オーシャン》」という幻想

【一枚のポスターから】

この本では、現実の太平洋の歴史を踏まえながら、あくまでも、『ガリヴァー旅行記』（一七二六）から『パシフィック・リム』（二〇一三）まで、さまざまな小説や映画に姿を見せる「太平洋」が抱える問題を扱っていこうと思う。

世界一大きな外海である太平洋から連想されるイメージは、幅広い。ヤシの木とサンゴ礁に代表される地上の楽園から、悲惨な戦場や過酷な労働の現場、さらに死の灰を降らす核実験場まで含まれる。しかも、ダーウィンの進化論やマリノフスキーの機能的人類学、そしてアンダーソンの想像の共同体論など、太平洋から生まれてきた定説や学問も数多い。

しかも、何もないはずの太平洋の海や島の上に多くの線が引かれてきた。緯度や経度、さらには日付変更線がある。そして、国境線ばかりか、民族や文化の境界線も引かれているのだ。その境界線が紛争の火種となったり、仲間意識を生み出したりする。太平洋のそうした過去と、思わぬところで出会うことがある。

その一例が、映画『パシフィック・リム』のために用意された、「環太平洋同盟」の兵士募集の一枚のポスターである（ディヴィット・コーエン『パシフィック・リム——人間、機械、モンスター』に掲載）。ポスターの中央には、怪獣カーロフの黒い姿が大きく描かれている。そして、日本語で、上段には「欲しがりません、勝つまでは」とある。下段には「環太平洋同盟が怪獣を倒せるかどうかは君次第だ／我々の前に立ちふさがるのは、前代未聞の敵だ　一億玉砕」と二行にわたって書かれていた。実際の映画では、サブリミナル効果のように、ほんの一瞬だけ映っている。

これは日本語が理解できる者に向けたポスターである。もちろん、「欲しがりません、勝つまでは」は、第二次世界大戦中の日本の標語として有名だし、「一億玉砕」も「一億火の玉」に通じている。しかも、「君次第だ」と兵士の勧誘をするのは、アメリカ合衆国の擬人化である「アンクル・サム」がこちらを指差して「君がほしい」と告げる第一次世界大戦時の勧誘ポスター（図1）が下敷きとなっている。

【図1】新兵を募集する合衆国の擬人化であるアンクル・サム

監督のギレルモ・デル・トロがレイ・ハリーハウゼンと本多猪四郎に捧げた映画らしく、日米の文化が巧みに借用されている。「KAIJYU」つまり怪獣は、作中で日本語がそのまま使われた。怪獣につけられたカーロフという愛称は、フランケンシュタイン俳優として定着したボリス・カーロフに由来する。しかも、太平洋戦争では敵対していたはずの日米が、人類の一員として「環太平洋同盟」を結成し、共通の敵となる怪獣を退治するストーリーとなっている。結果として、現在の日米軍事同盟を強く意識させるものだ。

SF映画の素材とはいえ、こうしたキャッチコピーがついたポスターを採用した映画をどのように解釈するのかは、一八五三年のペリーの黒船来航に端を発する明治維新から一五〇年を経た日米関係の問い直しともなる。日米は帝国主義的な覇権争いをするなかで、ハワイ、フィリピン、グアム、ミッドウェーなど太平洋の島々を植民地化し、戦場と化した国どうしだった。それが「環太平洋同盟」の一員として手を結ぶのである。

しかも、その同盟には、中国、ロシア、オーストラリア、ニュージーランド、ペルーなどが加わっている。それらは、かつて「欲しがりません、勝つまでは」の標語のもと日本が敵対した国々でもある。『パシフィック・リム』の一枚のポスターを生み出すに至った、太平洋をめぐる歴史や想像力をあらためて問い直すのが、この本の目指すところとなる。

【太平洋と呼ばれた海】

「太平洋」という名称は定着しているので、その正当性を誰も疑わないが、探検家フェルディナンド・マゼラン（マジェラン）に由来する。マゼランはポルトガル人だが、スペイン王の援助を受け、一五一九年八月、セビリアから世界周航の旅に出発した。一五二〇年十一月に、南米の最南端の荒れた海峡を船団が通り抜けると、そこには穏やかな海が広がっていた。「平穏な海《マーレ・パシフィコ》」という名前が与えられた、とマゼランの船団の副長ピガフェッタは後に報告している（「最初の世界周航」）。ただし、船団がさらにフィリピンへと航海する途中で嵐に遭わなかったのが元だとする異説もある。

このあたりが曖昧なのは、マゼラン本人の証言がないせいである。マゼランは、フィリピンのセブ島近くのマクタン島で起きた戦闘で亡くなり、出港地のスペインには戻れなかった。代わりにエルカーノ船長が残りの船団を率いて帰国した。本人の有力な証言を欠くので、「太平洋」の命名をしたのがマゼランだと証明はできない。いずれにせよ、日本でも「太平洋」と訳され、マゼランの世界周航に由来することなど気にせずに、誰もが使用している。

しかしながら、マゼランの「発見」や「命名」以降、太平洋は文字通りの「平和で平穏な海」ではなかった。太平洋の平穏を破ったのが、他ならないマゼランたち一行を先頭とするヨーロッパからの探検家や商人や宣教師だった。マゼランが戦死したのも、スペインのフィリピン植民地におけるカトリックの布教活動と関連している。そもそも、フィリピンという国名自体が、フェリペ二世に由来し、海洋国家スペインの影が落ちている。いわゆる大航海時代に、カトリック国のポルトガルやスペインは、喜望峰回りでインド洋から太平洋へと進出してきた。プロテスタント国のイギリスとオランダがその後を追い、みな日本にたどり着いたことは知られている（羽田正『東インド会社とアジアの海』）。

そして、十六世紀末には多くの航海者が世界を一周した。フィリピン植民地とメキシコの植民地の間の太平洋航路を開いたのは、スペインのバスク人ウルダーネだった。イギリスで世界周航を達成したフランシス・ドレイクは海賊あがりで、無敵艦隊との戦いの提督にまで出世した。十七世紀後半には、やはり海賊あがりのウィリアム・ダンピアが世界を三回周航したし、フランスのブーガンヴィルは、女性植物学者を連れて世界を巡る航海を無事終えたのである。

スペイン、イギリス、フランスの航海者たちは、船の寄港地を確保し、領土と資源を獲得する野望をもっていた。それとともに、太平洋を横断しながら、広大な海に散った島々や太平洋沿岸の地理や博物学の情報を少しずつ集めていった。その際に利用したのは、赤道のあたりを東西に移動する航路だった。現在エクアドルに属するガラパゴス（コロン）諸島が、船員の食料となるゾウガメ、つまりガラパゴスの獲れる島として知られるようになったのも、そのためである。

赤道より北にあるハワイ諸島がヨーロッパ人に「発見」されたのは、ずいぶん後のこととなる。マゼランが太平洋に踏み入れてから二五〇年以上を経た一七七八年に、ジェイムズ・クックが訪れたのである。そして、自分のパトロンの名前を採って「サンドイッチ諸島」と命名した。この第四代のサンドイッチ伯爵は、食事をしながら賭博をするためにサンドイッチを考案したとされた人物で、当時海軍大臣を務めていた。クックは原住民との争いのなかで亡くなり、マゼラン同様に太平洋で死んだ探検家の一人となった。

こうした歴史的な背景のなかで、太平洋は「人食い人種」から「巨大なイカやタコ」までの怪異の巣窟とされた。ジョナサン・スウィフトの小説『ガリヴァー旅行記』(一七二六)でガリヴァーが訪れた小人国や巨人国や馬の国は、イギリスの裏側にあたる太平洋上に設定されていた。しかも、ガリヴァーはオランダ人と偽って、「鎖国」中の日本に滞在し、江戸の将軍に親書を携えてまで面会している。

ルイス・キャロルの『不思議の国のアリス』(一八六五)で、白いウサギを追ってアリスは穴に落ちた。だが、まだ緯度と経度の意味の違いもわからず、オーストラリアかニュージランドへたどり着くのだろうと考える。そして上下逆さまの「対蹠人《アンティポディアン》」と言えずに、「反感《アンティパシー》」と混同してしまう。だが、反感こそが、地球の裏側に対する当時の感覚だった。また、H・G・ウェルズの『モロー博士の島』（一八九六）も、舞台はチリ沖にある太平洋上の島なのである。動物から作った改造人間を生み出す場所として、ヨーロッパの裏側がやはりふさわしかったのだ。忌まわしい存在は、都会や文明から見えない裏の場所へ隠すに限るのだ。

しかも、太平洋に今は失われたレムリア大陸やムー大陸があったとみなされた。地続きではないのに離れた島に共通する生物がいるのは、アトランティスのような大陸が沈んだせいだと想像されたのだ。ウェーゲナーの大陸移動説（一九一二）が定着する以前だったので、陸地が動くとは考えられていなかった。

世界中の地図に空白がなくなり、アメリカ合衆国西部のフロンティアが消失し、アフリカや中央アジアや中南米からも秘境が消えていくなかで、太平洋上の架空の大陸が、冒険活劇の舞台として選ばれたのである。太平洋はクトゥルー（クトゥルフ）神話や多くのヒロイック・ファンタジーの舞台ともなった。

失われた野生が今も残っているという幻想に支えられ、ハワイやタヒチは「地上の楽園」とみなされて、リゾートとなったのである。半裸の原住民、ヤシの木、サンゴ礁などと勝手なイメージの連想がわく。ゴーギャン、スティーヴンソン、モームなど、南太平洋へユートピアを求めた芸術家や作家も数多い。

けれども、第二次世界大戦では、テニアン島は広島や長崎に核が投下される中継地ともなった。しかも、冷戦のさなかに、ビキニ環礁やタヒチ近くのムルロア環礁は、アメリカ合衆国やフランスの核実験場となった。大西洋上に核実験施設がないように、ヨーロッパにとって都合の悪いものが、やはり太平洋に押しつけられたのである。

【日本から見た太平洋】

日本から見ると、東西いずれに進んでも途中に大陸を挟むので、欧米のある大西洋をめぐる想像力は直観的にはわかりにくい。だが、それに対して、太平洋は東側に広がる「われらの海」である。

メルヴィルの『白鯨』（一八五一）が日本沖から南下した太平洋でのエイハブ船長と白鯨の戦いで終わるように、江戸時代の沖合の海は騒がしかった。「ジャパン・グラウンド」と呼ばれたハワイと小笠原諸島と北海道の釧路あたりを結んだ三角形の海域で、マッコウ鯨がたくさん捕れた。それを狙って、アメリカ合衆国をはじめヨーロッパの船が押し寄せてきたのだ。おかげで、漁民たちが漂流しても、ジョン万次郎のように、アメリカ合衆国の捕鯨船に救出されるということまであった。

そして、一八五三年に、捕鯨船の寄港地などを求めて、ペリー提督の率いる黒船が、インド洋を経由して浦賀にやってきた。ジョン万次郎や福沢諭吉を乗せた幕府の咸臨丸がアメリカ合衆国へと向かい、これ以後、太平洋を介した合衆国との関係は日本にとって無視できないものとなる。一部にだけ門戸を開いていた「鎖国」状態が「開国」されていく。そして、一八六八年、つまり明治元年には、最初のハワイ移民が出航するのだ。

太平洋を通ってアメリカ合衆国と往復した文学者や芸術家も多い。永井荷風は、父に命じられて、一九〇三年から四年間サンフランシスコなど西海岸で暮らした。この体験は『あめりか物語』(一九〇八)として結実したが、フランスに向かう予行演習となっただけでなく、世紀の転換点の出来事を目撃したのだ(末延芳晴『永井荷風の見たあめりか』)。アメリカ合衆国に留学した有島武郎は、『或る女』(一九一九)で、太平洋を挟んで行動するヒロイン葉子の運命を描いた。有島が影響を受けたように、社会主義思想すら太平洋を渡ってやってきたのだ。

蝦夷地を北海道として本格的に国内の植民地としようとしていた明治政府は、アメリカ流の農業方法や教育を取り入れることに積極的だった。「ボーイズ・ビー・アンビシャス」で有名なクラーク博士などの教育者が、有島たちの背後にいた。先住民の扱いなどにおいても、合衆国の西部開拓と北海道開拓が重ねられていたのだ。

また、第一次世界大戦後、日英同盟のおかげで、ドイツが支配していた南洋諸島を委託統治することになり、南洋庁も作られた。中島敦は、一九四一年に教科書編纂掛としてパラオに赴いたが、戦況の激化や健康問題もあり、すぐに帰国した。そして南洋体験を踏まえた、スティーヴンソンを主人公とする『光と風と夢』（一九四二）が発表された。

南洋への関心や勢力の膨脹は「大日本帝国」の領土の拡大と重なっていた。南洋の喪失後は、ゴジラやモスラといった怪獣たちの「故郷」となったのである。しかも、「太平洋戦争」という呼称は、「大東亜戦争」の代わりに使われてきたが、そのせいで、戦争を日米の関係に限定しがちになる。太平洋という言葉が、十五年戦争における大陸や東南アジアでの戦争を矮小化し、忘却させる危険性をもつのである。

戦後には、太平洋上のグアムやハワイが、日本の観光地やリゾートとなった。そして、「ＡＰＥＣ（アジア太平洋経済協力会議）」や「ＴＰＰ（環太平洋パートナーシップ）」など、太平洋を考慮せずに日本は立ち行かなくなっている。その場合には、英米独仏から日本までに支配された旧植民地や委託統治の場所との関係が無視できない。しかも、日本をはじめ多くの国が、太平洋を共有する隣国であるアメリカ合衆国の挙動に一喜一憂している状況である。これこそが、太平洋を今でも考えなくてはならない理由となるのだ。

【全体の構成と内容】

本書は大きく二部にわかれる。

第1部は、「平和の海から争乱の海へ」と題して、小説を中心にして太平洋がヨーロッパに「発見」された以降の流れをゆるやかに追う。

第1章の「スペインの海からガリヴァーの海へ」では、イギリスが北極圏を使った北西航路や北東航路を探すことから話を始める。そして、『ガリヴァー旅行記』が小人国や巨人国からラピュタまで太平洋を舞台にした理由、さらに神話化されたクック船長の最期を伝記などがどのように扱ったかを考える。

第2章の「アメリカ合衆国と奇想の海」では、独立後のアメリカ合衆国の西漸運動と西半球論が、太平洋を視野に入れることを扱う。そして、西部から太平洋への拡張にセオドア・ローズベルト大統領が果たした役割を確認しながら、全体をネットワーク化した大陸横断鉄道と西部劇との関係、さらに、クトゥルー神話やムー大陸論までの奇想を生んだことをたどる。

第3章の「労働と漂流の太平洋」では労働の現場として『白鯨』を考える。食人をめぐり、『アーサー・ゴードン・ピムの冒険』、鯨食をめぐり『髑髏検校』と比較する。そして『白鯨』の後継者としての『海底二万里』で、脅威の対象が、生物から金属へ、磁力から電気力へと移ったことを明らかにする。さらに太平洋を漂流した代表作である『十五少年漂流記』は、労働物語ではなく、エリート養成物語であることを確認する。

第4章の「バカンスと楽園幻想」では、南太平洋のイメージを作ったスティーヴンソンやモームの小説にはじまり、小説から映画へと転じた『青い珊瑚礁』ブームを考える。そして日本の戦後の『天国にいちばん近い島』や本多勝一や有吉佐和子のニューギニア旅行記を取り上げる。さらに新井満と村上龍の作品にバブル期の日本人の太平洋観をたどり、そうした動きに対する太平洋作家からの反撃となる小説をとりあげる。

第2部の「太平洋をはさんで対決する」では、映画を中心に主に日米対決につながる主題を個別に追いかけた。

第5章「進化と退化の島々——『キング・コング』『ジュラシック・パーク』『地獄の黙示録』」は、ドイルの『失われた世界』を受けて、太平洋を舞台に描かれてきた進化と退化の物語をたどる。太平洋の島から巨大なゴリラや復元された恐竜がやってくるのだ。また、コンラッドの『闇の奥』へのコンプレックスは根強く、『地獄の黙示録』で強力に読み換えられ、しかも『キングコング：髑髏島の魔神』で、太平洋戦争とヴェトナム戦争を統合した映画となったのだ。

第6章の「移民と経済戦争——『ダイ・ハード』と『ブラック・レイン』」では、まず日本からのハワイ移民の苦難を描いた『ハワイの夜』や戦争の傷を描いた『東京ジョー』を比較する。そして、アクション映画の形をとってアメリカ合衆国へ移民や経済進出を描いた『ダイ・ハード』と『ブラック・レイン』を詳細に分析した。また、太平洋を渡ったブラジル移民の問題を考えた。移民船笠戸丸の運命や北杜夫や垣根涼介の小説を分析する。

第7章の「戦争と怪獣の記憶——ゴジラ映画と『パシフィック・リム』」では、フランスの核実験とエメリッヒ版の『GODZILLA』と『シン・ゴジラ』の関係を明らかにした。さらに全体のなかで、『パシフィック・リム』を位置づける。これにより一枚のポスターにこめられていたものが具体的に明らかとなる。

※ 表記についての注意。歴史的な呼称や領土の変化を無視してイギリスなどと呼んでいる。アメリカ合衆国に関しては、字面の関係でアメリカや合衆国と略していることがある。カナダを含めた場合は北アメリカとし、全体はアメリカ大陸と表記した。また、文脈や引用に合わせて「土人」や「酋長」と表記している。ネイティヴの訳語に関しては、単独で居住している場合は「原住民」と、複数の民族が同居している場合は「先住民」とした。

第1部　平和の海から争乱の海へ

第1章　スペインの海からガリヴァーの海へ

ヨーロッパから太平洋へと向かう航路として、北極周りの北西航路や北東航路が考えられたが、実際には喜望峰やマゼラン海峡を経由してたどり着いたのだ。この章は、スペインによってフィリピンとメキシコを結ぶ太平洋航路が開かれ、大航海時代には三浦按針や支倉常長などが太平洋を渡った事から始める。スペインとイギリスなどが覇権を争う時代に書かれたスウィフトの『ガリヴァー旅行記』は、小人国や巨人国やラピュタなどさまざまな島を太平洋上に置いていた。日本についてもかなり正確な情報を手に入れていてガリヴァーが訪問したようすが書かれていた。さらに、アメリカ合衆国の独立で北米植民地を失ったイギリスは、太平洋上のハワイで亡くなったクック船長を神格化したのである。オーストラリアなども探検し、海賊ではない海軍叩き上げのクックが、どのように神格化されてきたのかを、海洋冒険小説家のマクリーンによる伝記とイネスによる伝記小説を通じて検討する。

1　太平洋の「発見」と航路探し

【北西航路の夢】

太平洋というと、その広さのためにわかりにくいが、ヨーロッパから見て、船を使ったアクセスが難しい大洋なのは間違いない。現在では、南北アメリカの間には、一九一四年に開通したパナマ運河が存在する。おかげで、コンテナ船から豪華客船まで南端のマゼラン海峡を使わずに航行できるようになった。インド洋経由でも、アフリカのエジプトには紅海と地中海を結ぶスエズ運河が一八六九年に開通したので、喜望峰を回らずにすむのだ。

けれども、こうした運河が開通する以前に、選択できる航路は限られていた。東地中海の覇権を握っていたヴェネツィアやフィレンツェといったイタリア商人が、オスマン帝国を経由する東方貿易を独り占めしていた状況を打ち破るために、ポルトガルやスペインが、他の航路を探し出して、インドや中国と直接交易をする戦略を採用した。これが大航海時代を招いたのである。

ポルトガルやスペインは、交易路を探し求めて、探検隊をあちこちに送った。その結果、スペインのコロンブスが「インド」を目指して一四九二年にアメリカに到達した。またポルトガルのバスコ・ダ・ガマが、一四九七年にアフリカ南端の喜望峰を回って、イスラム船の船長の助けがあったとはいえ、インド洋に達した。

ただし、北大西洋の地図や地球儀を見ると、すぐに思いつくのは、北極圏を経由した北西航路と北東航路の可能性である。その思いは十六、七世紀の人たちも同じだった。

海外に乗り出す点で後発国であったイギリスは、北アメリカのニューファンドランド島から東海岸沿いの北西航路を探求した。そうした探検家の一人ヘンリー・ハドソンが、ディスカバリー号で三度の航海をおこない、一六一〇年にハドソン湾を発見した。その後一六七〇年に、ビーバーなどの毛皮交易のための「ハドソン湾会社」が設立される。途中で小売会社に転身し、デパートなどをもつ企業体として、現在まで存続している。東インド会社などよりも生きながらえた勅許会社なのである。

北西航路を見つける夢の追求は、ハドソンの後も続いた。おかげで北西航路の探検話は、意外なところに登場する。ニコラス・ケイジが主演したディズニー映画『ナショナル・トレジャー』（二〇〇四）は、フリーメイソンの宝物を探す冒険話である。そこに、アメリカ独立宣言やウォール街の歴史などを空想的な形で交差させ、３・11以後のアメリカ合衆国の理念をイメージによって再統合しようとしていた。一連の宝の手がかりとなる海泡石のパイプを主人公が見つけたのは、北極の氷の下に眠っていたシャーロット号という船のなかだった。

このシャーロット号は、イギリス植民地時代だったアメリカから北極を目指した船だったのである。

歴史上、北西航路を目指した後続部隊がいる。なかでも、十九世紀半ばの、一八四五年にイギリス海軍ジョン・フランクリン卿によっておこなわれた北西航路探検は悪名が高い。二隻の船が派遣されたが、氷に阻まれフランクリンたちは病などで壮絶な死を遂げた。犬ぞりを使った探検はおこなわれたが、海路だけによる横断に成功したのは、一九〇五年のロアーム・アムンセン（アムンゼン）だった。ただし、漁船を使ったもので商船の航行とは程遠いのだが、この体験がアムンセンの南極点の探検で活かされたのである。こうした悲惨な歴史のために「北西航路」は見果てぬ夢の代名詞となってきた。

【北東航路とロシアの思惑】

カナダの北部、つまりアメリカ大陸を回ろうとする北西航路とは別に、ロシアの北つまりユーラシア大陸を経由する北東航路も調査された。当初二つの大陸は陸続きと思われていた。それがデンマーク生まれのロシア海軍軍人ヴィトゥス・ベーリングによる一七二五年からのカムチャツカの探検で、地続きではないことがわかった。海峡はその名前をとってベーリング海峡と命名された。クリミア戦争後の財政難から、ロシアがアラスカをアメリカ合衆国に一八六七年に七百二十万ドルで売却できたのも、北東航路探検の成果だった。

一五五三年に、北東航路を探索する使命を帯びた一人、イギリスのリチャード・チャンセラーが、ノルウェー北部の海を乗り切り、バレンツ海の一部である白海（黒海と対比してこう呼ばれる）にたどりついた。沿岸のアルハンゲリスクは、バルト海が使えるようになるまで、ロシアの貿易港として利用された。

チャンセラーは、北東航路こそ発見できなかったが、イングランド国王からの親書をロシア王に伝え、一五五五年にロシアと交易をするモスクワ会社が設立された。イギリスは羊毛を輸出し、ロシアから毛皮を輸入したのである。株主方式で資金を集めたモスクワ会社は、総合商社としても、また株式会社としても、東インド会社やハドソン湾会社の先駆けとなった。

食用のタラを求めて、バルト海で勢力を伸ばしていたオランダから、一五九六年にオランダ人航海士ウィレム・バレンツが探検にやってきた。ノヴァヤゼムリャ（新しい大地）と呼ばれる列島を越えて、隣のカラ海まで向かったのだが、そこで絶命し、バレンツ海に名を残した。このノヴァヤゼムリャは、一九六一年に、ソ連によって史上最大規模の水爆実験が実施された場所として有名になった。

こうした北東航路の探求とは別に、北極点がどこにあるのかを確定してそこに立ちたい、という願いから、北極圏への多くの探検がおこなわれた。この極点への探検騒動は、メアリー・シェリーの『フランケンシュタイン』（一八一八、改版三一）に、外枠の物語として登場する。探検家ロバート・ウォルトンが、北極点への到達を求めて、雇った船を北へと進めるのである。

だが、船が流氷に阻まれ、乗組員の反対もあって、ウォルトンは北極点への航海を断念した。その極地で、そりに乗って追いかけているヴィクター・フランケンシュタインと彼が生み出した怪物と出会う。そして、ウォルトンの船のなかで、ヴィクターと怪物がそれぞれの過去を告白をするのが小説の主要部分になっていた。

この北極探検を試みたウォルトンも、セント・ペテルスブルグから白海にあるアルハンゲリスクに到着し、北へと向かう船をそこで探した。しかも、ヴィクターや怪物の告白を含めた姉への手紙をイングランドへと帰る商船に託している。モスクワ会社以来のイギリスとロシアの通商関係がこの物語を支えていたのだ。

ウォルトンは、「霧と雪の国」へ行こうとすると、自分の運命を詩人コールリッジの「老水夫行」の詩に出てくる水夫になぞらえる。この長編詩は、ワーズワースと共著の『抒情詩集』(一七九八)の冒頭を飾るバラッド形式の詩だった。南太平洋での出来事を語り、吉兆に思えたアルバトロスを殺したことで呪われた運命をたどる水夫の物語だった。それが、北極へと向かうウォルトンの気持ちを代弁している。

しかも、ブラム・ストーカーの『吸血鬼ドラキュラ』(一八九八)にも「老水夫行」は引用される。ドラキュラを乗せた船がウィトビーの港に流れ着くのだが、嵐のなかの船の姿を「絵に描いた海の上の絵に描いた船のようにのんびりと」して近づいてこないと、と新聞記者は述べる。どうやら禍々しいものが到来する時の表現に、ロマン派のコールリッジの詩が愛用されてきたようだ。詩に扱われた南太平洋での出来事が、『フランケンシュタイン』で、北極での出来事に転用されたことで、極点を求める物語に広がりが与えられた。

【パナマ地峡からパナマ運河へ】

色々な探検がおこなわれたが、結局のところ、十六、七世紀には、北西航路も北東航路も、太平洋へと向かう選択肢とはなりえなかった。スペインを筆頭にヨーロッパ各国が太平洋へと本格的に乗り出すのは、南アメリカ最南端回りのマゼランの航海後となった。

だが、太平洋をヨーロッパ人が知ったのは、一五一三年に、パナマ地峡のダリエンの頂きから、スペインの軍司令官バスコ・デ・バルボアが見た時だった。そして、マゼランの船団による太平洋到達は一五二〇年のことだった。さらに太平洋沿岸の陸地や島が探検され、地理的な境界線の確定が、数世紀にわたっておこなわれた。南北のアメリカ大陸のくびれのようなパナマ地峡にパナマ運河が建設されたのは、四百年後の一九一四年とずっと後のことである。

スペイン人による太平洋の発見の話は、意外なところに登場する。ロマン派の詩人ジョン・キーツは、一八一六年に「初めてチャップマン訳のホメロスを読んで」というソネット（十四行詩）で、ホメロスを英訳で読んだ感動を語っている。その時、キーツは二十歳だった。ソネットの最後の連で「コルテスが鷲のような目で／太平洋をじっと見て、手下たちが／途方もない推測をしながら互いに顔を見合わせ、／押し黙り、ダリエンの頂きに立った時のようだ」と感動を述べている。

キーツは、ホメロスによる二冊の英雄叙事詩、つまりトロイア戦争を描いた『イリアス』と海洋冒険譚である『オデュセウス』を読んで自分が発見した高ぶる気持ちを、コルテスの太平洋の発見に例えている。しかも、その前の連には、「新しい天体」として、一七八一年にハーシェルが発見した「天王星（ウラヌス）」への言及がある。ホメロスを読んだせいで、天に地にも広がる気持ちをもったのである。

ただし、キーツの説明には歴史上の錯誤がある。一五一三年にダリエンの頂きから太平洋を望んだのはデ・バルボアだった。コルテスはメキシコ総督となり、太平洋を訪れたことはあるが発見者ではない。若いキーツが、自分をメキシコのアステカ帝国を征服したコルテスに擬えたことは、文学的な野心の表われだった。

ヨーロッパ人が、ダリエンの頂きから太平洋を望んだことで、カリブ海と太平洋の二つの海を結ぶことが現実味を帯びた。まずはパナマ地峡に鉄道が敷かれた。ニューヨークを拠点とするパシフィック・メール蒸気船会社は、一八四九年のカリフォルニアのゴールドラッシュの時に、東海岸からの人々をパナマ経由で運んでいた。そこで社主のアスピンウォールの力もあり、アメリカ資本で鉄道が敷かれ、一八五五年に開通した。

一八六〇年の幕府による遣米使節団は、アメリカ海軍のフリゲート艦ポーハタン号でサンフランシスコに到着した。その際に太平洋から大西洋へと抜けるのにこの鉄道を利用し、カリブ海側でロアノーク号へと乗り換えた（マサオ・ミヨシ『我ら見しままに』）。当時の時刻表によると、アスピンウォールからパナマシティまでを四時間ほどで結んでいた。

続けて一九一四年にパナマ運河を建設したのは、やはりアメリカ合衆国だった。スエズ運河を成功させたフランスのレセップスが建設を試みたが、疑獄事件があり会社が破綻してしまった。そこで、機を見たセオドア・ローズベルト（ルーズベルト）大統領が、一九〇三年にパナマに共和国を樹立させ、すぐに独立国として承認すると、パナマ運河条約を結んだ。アメリカが永久借地権を獲得していたが、パナマ国内で反発が強まり、一九九九年にパナマ共和国に運河を返還したのである。

【太平洋を横断する日本人】

ロマン派の詩人キーツが、コルテスを讃えた背景には、スペインがメキシコから南の土地を支配して、副王を置く「ヌエバ・エスパーニャ（ニュー・スペイン）」という植民地を確保していたという事実がある。バハ・カリフォルニア半島と本土に挟まれたカリフォルニア湾は「コルテス海」と名づけられている。

ロサンジェルス（天使たち）やサン・フランシスコ（聖フランチェスコ）などのスペイン語の地名が西海岸に広がっているのも、かつてスペイン領だった名残である。もっと北にあるモンタナ州も、スペイン語の「山」をしめすモンターニャに由来する。これは大航海時代の太平洋航路を考える上での盲点となる。

日本とヨーロッパとの間の航路というと、どうしても東南アジアやインド洋を経由した日本から西回りの航路を考えがちである。確かに、一五八二年にローマを目指して出発した天正遣欧少年使節は、ポルトガルの領地であるマカオ、インドのゴア、そしてリスボンへと向かった。帰りも逆行している。だが、それはポルトガルの通商路を選んだせいである。

徳川家康の外交顧問となったウィリアム・アダムスこと三浦按針は、オランダ船リーフデ号に乗ってやってきたのだが、これは意外にも太平洋経由だった。一五九八年に五隻でロッテルダムを出発した後、アフリカの赤道ギニアのアンノボン島を経て、マゼラン海峡を回り、チリのモカ島を経て、日本を目指してやってきた。積んでいた荷物の取引先として日本が有望だったせいで、偶然豊後に漂着したわけではない。他の四隻の船はスペインやポルトガルに拿捕されたり、難破したりした。アダムスはその後東インド会社に雇われたこともあったが、イギリスには戻らなかった（ジャイルズ・ミルトン『さむらいウィリアム』）。

また、一六一三年に伊達政宗が送った慶長遣欧使節は、スペインのフェリペ三世への使節だった。支倉常長を副使節として、仙台からメキシコのアカプルコに向かい、メキシコシティ、さらにキューバのハバナを経由して、スペインへと向かった。そして、支倉は逆コースで戻ってきたのだ。スペインはフィリピン植民地を確保していたために、マニラとアカプルコを結ぶ太平洋を横断する航路を確立していたのである。そうした事実は日本人奴隷の売買をめぐる記録からもわかってくる（ソウザ『大航海時代の日本人奴隷』）。

ポルトガルに次いで世界進出に成功し「陽の沈まぬ帝国」となったスペインが、太平洋を横断する定期航路を維持していたのである。後追いをした国がオランダやイギリスとなる。カトリックとプロテスタントの宗教上の対立もあり、互いに海賊となって略奪をおこないながら、洋上で覇権を争っていた。

2　ガリヴァーの空想旅行

【太平洋を横断する海賊たち】

大西洋や太平洋やインド洋といった広い海においては、中継点としての島の確保が重要となる。漕手を必要とするガレー船はむろんのこと、帆船の時代には、航続距離を考えると、補給基地がないと長期の航行は難しい。たとえ、動力が蒸気船になろうとも、水や食料さらに薪や石炭といった燃料を確保するための場所が欠かせない。それが、現在も海上に点在する島をヨーロッパ各国が領有している理由なのである。たとえ火山島や価値のないように見える無人島でも、こうした島の領有権を主張し、維持し続けることが、海洋帝国にとって必要となる。

そのため意外なところにヨーロッパ各国の領土が存在している。こうした領地を所有する以前は世界周航も楽ではなかった。イギリス人で世界周航を成し遂げた者たちは、みな寄港地で苦労した。カトリックの国であるポルトガルやスペインが支配する港町では、海賊ではないかと警戒され、逆に襲われる心配もあったのだ。

フランシス・ドレイクは、一五七七年から八〇年にかけて世界一周をしたが、当然ながらイギリスの植民地は皆無だった。そのコースは、アフリカから南米へとたどり着き、マゼラン海峡を回ろうとし、偶然ホーン岬を発見した。そして南北アメリカの西海岸をオレゴンまで北上した。それから、ミクロネシアのパラオ、ミンダナオ、モルッカを経て、インド洋を喜望峰へとまっすぐに向かい、再度アフリカの西海岸を北上してイギリスに戻ったのである。

また、ウィリアム・ダンピアはカリブ海の海賊あがりで、オーストラリアやニューギニア探検で知られる。第一回の航海（一六八六―九一）の動機は東インドで略奪行為をするために太平洋に向かうものだった。イギリスに帰ると、すかさずその体験を『最新世界周航記』として出版し、海軍省に認められた。そこで船を与えられてオーストラリア探検をし、ダンピア海峡を発見している。第二回（一七〇一―〇九）は、スペイン継承戦争にからみ、海軍のセント・ジョージ号に乗り込み、フランスやスペインの船の攻撃を目指した。その途中で、航海長のアレキサンダー・セルカークと口論となり、セルカークをチリ沖の島に置き去りにした。第三回（一七〇八―一一）は、私掠船デューク号の航海長としてだったが、置き去りにしたセルカークを救い出し、グアムやバタビアを経由し、喜望峰でオランダ船などと船団を組んで、イギリスへと連れ帰った。

こうしたイギリスの初期の航海者たちが海賊だったのには理由がいくつかある。航海に必要な物資を補給するには、他国の船や植民地から略奪するのが手っ取り早かったからだ。しかも、普段は商船として活躍する「私掠船」となることで、本国からは評価され、敵に対しては軍事的な脅威となりえた。カリブ海や大西洋が海賊の巣となっただけでなく、世界周航の練習場にもなっていた。

【太平洋をゆくガリヴァー】

十八世紀の太平洋には「未踏の土地」が残っている可能性があり、スペインの勢力がまだ強かったとはいえ、植民地を拡張しようとするイギリスやフランスなどが押し寄せてきた。アメリカ大陸の西側の様子がわからず、カリフォルニア半島も島だとして、そこにアニアン海峡が存在すると考えられていた。海峡の実在が否定されたのは、十八世紀後半にジョン・バンクーバーの探検隊が、アラスカからカナダのブリティシュコロンビアを探検してからである。それまでは、半島なのか島なのか地形的な全貌は不明のままだった。

そうした不確かな情報のままで書かれたのが、十八世紀のイギリス風刺文学の代表とされる、ジョナサン・スウィフトの『ガリヴァー旅行記』(一七二六)だった。小人国、巨人国、空に浮かぶラピュタ島、馬の国といった奇想に満ちているのは、ガリヴァーが旅をするのが、イギリスの裏側で、地理的情報が乏しい太平洋だったからである。当時の地図には陸地が途中で切れていたり、中世以来海の上にさまざまな怪物が描かれたりすることもよくあったのだ。

同時代のイギリス文学のもう一つの代表格が、リアリズム文学としてのダニエル・デフォーの『ロビンソン・クルーソー』（一七一九）だが、第一部は環大西洋の想像力に縛られている。ロビンソンのモデルの一人は、ダンピアが一度は置き去りにして連れ帰ったセルカークだった。だが、ロビンソンがたどり着いたのは、セルカークのような太平洋のチリ沖の島ではなく、南米ベネズエラの南部にあるオリノコ河の河口近くの無人島だった。

ただし、続編の第二部（一七一九）で、ロビンソンは、インド洋のマダガスカル島からインドのベンガル湾、そして、東南アジアのカンボジアや中国（台湾や北京）、さらにはシベリアから白海までも訪れる。つまり環太平洋的な想像力を発揮したのだ。しかも北東航路探検まで試みていた。なお、ロビンソン・クルーソーの名前がついた第三部（一七二〇）とされるのは、哲学的なエッセイ集で、「孤独について」とか「世界の宗教の現状について」といった内容をロビンソンが語る体裁をとっている。

それに対して、『ガリヴァー旅行記』は最初から太平洋的な想像力に満ちていた。主人公レミュエル・ガリヴァーは、医者になろうとし、徒弟を終えると、オランダに医学を学びにいく。だが、結婚した後の生活費を稼ぐために船医となる。そして、後に書かれたガリヴァー船長が従兄のシンプソンに宛てたという体裁の手紙で、『最新世界周航記』を書いたダンピアの親族と設定されていることに港千尋は注意をうながす（『太平洋の迷宮』）。医者だけでなく、ガリヴァーは航海者の血筋ともされているのだ。

ガリヴァーの訪問地から大西洋は見事に省かれている。第一篇の小人国のリリパットは、インドネシアのスンダ諸島の近くで、正確には太平洋ではなくて、インド洋にあった。一六九九年に発見されたとされる。第二篇の巨人国のブロブディンナグは、北米大陸から太平洋へと突き出た陸地で、一七〇三年に発見されたとある。アニアン海峡の存在が認めれていた地理状況を利用したものだった。第三篇の飛ぶ島ラピュタのあるバルニバービ、死者と対話できるグラブダブドリブ、不死の人のいるラグナグなどは、ヴェトナムのトンキンから流れ着いたところであり、日本の東にある。特にラグナグは日本と盛んに交易をおこなっている。ラピュタなどは一七〇七年に発見されたとされる。そして、第四篇の馬の国のフイフヌムはオーストラリアの南に位置する。一七一一年に他ならぬガリヴァーがたどり着いたことで発見された島となる。

つまり、四篇を合わせると、ガリヴァーは太平洋を東西に横断していたのだ。しかも、たとえばラピュタの位置として「北緯四十六度、東経百三十八度」などともっともらしい緯度や経度の数字を挙げて、信憑性を増してみせるのだ。

確かに『ガリヴァー旅行記』は、風刺文学である以上、当時の読者はそこからさまざまな同時代のイギリスをめぐる主題を読み取ることができる。リリパットと隣国のブレフスクの争いは英仏の対立を想起させ、ガリヴァーが訪問したバルニバービの首都ラガードの研究所で見聞した、「キュウリから太陽光線を抜き出す」だの「人糞から元の栄養を取り出す」といった奇想天外な研究に、王立アカデミーの学者たちの風変わりな研究を重ねて笑っていたのだろう。フイフヌム（馬）とヤフー（人）の立場の転倒には、種としての人間への不信だけでなく、国民が人間扱いされていないアイルランドの国情への怒りが籠もっていると読むこともできる。
だが、同時に、太平洋だからこそ、こうした設定をしても、誰からも抗議が来ないのも確かなのである。最後の章で、友人が航海記録をすぐに提出すべきだったと忠告したとガリヴァーは告白する。

なぜなら英国の臣民が発見した陸地はすべて、英国国王の領土となるべきだからだ。だが、わたしが本書でとりあげた国々は、はたしてフェルディナンド・コルテスが、裸のアメリカ先住民を征服したように、たやすくわが国のものとなるだろうか。（山田蘭訳）

リリパット国は小さいので占領の価値はないし、もしもラピュタの飛行島が攻めてきたら、イギリス陸軍も対抗できないと言う。これは、スウィフトによる植民地主義への批判であり、それを生み出したのは、アイルランド出身というスウィフト自身の出自が関係してくるのだろう。しかも、キーツの先取りのように、ここでも植民地主義者としてのコルテスが参照されている。

【ガリヴァーの日本訪問】

全体に空想的な国ばかりだが、ガリヴァーが第三篇の最後で、日本を訪れていることが知られている。一七〇九年五月と正確な年号も記されていて、それは将軍綱吉が二月に亡くなったすぐあとだった。上陸地とされる「ザモスキ」は、島田孝右による指摘以降、「下総」の表記を逆から読んだアナグラムではないかとされる。また、つづりの類似性から、横須賀の「観音崎」ではないかとする異説もある。こちらは地元出身の山口雅也が、犬公方とガリヴァーを対決させる『狩場最悪の航海記』(二〇一一)というパロディ作品を書き上げている。

日本の記述がかなり正確なのは、スウィフトが四巻本となる旅行記の集大成の『パーチェスの巡礼』(一六二五)を所有していて、その第一巻で三浦按針に関する記述を読めたせいである。また、綱吉と交流の深かったオランダ人医師ケンペルの手になる『日本誌』の翻訳草稿を読めたのである(モーリス・ジョンソン他「ガリヴァー旅行記への日本の貢献」)。スウィフトのパトロンであるスローン卿が、ケンペルの遺稿を購入していたという偶然もあった。イギリスは、ライバルであるオランダを「敵」として研究していた。

そもそも、ガリヴァーがラピュタへと向かったのは、ヴェトナムのトンキンから出航した際に嵐とぶつかり、その後二隻の海賊船に狙われたせいである。その内の大型船の船長は日本人で、オランダ語は下手だが、命を助けてくれるほど慈悲深かかった。それに対して、オランダ人の乗組員は、同じプロテスタントではないか、というガリヴァーの説得に耳を貸さずに、無人島への置き去りを主張した。そのため、ガリヴァーはカヌーに四日分の食料を載せて漂流させられたのだった。その時も、日本人の船長は食料を倍にするという温情を与えている。

ガリヴァーは、オランダ人船員に扮して、鎖国中の日本に上陸する。オランダに留学してオランダ語が堪能であり、日本人を騙せる程度には出来たのだ。スウィフトはパーチェスやケンペルの下敷きがあって、江戸湾と幕府の正確な位置関係、皇帝（＝将軍）への謁見のようす、長崎を抜けて帰ることなどが記述できた。そのため、今読んでもさほど違和感がない。同時に、日本がリリパットやフイフヌムなどと同列に扱われている可能性もあり、原民喜のように、『ガリヴァー旅行記』の翻訳を通じて、原爆投下に至る植民地主義と科学主義の源泉を見定めようとする試みも生まれた。

アメリカ合衆国はこの段階では東海岸にあるイギリス植民地だったせいか、太平洋を舞台にしたこの小説で触れられることはない。マゼラン海峡や喜望峰を経由する旅において、わざわざ北米植民地に寄港する必要はなかったからだ。ダニエル・デフォーは、『モル・フランダース』（一七二二）で、悪女モルの流刑地としてヴァージニア植民地を描いているが、そうした配慮は必要なかったのである。

3　世界一周とクック船長

【二つのサンドイッチ諸島】

ジェイムズ・クックによる三度（一七六八—七一、一七七二—七五、一七七六—七九）にわたる世界周航こそが、イギリスが海洋国家として世界に広がる出来事となった。ガリヴァーの時代とは異なり、太平洋に関する情報は増えていたが、太平洋はまだスペインの支配下にあり、イギリスが本格的に乗り出すきっかけとなっていた。ダンピアとガリヴァーの時代に比べると、スウィフトがラガードで揶揄した王立アカデミーが力をもち、船の進路を左右することになる。しかも、土地や資源の情報を獲得するためには、同乗した学者たちによる博物学的な研究が必要だった。

当時存在が信じられていた南方大陸の調査を命じられたクックが、第二回の世界周航中の一七七五年にサウスサンドイッチ諸島に到達した。南大西洋の南極近くのスコシア海に存在し、サウスとついているのは、その後クックが到達したハワイ諸島をやはりサンドイッチ諸島と名づけたせいで、両者を識別するためである。名前の由来となった第四代サンドイッチ伯爵ジョン・モンタギューは、クックの後ろ盾となった海軍大臣だった。

現在はサウスジョージア島とあわせて、サウスジョージア・サウスサンドイッチ諸島と呼ばれる海外領土をなしている。その西にはフォークランド諸島があり、一九八二年にアルゼンチンとイギリスの間で、フォークランド紛争があったことで知られる。その際に、イギリス軍は、アフリカ沖のアセッション島を経由して、一時アルゼンチン軍に占領されたサウスジョージア島とフォークランド諸島の奪還へと向かった。まさに島伝いに移動することで、他国の領土に頼らずに兵を自由に展開できたのである。現代においても島を領有することの意義が確認された。

一方のハワイを指すサンドイッチ諸島は、第三回の航海のときに「発見」され、そこでクックは亡くなった。ハワイにクックは、ベーリング海峡へ向かう前と帰ってきてから二度立ち寄った。ただし、クックのハワイ到達がヨーロッパ人にとって最初だったのかに関しては異論もある。ウィリアム・アダムスの乗ったリーフデ号の記録に、小笠原諸島を通過する前に立ち寄った島の記録があり、それはハワイではなかったかと指摘される（ミルトン『さむらいウィリアム』）。むろん、誰かが到着しても報告のために戻ることがなければ、記録に残らないので、クック以外にいたのかは確認しようもない。

イギリスから見て、クックはいくつもの偉業を果たした。過去の地図に描かれてきた巨大な南方大陸が存在しないことを証明した。その過程でサウスサンドイッチ諸島などを見つけたのだ。ニュージーランドの地図を作り、オーストラリアのボタニー湾周辺などの博物学的な調査を支援した。北西航路を探るために、後に核実験がおこなわれることになるクリスマス島やハワイ諸島を「発見」し、ベーリング海峡にも挑戦した。赤道付近を東西に航行するだけだったマゼラン以来の太平洋航路に、こうして南北の地理を踏まえて移動できるようになったのだ。

イギリスがクックを英雄視したのには理由がある。クックは海賊上がりではなく、海軍の水夫からの叩き上げである。後に、平民あがりでトラファルガーの戦いでナポレオンを下したホレーシオ・ネルソン提督と並ぶのだ。しかも、戦争での目覚ましい活躍がなくても、測量や採集や植民地の獲得で評価される、という新しい時代の英雄像があった。こうしたクックへの敬意は、J・M・バリーによる劇『ピーターパン』（一九〇四）と、その小説版『ピーターパンとウェンディ』（一九一一）に、ジェイムズ（ジェス）・フックとして歪んだ形で登場する。名前がもじりなだけでなく、フックは文字通り、右手を喪失して鉄製のフックを付け、しかもネバーランドを根城とする海賊船の船長である。

フックは、パブリックスクールのイートン校を経て、オックスフォード大学のバリオールコレッジを出た「紳士」であり、ピーターパンに対する嫌悪も、右手を切り落としてワニに与えた恨みだけでなく、何よりも「良い型」を持っていない点が気に入らないのだ。劇では舷墻《げんしょう》にあがって「イートン校に栄えあれ」と口にして、自らワニの口の中へと消える。しかも、小説では、ピーターパンが短剣で突き刺すのではなく、空中で自分を蹴ったことを「悪い型（＝無作法）」だと非難して、ワニの口へと落ちていくのである。

ねじれた形でクックへの敬意が描かれている。クックは、マゼランに匹敵する航海中の悲劇的な死によって、英雄として神話化された。ハワイの武装した原住民に向かって進み、まるで「良い型」を示そうとしたように見えるからだ。

【国民的英雄としてのクック】

船長としてのクックが、多少批判的な目を向けられても、どれほど英雄化されてきたのかを見るために、二冊の本を取り上げてみよう。没後二百年に、業績を賞賛するために書かれた伝記と伝記小説である。

一つはアリステア・マクリーンによる『キャプテン・クックの航海』（一九七二）という伝記である。もう一つはハモンド・イネスによる伝記小説の『キャプテン・クック　最後の航海』（一九七八）である。どちらの作家も第二次世界大戦の従軍体験をもつ。マクリーンは水雷艇に乗り日本軍の捕虜となったし、イネスは陸軍で「バトル・オブ・ブリテン」の際にドイツ機に対空砲を射っていた。両者は海洋を中心とした冒険小説家として成功し、代表作として、マクリーンには『女王陛下のユリシーズ号』が、イネスには『海底のUボート基地』がある。

マクリーンによる伝記は、クックの生まれたときから始まり、三回の航海を扱うのだが、とりわけエンデバー号による第一回の航海を重視している。クックとそれまでの航海者との違いを強調し、「いま初めて、いきたいと思う所へはどこだろうと正確無比にその進路を見出し、そこを去るに当たってもそれまでいた場所のことをちゃんと知っているような人物が、太平洋にはいってきたのだ」（越智道雄訳）と評価する。そして、「彼以前にはだれ一人としてインド洋、太平洋、大西洋の深南部を探検した者はいなかった」と断定して、偉業を讃えるのだ。

第一回の航海は、表向きは金星観測という名目のもと、天文観測の技術を高めつつ、裏では、太平洋でのフランス勢力の拡大を牽制する目的があった。エンデバー号でフランスの勢力が強いタヒチへと向かったのもそのためである。そして、「ニュー・ホランド（オーストラリア）」や「ニュー・ジーランド」を探検して、同乗していた博物学者のジョセフ・バンクスたちは、さまざまな成果をあげたが、結局のところ、世間の評価では、クックは王立アカデミー会長となる有名人バンクスを運ぶ役にすぎなかった。その不満をマクリーンは重視する。

第二回の航海では、出航前にバンクスが船の艤装に介入したが、交渉が決裂して学者たちは去ってしまった。そこでクックは「白紙委任」を手に入れたとして、彼による南方大陸の不在の調査、ニューカレドニアの発見などは自発的な動きだったとマクリーンは結論づける。いなくなった学者の代わりに博物学者のジョン・フォスターや画家のウィリアム・ホッジズなどが乗り込み、三年間の成果を絵に残している。あくまでもクックが主導権をとったことが強調されていた。マクリーンは通常の伝記作家が詳細に描くであろうタヒチでの描写などはさっさと片づけると宣告して、南国の風景などとは距離を置いている。

それに対して、イネスの『キャプテン・クック　最後の航海』は、クック本人の手記が人知れず残っていたという設定で、マクリーンがあっさりと記述した第三回の航海を詳細に語っていく。死後に『太平洋航海記』は出たが、最後の三分の一は同僚のキングの筆になるとされる。その真相にも触れ、当時のクックが知り得なかったであろう情報も盛り込みつつ、一七七六年の出発から殺害される直前までを辿っていく。イネス自身も登場して、補足説明を加えるほどだ。

イネスは、クックが北西航路探求の欲望を一貫してもっていると描き出した。妻の生活を楽にするために、議会が約束した、発見者への二万ポンドの褒賞金が欲しいのと、「誰であれ成功者は昇進を約束されると聞かされていた」せいである。第三回の航海を受諾したのはそうした野心からで、実現のために画策したように描き出されている。

ところが、マクリーンの伝記によると、第三回の航海は、海軍省による北西航路の発見の計画を押しつけられたことになる。サンドイッチ伯爵たちは、大西洋からピッカーズギルの指揮するライオン号、太平洋からはクックのレゾリューション号とディスカバリー号を向かわせて、北極海で出会わせるプランをもっていた。クック本人は引退を考えていたが、拒否できないように嵌められたのだとする。個人の野心よりも国家的な目的のほうが優先されたというわけだ。

二冊のクック像には、第三回の航海を続けた動機に違いがある。マクリーンの場合は、周囲の圧力からだと客観的な証拠がしめされる。イネスの場合は告白体なので、野心という動機に感情移入しやすい。このあたりは、伝記と小説というジャンルだけでなく、マクリーンとイネスの作風の違いも物語っている。

【ハワイとクック神話】

クックを英雄とみなすかどうかは、結局のところ、第三回航海でのハワイでのクックの死をどのように解釈するのかにかかっている。船の修理のために、一度離れたハワイに戻ったことが原住民に警戒心を与えたのは間違いない。投石があり、大型カッター(一本マストの小艇)が盗まれたことがきっかけで、クックは海兵隊を連れて出かける。そして、二千人以上とされる原住民のなかに、少ない手勢で、突入したのが勇気なのか、それとも疲労困憊による錯乱か、原住民への蔑視から見くびったのかは不明である。海兵隊の発砲がきっかけとなり、クックは棍棒やナイフで殺されてしまう。遺骸は後に返却されたが、食べられていたという証言もあった。

マクリーンは『キャプテン・クックの航海』で、ハワイの原住民にとって来訪神である「ロノ」としてクックを解釈した僧たちが、一度見送ったのに戻ってきたことに対する嫌悪感が背景にあると考える。神が戻ってきたので「大事に守ってきた自分たちの権威も衰えた」と感じたとする。そして、高僧のコアがクックを棍棒で殴り倒したことに強い意味を見出そうとする。

それに対して、イネスの『キャプテン・クック　最後の航海』は手記の形をとるので、死の瞬間は描写されない。前日の手記も「われわれが再び海に出る時もそう遠くはあるまい」と結ばれるだけである。その代わり、伏線として小競り合いがあったようすが細かく述べられ、さらにクックの死についても、彼の判断に誤りがあり、それは原住民の心情の変化を読み取れず、盗難への怒りに任せたからだとする。クックが「他人の感情を度外視する傾向」という欠点をもっていたとする。クック船長の洞察や行動に死角があり、結果としてそれが悲劇を招いたとみなすのだ。

こうしたクックの死に関しては、アメリカの人類学者のマーシャル・サーリンズが『歴史の島々』（一九八五）で、神話的構造の枠組みの出来事として説明しようとした。それに対して、スリランカの文化人類学者のガナナート・オベーセーカラは、『キャプテン・クックの列聖』（一九九二）で、サーリンズの議論は、ヨーロッパ的偏見によるとみなす。そもそも、クックを「ロノ」とした場合に、それは「神」ではないことを力説する。南アジアの例を出して、地域差を無視して「現地の神」を全部同じ機能に還元するのはおかしいとする。

しかも、高僧のカオの息子がオミアまたはロノと呼ばれることがある点をあげ、さらに、死後出版された『太平洋航海記』第三巻の同乗していた士官のキングの手になる脚注に、「オミアは、この島の高位で権力をもつ人物に属する称号であると我々には思われた。タタールのダライ・ラマや、日本の皇帝に似ている」とあるのを引用し、クックを「首長」と呼んだに過ぎないのではないかと結論づけていく。クックを神として英雄視すること自体が錯誤というわけだ。

クックの死をどのように解釈するのかは、そこに何の対立を見るかにかかっている。つまり「ヨーロッパ対太平洋」のような図式なのか、「来訪神と人」との出会いなのかといったレヴェルから、異邦人として、客として、あるいは侵入者としてのクックの複数の意味あいが隠れているのだ。

クックの英雄化は、ポルトガルのバスコ・ダ・ガマを、ルイス・デ・カモンイスが英雄叙事詩『ウズ・ルジアダス』(一五七二)で歌い上げたようなものだ。カモンイス本人が、マカオやゴアへ実際に出かけた体験をもつので、ポルトガルの東方進出を全面的に肯定する内容となったのである。

だが、そうしたことよりも、ハワイの「発見」以降に、クックや後続の者たちがもたらした害悪こそが大きな問題となる。ヨーロッパ人は、船員のための食料や水さらには女性の見返りとして、島民に武器やアルコールを提供したのである。クックも、食料の見返りに鉄の塊をハワイの首長に提供したのだが、そこからナイフなどの武器が作られた。

首長自身がアルコールに溺れながら、武装化し、売春宿の収入を得たせいでハワイ王国が強大化したことを指摘して、アルコールの流入や性の商品化が太平洋のグローバル化の始まりだった、と文化人類学者の塩田光喜は皮肉った（『太平洋文明航海記』）。土器をもたない太平洋では、アルコールを長期貯蔵ができなかった。こうした船乗りたちの悪習が、上層から広がっていき、太平洋の島々の文化を変容させていったと指摘する。

しかも、クックの拡張主義を引き継いだのが、アメリカ合衆国だったと、塩田は論じる。その証拠に、スペースシャトルの「ディスカバリー号」や「エンデバー号」といった名前は、クック船長が航海で使用した船から採られているという。こうして太平洋へとアメリカ合衆国が乗り出してくることになるのだ。

第2章　アメリカ合衆国と奇想の海

当初、大西洋に面して成立したアメリカ合衆国が、西漸運動を通じて領土を拡張し、太平洋に到達する。それは、フロンティアが消滅していく過程でもあった。この章では、西部劇と大陸横断鉄道の建設との関係を扱い、西半球論のなかでアメリカ第一主義を訴えたローズベルト大統領が『ヴァージニアン』などの西部劇ではたした役割を考える。小説や映画での最終的に暴力で解決する英雄のモデルが、米西戦争で活躍したローズベルトから作り出された。そして、ヨーロッパからやってきた植民者たちが、はるか昔にアメリカ大陸へと太平洋沿いにやってきた先住民との異人種間結婚や混血におびえるのは、リンカーンに見るように、土地所有の争いと結びついているからだ。フロンティアの消滅とは、先住民を牛のように有刺鉄線で囲い込むのに成功したことでもあった。そして、西へと領土を拡張したことで太平洋へと到達したアメリカ合衆国は、独自のクトゥルー神話やチャーチワードのムー大陸論を生み出した。しかもムー大陸論は日本語に翻訳されて、南洋支配を正当化する説明原理と扱われたりもしたのだ。

1　アメリカ合衆国の独立と西半球

【アメリカ合衆国の独立と環大西洋】

ジェイムズ・クックが太平洋を航行し、ハワイで亡くなったのは、一七七九年のことだった。アメリカ合衆国の独立宣言が出された三年後である。イギリスにおいて、クック船長が神格化された背景には、カナダ以外の広大な北米植民地を喪失したイギリスが、他の土地を求める焦燥感があった。十八世紀には、イギリスは私掠船の海賊を海軍に組み込んで戦力とし、海洋国家の軍隊の一員とした。

独立したアメリカ合衆国に対して、イギリスは植民地を奪還するための反撃を加えた。それが、一八一二年から四年にかけておこなわれた米英戦争だった。アメリカ合衆国の側からは、第二の独立戦争とみなされている。アメリカ合衆国は同じ北米のカナダのイギリス領を奪おうとしたし、イギリスがすぐに反撃できなかったのは、環大西洋をめぐる政治状況のせいである。

フランス革命と、その後の共和政治さらにナポレオン戦争があり、王政の危機を感じ、イギリス社会は動揺していた。ナポレオンをイギリス領のエルバ島に幽閉したせいで、フランスに備えていた兵力を振り向けることができるようになった。これも本格的な参戦の一因である。そして、一七五五年に、海軍のなかに正式に創設された王立海兵隊が、急襲する作戦を担当するようになった。そのため、当初はイギリス優勢で進んでいった。

米英戦争のさなかの、一八一四年九月のボルティモアでのマクヘンリー砦の戦いで、合衆国側が砦を奪還して星条旗が上がったのを見て作られた歌詞が「星条旗」であり、現在は国歌となっている（ただし、メロディはロンドンで生まれた流行歌のものである）。また、大統領官邸をホワイトハウスと呼ぶのもこの戦争のせいだった。一八一四年八月の戦いで、イギリスに大統領官邸が焼き討ちされてしまった。戦後になって外壁を残して再建した際に、白く塗ったのである。国歌「星条旗」とホワイトハウスのどちらも、米英戦争で最終的にイギリスを退けたことで生まれ、独立当初以上に合衆国の統一をしめすシンボルとなったのだ。

【西漸運動と太平洋への到達】

アメリカ合衆国は、旧植民地の十三州で独立したが、それだけでは大西洋に面した地域の連合体に過ぎなかった。そこで「西漸運動」と呼ばれる西への領土拡大が進んでいく。「明白な使命」と自らを正当化し、先住民を殺戮や排除し、時に混血による同化、さらに居留地への封じ込めなどを含みつつ、領土的な拡張がおこなわれたのである（荒このみ『西への衝動』）。

太平洋に到達するまでのアメリカ合衆国の領土的拡張の歴史を年代順に並べると、その西漸ぶりがよくわかる。最初の十三州に加えて、まず一七八三年のパリ条約で、五大湖周辺が含まれるようになった。シカゴなどが含まれ、セントローレンス川による水運もあり、運河や水路が整備され、内陸に工業地帯ができる契機となった。

一八〇三年には、ナポレオンからフランス領ルイジアナを購入する。ミシシッピ川沿いの地域やロッキー山脈の北部が入った。これによって「グレートプレーンズ」とか「ハートランド」と呼ばれる中心部が出来上がる。一八一八年には、カナダを支配していたイギリスとの間で、ルイジアナの国境沿いの土地を相互に交換し、モンタナやノースダコタとの国境が直線になった。現在のカナダとの国境線が直線的で人工的に見えるのは、この結果である。

さらにカリブ海に面した一帯が、次々と領土となっていく。一八一九年にはフロリダ半島をスペインから購入した。ここにキューバ系移民が多いのも、過去の経緯を考えると当然である。また、一八四五年には、テキサスを併合した。奴隷制を禁止するメキシコ政府への反逆から、農業奴隷を使いたいアングロサクソン系が共和国を作り独立したのだ。これが米墨戦争（一八四六―四八）の原因となった。

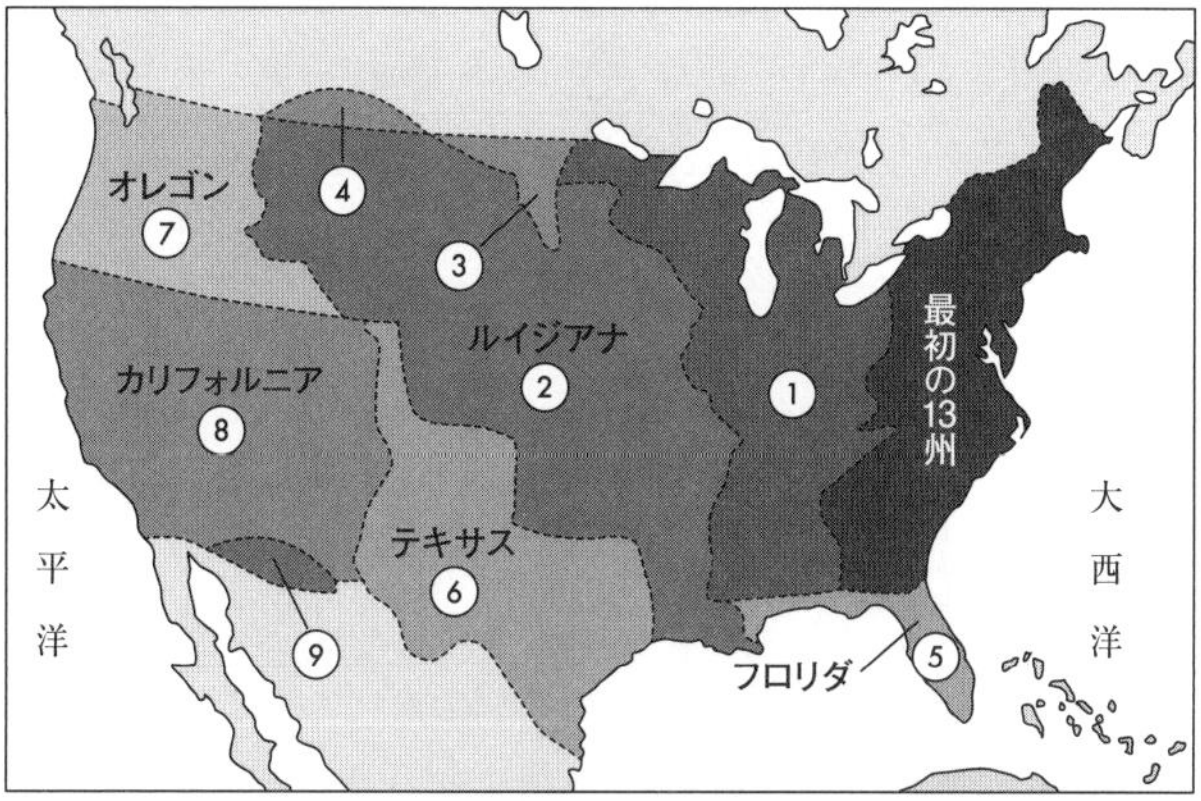

東から西へとアメリカ合衆国の領土が拡大した。①独立当時の領土は1783年にパリ条約で獲得。② 1803年にフランスより購入。③ 1818年にイギリスより割譲。④ 1818年にイギリスに割譲。⑤ 1819年にスペインより購入。⑥ 1845年に併合。⑦ 1846年に併合。⑧ 1848年にメキシコより獲得。⑨ 1853年にメキシコより購入。

合衆国の正式な領土が太平洋岸に達したのは、一八四六年のオレゴン併合からだった。これは現在のワシントン州なども含んだ広い地域で、西海岸の北半分にあたる。さらに、一八四八年にカリフォルニアをメキシコから獲得した。四九年にカリフォルニアでゴールドラッシュが起きるのも、このタイミングと関係する。そして、一八五三年に、米墨戦争後の補償として、メキシコからアリゾナ州の南部などを購入して付け加わった。これでいわゆるアメリカ本土の国境線が固まった。

さらに、太平洋岸にあるアラスカをロシアから購入したのは一八六七年であり、ハワイは一八九八年に併合されたのである。ハワイ王国がイギリスではなく、アメリカ合衆国に帰属したことで、太平洋での軸足が固まった。さらに米西戦争（一八九八）により、スペインからキューバやプエルトリコとともにフィリピンを手に入れた。

米西戦争は太平洋上に大きな変動をもたらした。アメリカ合衆国とともにスペインを下したドイツが南洋諸島を獲得した。そして、南洋諸島は、第一次世界大戦で日英同盟の結果ドイツに勝った日本へと移管され、さらに第二次世界大戦後、今度はアメリカ合衆国の委託統治下に入るのだ。戦争によって支配者が変わってきたが、島の住民の意思とは何の関係もない。

【鉄道と西部劇】

アメリカ合衆国が、領土を拡張して大西洋と太平洋を繋いでも、水路は河川に限られるので、船による物資の移動は難しい。ロッキー山脈を越えて太平洋岸に出ることがいちばん効率がよいので、馬車や鉄道による通商路が開かれた。一九一四年に完成したパナマ運河をアメリカ合衆国主導で建設したのも、大西洋と太平洋の間の物流手段を求めてのことだった。

十九世紀には、ミシシッピ川以西での鉄道網の整備が求められていた。そこで、一八六九年に、ネブラスカ州のオマハとカリフォルニア州のサクラメントを結ぶ路線が、ユニオン・パシフィック鉄道とセントラル・パシフィック鉄道によって敷かれた。いわゆる「大陸横断鉄道」の完成である。オマハにはシカゴを経由して東部への路線が接続していたので、複数の鉄道会社を乗り継いで、東と西の相互の移動が可能になった。西漸運動を担った幌馬車の後で、今度は鉄道がロッキー山脈を越えて西へ進んでいく交通手段となった。

この鉄道建設には、多数の中国人労働者が従事したことが知られている。もちろん彼らは太平洋を渡ってきたのである。一八五八年六月にカリフォルニア中央鉄道が五十人の中国人労働者を雇ったのに始まり、一八六七年二月には、大陸横断鉄道のトンネル工事におよそ八千人、線路の敷設に三千人が働いていた、と記録がある（サイト「スタンフォード大学　北米計画での中国人鉄道労働者」）。

こうした馬から鉄道への変化のなかで、開拓時代のロッキー山脈以西を「古き西部《オールド・ウェスト》」と呼び、ノスタルジックに回想する流れが生じた。一八八三年に始まったバッファロー・ビルの「ワイルド・ウェスト・ショー」のように、西部を見世物化することが起きた。幌馬車を襲うインディアンとの銃撃戦、さらにアニー・オークリーのような射撃が上手い少女の活躍といったショーの題材となったのだ。

他方で、十九世紀末に登場した映画という新しいメディアにとって、フランスのリュミエール兄弟の「ラ・シオタ駅への列車の到着」（一八九五）のように鉄道は格好の映像素材となった。そして、エドゥイン・ポーター監督による十分ほどの長さの「大列車強盗」（一九〇三）は、最初の西部劇映画ともされる。

この映画では、駅に到着した列車を四人組の強盗が襲う。車窓の流れる景色や列車の動く様子も、スタジオで撮影した場面と画面が合成されて迫力があった。給水のために止まった列車に乗り込んで、車掌を殺して紙幣を奪う。蒸気機関車を切り離し、残った客車にいた乗客の金品を強奪する。馬に乗り換えた強盗たちを、事態を知った男たちが馬で追ってきて、四人全員を撃ち殺すことで事件は終了する。最後に観客に向かって六発銃を撃つ男が出てくることで有名である。当時の観客を驚かせただけでなく、映画内で描かれた出来事が虚構であるとはっきりと示すメタ映画としても、現在は評価されている。

最初の西部劇小説とされるオーウェン・ウィスターの『ヴァージニアン』（一九〇二）でも、語り手が鉄道でやってきて、ワイオミングの田舎町メディシンボウで降りるところから始まる。そこでヴァージニアンと呼ばれている主人公と出会うのだ。宿敵となるトラパスとの闘いに勝ち、西部で鍛えられたヴァージニア生まれの東部男が、ワイオミングの悪徳を排し、最後には西部の牧場主となる。このウィスターの小説は何度も映画やドラマとなり、西部劇の定型を形作った。

大陸横断鉄道のユニオン・パシフィック鉄道の起点であるネブラスカ州オマハには、一八八三年に「ユニオン・ストックヤード」と呼ばれる精肉加工の施設が作られた。シカゴと並んで、精肉業者にとって重要な拠点となった。鉄道なしには食肉産業は成り立たなかった。だが、牛を囲いこむための「有刺鉄線」が一八七四年に発明されて広く利用され、囲まれた場所で牛が飼育されるようになった。そのため放牧や牛追いに必要なカウボーイの数も減っていった。

そうしたなかで、一八九〇年の国勢調査で、フロンティアの消滅が宣言された。それを扱った歴史学者のジャクソン・ターナーは、フロンティアがアメリカ国民を鍛える場所だったのに、その喪失が残念だ、と嘆いたのである（大井浩二『フロンティアのゆくえ』）。そのため、アメリカ合衆国は、理念としてのフロンティアを、地上だけではなく、外洋やさらに宇宙などへと求めるのだ。

【国家統一としての大陸横断鉄道】

ポーターの「大列車強盗」でわかるように、西部劇映画において、馬車だけでなく、鉄道も、ならず者や先住民によって襲われる対象となった。それは鉄道が外部と政治的、経済的につながる手段だったからだ。そして、ロッキー山脈を越える西部での鉄道建設そのものが、国家統一を表現することになった。

たとえば、セシル・B・デミル監督の『大平原』（一九三九）の原題は『ユニオン・パシフィック』である。まさに鉄道会社の名前がついている。そして、リンカーンの命令で始まった事業を、自分の利益のために遅らそうとする資本家、襲い来るスー族などといった定番を使いながら、北軍あがりの主人公が妨害を乗り越えて建設を成功させる。最後に東西を結ぶものとして、黄金の釘を打ちこむ場面が印象的である。大事なセレモニーで打ち損じるお偉方を囲んで皆が笑いものにすることで、祝祭的な雰囲気を醸し出していた。そして、この「ユニオン」こそが、ファシストたちが台頭する海外の状況へのアメリカなりの反応だった。

その後、一八八二年には、並行する第二の鉄道が敷かれた。このサンタフェ鉄道建設をめぐっては、ランドルフ・スコットが主演した『サンタフェ』（一九五一）が作られた。元南軍兵の四人兄弟のうち一人が鉄道会社に入り、他の三人が襲う側に回り兄弟が対決することになる。ここには、『大平原』とは異なる立場から、南北戦争終結後の西部における対立が描き出されるとともに、鉄道建設が融和の表現として扱われていた。

そして、カナダでも、カナディアンパシフィック鉄道が一八八五年に開通し、これは二年後に太平洋と大西洋を結んだ。『サンタフェ』で主演したスコットは、やはり『カナダ平原《カナディアンパシフィック》』（一九四九）で、鉄道建設の調査員の主人公を演じた。毛皮業者などの攻撃を受けながら、カナダのロッキー山脈を貫く鉄道を建設する話だった。このように、北米大陸を横断する路線が次々と出来上がった歴史を西部劇は主題化していった。

ただし、鉄道の役割は、列車による人や物資の輸送だけではない。ポーターの「大列車強盗」でも、走る列車の傍らに五本の腕木をもつ電柱が立っていた。強盗が駅員を縛りつけたのも、隣の駅に連絡させないためだ。鉄道とともに電信網が完備して、情報が流通するようになる。それは、駅馬車を使った郵便や、有名なポニー・エクスプレスよりもずっと速い情報伝達手段だった。

西部に電信網が整備されることを扱ったのが、フリッツ・ラング監督の『西部魂』(一九四一)で、原題は『ウェスタン・ユニオン』であった。主演はこちらもスコットである。明らかに戦争事態におけるアメリカの統一を歌い上げようとするものだった。最後に電柱が並び、電信が飛び交う様子は、ドイツから逃れてきたラング監督による旧世界への応援歌でもあった。

十九世紀末の北米大陸で、このように大西洋と太平洋とが鉄道によって結ばれた。さらに支線がタコの足のように広がっていく。それは国家的統一のイメージをもたらすだけではない。建設における土地収用をめぐる問題が生じ、地方がアメリカ合衆国という大きなシステムに組み込まれていくのである。

カリフォルニア州に鉄道網が広がる中で、小麦農家と鉄道会社の土地買収をめぐって実際に起きた騒動を題材に、自然主義作家のフランク・ノリスは『オクトパス』(一九〇一)を執筆した。この場合のタコとは鉄道網のことであり、農家をからめとるシステムのことでもあった。小麦をめぐる三部作の一作目にあたり、ノリスは小麦の「生産」「分配」「消費」を描く意図をもっていたが、第二作のシカゴを扱った『穀物取引所』（一九〇二）こそ完成したが、予告されていたヨーロッパでの消費を扱う最終作は、著者の死亡により未完で終わった。
『オクトパス』の最後に結論という章があり、鉄道会社が土地買収に成功して、線路が敷かれた後の様子が語られる。騒動の過程で多くの者が亡くなり、その犠牲の上で列車は走っている。

豊かな渓谷のなかに、農民たちの静かなコミュニティのなかに、あの疾駆する怪物、鉄と蒸気の恐怖が突進してきた。地平線から地平線へと横切り、谷間のあらゆる農場に雷鳴を響かせ、通り道には血と破壊を残しながら。／鉄道はあたりに蔓延してしまった。農場はそのタコの触手に捕まえられてしまっている。ぼったくりの貨物料金が不正な重荷となって、牛にかける鉄の枷のように課せられていたのだ。

鉄道を使わないと小麦を運べず、さらに輸送コストが加算されるので、買い叩かれるという状況が生まれた。ノリスが描いたのは、鉄道による国家的な統一が、同時にヨーロッパの市場に左右される巨大な生産と消費のシステムに、人々が組み込まれることだった。太平洋に至る鉄道によって、西部が東部にコントロールされるだけでなく、さらに海外に支配されるようになる。これがアメリカ合衆国の発展を支えただけでなく、戦争景気や、世界大恐慌などのグローバルな危機をもたらすようになったのだ。

【西半球論とローズベルト】

アメリカ合衆国は、独立後も多くの対外戦争を戦っていた。米英戦争（一八一二―一四）、メキシコとの米墨戦争（一八四六―四八）、スペインとの米西戦争（一八九八）などを経て、領土を広げてきた。内戦としての南北戦争（一八六一―六五）も分裂しかけた合衆国を再統一し、南部の不満を西部への欲望に転移することで逃れたのである。元南軍兵士の物語が西部劇に多いのも当然なのである。そして、鉄道網や電信網のような内部のネットワークが完備することで、統一が進んでいく。だが、そこには、先住民を追い出し殺害するといった西部劇に描かれるような出来事が隠れていたのだ。

アメリカ合衆国の対外政策で、都合良く持ち出されるのが、「孤立主義」や「モンロー主義」や「アメリカ例外主義」という考えだった。「孤立主義」は初代大統領ワシントンに帰するとされるが、英仏の戦争に非干渉、非同盟の立場を引退時に述べた。それはアメリカの独自外交を述べたものだが、そのまま引き継ぐべき指針と捉えられた。

「モンロー主義」は、第五代大統領ジェイムズ・モンローの一八二三年の大統領教書によるもので、新旧大陸の相互不干渉を宣言した。そして、「アメリカ例外主義」は、フランス人のトクヴィルの『アメリカの民主主義』（一八三五）に由来するとされる。ヨーロッパとの違いを述べるはずの概念が、「棍棒主義」で有名なセオドア・ローズベルト（ルーズベルト）によって、旧世界への優越を示す「アメリカニズム」として読み替えられてしまった。

とりわけ、地政学的に「西半球」という考えが打ち出される。イギリスを南北に貫くグリニッジの標準子午線から

西半球図。アメリカ大陸が世界の中心となる。

東経と西経が広がっていくが、西経〇度から一八〇度までの範囲を西半球と定める。そうすると、都合よく南北アメリカが中心に来て、図のように円の端にヨーロッパやアフリカの一部が見えるだけで、ユーラシア大陸がほとんど見えなくなる。これは孤立主義からアメリカニズムまでを説明するのに便利な地図となった。西半球の様子を示すだけで、アメリカ合衆国こそが盟主であり、他からの干渉を受けつけないという意思が見えてくる（下河辺美知子編著『モンロー・ドクトリンの半球分割』）。

そして、東半球を「旧世界」として排除することで、新世界である独立後のアメリカ合衆国、及び南北アメリカの一体化を肯定できるのである。しかも、ナポレオンがイベリア半島に侵攻したせいで

スペインの勢力が衰えたことが、一八四八年の中南米の植民地の独立につながった。それが、さらに太平洋側のカリフォルニアやテキサスの獲得へとつながったのである。そこで、旧世界の干渉を受けずに済む論理の裏づけとして、西半球が出てくる。だが、同時にそれは、西半球内でのヒスパニック系文化の浸透や、先住民をどう考えるのか、黒人奴隷問題をどのように扱うのか、という現在にいたるアメリカ合衆国の課題とつながっている。

こうしたなかで、ローズベルトが「アメリカニズム」つまり「アメリカ第一主義」を掲げて登場する。ローズベルトは、日本でも、その愛称がついた「テディ」ベアで知られるし、日露戦争の停戦に一役買ったことで、近代史に顔を出す。一八九八年の米西戦争の際に、民間義勇軍の「荒馬騎兵隊（ラフ・ライダーズ）」を結成して、キューバを襲って奪取に成功した。そして、一九〇一年に第二十六代大統領に上り詰めると、州知事時代の「言葉は穏やかに、だが大きな棍棒を携えて」という発言に由来する棍棒主義の態度そのままに中南米諸国を扱い、暴力をちらつかせてパナマ運河の建設などを推し進めた。ウィスターが西部劇小説『ヴァージニアン』を捧げたのは、ハーバードの同級生だったローズベルトその人だった。つまり、この人物を念頭に置いてカウボーイ的なヒーローの出てくる西部劇小説や映画が作られたのである。

2　先住民と異人種間結婚

【西部劇と先住民】

モンロー主義のように、南北アメリカをヨーロッパから分離し、孤立させるという考えが広がった十九世紀のアメリカ合衆国内の課題のひとつは、先住民をどのように扱うのかだった。連邦政府が、太平洋岸のオレゴンとカリフォルニアを手に入れたことで、先住民にとってこれ以上逃げる場所がなくなってしまった。

西部をアメリカ合衆国にとって重要な場所と考えるローズベルトは、一九〇六年にワイオミング州にある「デヴィルズタワー」をナショナル・モニュメント（国定公園）の第一号とした。遺跡保存法によって、有史以前の遺跡として保存されるようになった。柱状節理から出来上がった山であり、そこは今でも先住民にとって聖地なのだが、科学的側面を重視してモニュメントとしたのである。遺跡保存法の対象には、コロンブス以前の遺跡を含むが、聖地であることを強調すると、それを破壊してきた植民地の「父祖たちの罪」も明らかになってしまう。スピルバーグ監督が『未知との遭遇』（一九七七）で、UFOの母船が着陸し、人類がコンタクトを取る場所としてデヴィルズタワーを選んだ。それにより、宇宙人と人類の関係に、植民者と先住民との関係が重ねられるのだ。

『ユニオン・パシフィック』で鉄道建設を命じたリンカーンは、黒人奴隷の解放に積極的だったが、先住民には差別的な態度を取ったことが知られている。若いときに、イリノイ州から先住民のソーク族とフォック族を追い出す「ブラック・ホーク戦争」に民兵として参加したのも理由にあるだろう。また、南北戦争後の一八六二年にホームステッド法を出したときも、先住民の排除を容赦なくおこなった。幼いときに、ケンタッキー州に両親がもっていた土地の権利書が偽造だとわかり、一瞬にして土地を喪失してしまった。それ以後丸太小屋で生活するようになった辛い体験があり、土地の確保に執着していたとも考えられる。黒人奴隷は土地所有者ではないので戦う対象ではないが、先住民はまさに土地を支配しているので敵対し、追い出すべき相手なのだ。

このホームステッド法がもたらした争いのひとつが、ワイオミング州ジョンソン郡のいわゆる「ジョンソン戦争」(一八八九—九三)だった。ウィスターの『ヴァージニアン』の下敷きとなっている。土地を巡る争いは、先住民と植民者の間だけでなく、放牧業者と定住農民の間にもある。そして、ノリスの『オクトパス』のように、小麦農民と鉄道会社の間にも生じるのである。

土地を追われた先住民は「インディアン居留地」に押し込められてしまった。アメリカ合衆国におけるフロンティアの消失が一八九〇年に宣言されたのは、この年の十二月二十九日にサウスダコタ州ウンデッド・ニーで、第七騎兵隊によって虐殺がおこなわれたからに他ならない。スー族のゴーストダンスを戦闘の踊りと錯誤して発砲され、多くの死者が出た。これ以降、まとまった武装による先住民の反抗はなくなった。まるで牧畜の牛のように、居留地のなかに囲い込まれてしまったのである。ローズベルトは、グランドキャニオンなどの西部での生活を体験して、幼い頃の弱かった体質を変えたという。『自叙伝』（一九一三）の第四章の「カウボーイの土地で」をこう始める。

その頃はまだワイルドウエストが、遥かな西部が、オーウェン・ウィスターの物語のような西部が、フレデリック・レミントンの絵のような西部が、インディアンとバッファロー狩り、兵士と火薬の西部があった。そうした西部の土地は、今はなくなってしまった。「失われたアトランティスといっしょに」、亡霊の島、奇妙な死者の記憶の島へと行ってしまった。

西部をアトランティスとなぞらえている点にも注目すべきだが、ローズベルト本人をモデルにしたウィスターの小説に言及しているのは、一種の入れ子にさえ見える。フィクションに基づいて過去を回想するせいで、それだけ理想化が進み、現実とは遠く離れたものとなったのだ。

しかも、フロンティアが若者を鍛える場所となりえるのは、大いなる自然だけでなく、敵対者としての先住民との緊張関係があるからだと主張している。荒野のフロンティアが、「兵士と火薬」の前《フロ》線《ント》とつながることで、西部劇的な価値観がそのまま対外戦争と直結することになった（ホームステッド育ちのルークを主人公にした『スター・ウォーズ』と西部劇の関連は、拙著『スター・ウォーズの精神史』で論じた）。

だが、第二次世界大戦以降、ローズベルト的な価値観では、西部劇は成立しなくなる。マリリン・モンローの遺作となったジョン・ヒューストン監督の『荒馬と女』（一九六一）の原題は『ミスフィッツ（適応できない者たち）』だが、まさにチグハグな映画になっていた。モンローの相手役はこれも遺作となったクラーク・ゲーブルだった。ゲーブルが演じるのは、野生の荒馬を捕獲して、ドッグフードの肉に利用すると考える男である。現代のネヴァダを舞台にしているので、飛行機を使って馬を追い回したり、車から投げ縄で捕獲する場面が出て来る。現代の西部で馬は不要になっているのだ。

しかも、野生の馬の肉を犬の餌にするのは、西部劇の定番であった野生の荒馬を乗りこなすことで男らしさをしめす設定の否定だった。ここで重要な役割を果たす野生馬つまりムスタング（マスタング）は、あくまでも半野生の馬でしかない。コロンブスが到着したアメリカ大陸に馬はいなかったのである。だから、スペイン人が持ち込んだ家畜としての馬が、野生化したのである。ローズベルトが憧れた牧童としてのカウボーイも、当然ながらスペインのガウチョの末裔なのだ。

西部劇俳優のランドルフ・スコットの引退作となったのが、サム・ペキンパー監督の『昼下がりの決斗』(一九六二)だった。すでに述べたように、スコットは大陸横断鉄道の建設をめぐる映画に主演し、大西洋と太平洋をつなぐ正義のために行動する役を演じてきた。ところが、ここでは一転して汚れ役となり、現金輸送の護衛を手伝うふりをして金を奪おうとするのだ。そして旧友と撃ち合いとなる。これは、『荒野の決闘』(一九四六)で正義の保安官ワイアット・アープを演じたヘンリー・フォンダが、マカロニウェスタンの『ウエスタン』(一九六八)で極悪非道の殺し屋となったのにも似ている。もはや西部劇そのものが、ローズベルト流の棍棒主義のような正義感を維持できなくなってしまったのだ。

【混血と異人種間結婚】

コロンブス到着でアメリカ大陸の歴史を始めない場合には、先住民がどこからやってきたのか、という問いが生じる。ＤＮＡの鑑定などが進んだことで、現在はベーリング海峡ルートだと定式化されている。

二十万年前にアフリカ東部で生まれた人類が、四万年前くらいに中央アジアからシベリアに到達し、さらに、二万年から一万五千年前にベーリング海峡を渡り、南米の先端に到達したのが一万二千年前くらいと推定されている。ベーリング海峡が結氷して渡ることができ、パナマ地峡があったおかげで、ゆっくりとではあっても人類は南米のパタゴニアまで進んできたと考えられている。

　日本の探検家の関野吉晴が、「グレートジャーニー」として、南米チリからアフリカのタンザニアまでの五万キロを歩いて、このルートを遡ったことでも知られる。もちろん、北米では部族ごとに文化が異なるし、南米ではアステカ、マヤ、インカのような中央集権的な巨大な建造物を作る文化があった。それぞれに生活様式の違いがあるが、それは何万年もかけて地理的条件などから生じた違いであり、互いに優劣があるわけではない。

　こうした新しい状況で、ニューヨークの自然史博物館を舞台に、アメリカ合衆国の歴史の再編成を試みたのが、映画『ナイト・ミュージアム』(二〇〇六)だった。しかも、百年前の棍棒主義で強面のローズベルトのイメージを読み替えようとしていた。ロビン・ウィリアムス演じる蝋人形のローズベルトが、西部でルイス&クラーク探検隊の通訳として活躍したサカジャウィアの人形との恋物語でもある。

　二人は西部に関係してはいるが、現実世界で交差することはありえなかった。彼女はローズベルトの百年前のジェファーソン大統領の時代の住人だった。先住民ショーショーニ族の女性であり、「良きインディアン」と考えられていた。しかも、一九九九年に一ドル硬貨の肖像となり、アメリカ合衆国のなかでの再評価が進んでいた。そうした政治的正義にかこつけて、映画は善人としてのローズベルト像を取り戻そうとした。

『ナイト・ミュージアム』で、ローズベルトとサカジャウィアの時空を超えたロマンスの成就が示唆されていた。最後には二人が一緒に馬に乗るカットが登場するが、これは先住民との異人種間結婚、さらに混血の問題を呼び込む。ローズベルト大統領が先住民の女性と結ばれるとは考えにくいが、第四十四代として、バラク・オバマという「混血」の大統領が選ばれたことで、異人種間結婚が無視できないものとなった。

オバマは、ハワイ大学で出会ったケニア出身の黒人の父親と、白人の母親の間に生まれた。その後、離婚した母親がインドネシア人と再婚したので、インドネシアの滞在経験もある。母親のアン・ダナム自身が複数の混血であり、しかも経済人類学者として『インドネシアの農村工業――ある鍛冶村落の記録』（一九九二）を書き上げている。太平洋こそが、バラク・オバマを作り上げたと言えるだろう。しかも、オバマは、シカゴの下院選挙では、純粋な黒人ではないからと、対立候補から非難されて落選する体験もしている。黒人問題と異なり、先住民問題について積極的に発言したようには見えないが、否定的な見解を述べるはずもなかった。

先住民との異人種間結婚がもたらす悲劇や軋轢は、ディズニーのアニメにもなったポカホンタスの時代からあった。彼女は十七世紀初頭のアメリカの初期植民地ジェイムズタウンを彩る。ポウハタン酋長の娘ポカホンタスは、キリスト教に改宗してレベッカという名前となり、ジョン・ロルフと結婚した。そして、ジェイムズ一世の宮廷では、ヴァージニア植民地の女王として紹介された。息子のトーマスがいて、さらに孫娘であるジェインが有力な一族と結ばれたことで、名家の血筋だとしてポカホンタスの子孫であることを誇る者もいる。

混血であるオバマ前大統領の融和的な政策に対して、ドイツ移民の子孫であるトランプ大統領は、人種的な差別を露骨に表すことで、モンロー主義的なアメリカ観を繰り返す。たとえば、民主党のエリザベス・ウォーレン議員を何度も「ポカホンタスの子孫であることを売りにしている」と非難した。とりわけ、二〇一七年十一月に、第二次世界大戦中にナバホ族が部族の言葉を暗号として利用したことの顕彰の儀式の際に、ウォーレン議員を「ポカホンタス」として切り捨てた。それは露骨な差別であるが、他方でウォーレン議員が先住民の子孫であるかどうかの確証も得られてはいない。

現実の歴史、またそれを歪めながらも表象する西部劇において、先住民は悪役の役回りを与えられてきた。そのなかで、ポカホンタスは、キリスト教徒になり、良きインディアン、しかも従順な女性という役回りを与えられた。十九世紀の同化政策にとっての象徴となった。それはサカジャウィアと同じである。

ところが、先住民が白人の子供を略奪して自分たちの奴隷などにする「インディアン捕囚」というテーマの作品がある。とりわけ相手が若い女性の場合には、妻の一人とされ、「混血」の問題は、ポカホンタスとは異なり、性的陵辱という表現をとる。しかも白人男性が先住民女性と結ばれるときとはかなり異なる心情的な反発が存在する。

現在でもそうした表現は、激しい議論を巻き起こす。先住民に略奪された姪を取り戻しに行く老兵を主人公にしたジョン・フォード監督の『捜索者』（一九五六）のように、毀誉褒貶のある作品が存在する。映像の見事さにも関わらず、差別主義的な言動に満ちているせいなのだ。こうした映画や、トランプ大統領のような反応を支えているのは、「混血」への恐怖である。混血によって自分たちが劣等だと思っている相手と同化し退化するのではないかという不安である。そのためには境界線を設定し維持する必要がある。よそ者の侵入を防ぐために壁で囲んだ「ゲーテッドコミュニティ」と呼ばれる高級住宅地が増えたように、トランプ大統領がメキシコ国境の壁にこだわるのにも根拠があるのだ。

3　失われた大陸と奇想の海

【アトランティスからパシフィックへ】

太平洋上に散在する島の遺跡から、そこに文化の共通点を見出す時、島伝いに太平洋を渡って移動する人々を考えるのではなく、失われた大陸の痕跡とみなす考えも出てきた。地震や津波で海に沈んだ島あるいは大陸がかつてあったとする「奇想」なのである。アトランティス神話の末裔である。ローズベルトも、失われた西部を「失われたアトランティス」と例えたほどにありふれていた。

ヒロイック・ファンタジーの作者でもあるL・S・ディ＝キャンプは、アトランティス伝説が広がった過程を追う『幻想大陸』（一九七〇）を執筆した。シカゴで水中ストリップショーの題材となったように、アトランティスへの傾倒は「一つの現実逃避でもあって、ちょうど子供が積木遊びをするようだ」と冷静に判断している。

プラトンが「ティマイオス」や「クリティアス」で述べたアトランティス伝説は、現在ではサントリーニ島の火山の爆発によるクレタ島の被害の記憶とするのが有力な説となっている。だが、プラトンのアトランティス大陸の話は、存在していた場所が地中海から大西洋へと移動する。巨人アトラスの柱の外が大西洋だったので、アトランティス大陸の痕跡を大西洋に求める議論が出てきた。

そうした想像力は、アメリカ大陸をアトランティスとつなげる発想となる。トマス・モアの『ユートピア』（一五一六）では、ユートピア島は、南米ブラジルのカボフリオの向こうにあるとなっていた。また、ベーコンの『ニュー・アトランティス』（一六二七）では、同じく南米でも太平洋側で、ペルーから中国に向けて船出をしたらぶつかったベンサレム島のことだった。どちらも、イギリスから見て、アメリカ大陸の「発見」をアトランティスという失われたユートピアの発見と読み替えている。

失われた大陸としてのアトランティスそのものの関心は消えない。たとえば、ジュール・ヴェルヌの『海底二万里』（一八七〇）では、ネモ艦長の潜水艦ノーチラス号が、大西洋から太平洋まで移動する。乗り合わせた海洋生物学者アロナックス教授たちは、大西洋のスペインのビゴ湾の先の海中での散歩に誘われる。海中の山を登ったところに「アトランティス」と書かれた標識があったのだ（第二部九章「消え去った大陸」）。どうやら、ヴェルヌは、スペイン沖のアゾレス諸島など実在する島を根拠にしているようだ。

そして、大西洋と太平洋が鉄道で直結されて、フロンティア喪失で揺れる一八八〇年代のアメリカで、「アトランティス」実在論を強力に推し進めたのが、人民党の創設者の一人でもあるイグネイシャス・ドネリーだった。ドネリーはシェイクスピア＝ベーコン説の推進者であり、それもあってか、『アトランティス』（一八八二）で、アトランティスの実在を論証しようとした。その衝動に、ジェファソン主義的な農民第一の思想や、砂漠を庭園とする思想があると大井浩二は読み解く（『フロンティアのゆくえ』）。この場合のアトランティスは、アメリカ合衆国の理念となっているのだ。

アトランティスがアメリカ本土と重ねられたように、地中海のイメージが太平洋にまで拡張してしまう場合もある。ＤＣコミックスの『ワンダーウーマン』である。これは一九四一年にシリーズが開始されたが、アマゾン族のヒポリタが母で、彼女が粘土により作った娘ダイアナが主人公となる。オリュンポス神話の流れを汲むはずなのに、当初故郷である「パラダイス島」は太平洋のどこかにあるという設定だった。

続編が作られてきたので、現在は島もセミスキラとギリシャ風の名前となっている。その後、島の位置は大西洋のバーミュダトライアングル、さらにエーゲ海という本来のオリュンポス神のいる場所へと戻された。それは、アマゾン族の末裔としてのワンダーウーマンの起源を修正する動きだが、アトランティス的な発想を太平洋へと拡張しても、二十世紀前半のアメリカ合衆国では、それほど違和感がなかったのである。

【クトゥルー神話と太平洋】

アトランティスはヨーロッパからやってきた外来の発想だったが、二十世紀のアメリカ合衆国を代表するポピュラーな神話体系といえば、H・P・ラブクラフトを起点とした「クトゥルー神話」だろう。そこでも海が大きな役割を果たす。日本語訳に、「クトゥルー」や「クトゥルフ」や「クートゥリュウ」などと様々な表記があるのは、もともと人間には発音できない言葉のうちで、聞き取れたのが場所を示すルルイエとクゥトルーの二語だけのせいである（以下は仁賀克雄の訳を参照しているが、表記は変更した）。

クトゥルー神話には多くの作家が参加し、当初から色々な傾向の作品が生まれた。しかも、世界観が共有されるのではなくて、人物や神の名などを共有することで作品が増殖していく。これは、言葉が共有される「シェアード・ワード」と考えるのがいちばん良さそうである（森瀬繚『ゲームシナリオのためのクトゥルー神話事典』）。

「海神ダゴン」（一九一七）は、第一次世界大戦の太平洋の公海上で、ドイツ軍に拿捕された主人公がボートで逃れる。そして隆起した陸地に上陸すると、そこには海底の底の泥で、数日のうちに乾いて、探検すると石碑を見つける。そこに鯨と戦う半人半魚の巨人らしい姿が描かれていた。するとその巨大な悪夢のような怪物が海から浮かび上がり、襲ってきたのだ。主人公はそれから逃れて、アメリカ船に救助され、サンフランシスコの病院にいるが、窓の外に何者かがやってくる気配を感じるところで終わる。超常的な存在との出会いが描かれている。

そして、戦後に書かれた「海の神殿」（一九二〇）では、立場を入れ替えて、ドイツのUボートの乗組員が主人公になった。彼がユカタン半島沖の海中で見つけたアトランティスに魅了され、その神殿の中へと入っていこうとする手記を、瓶に入れて流したという設定だった。大西洋アトランティス伝説の系譜にあるのだが、主人公は、廃墟の存在を認めても、神殿へと導く思念が、虚妄であることを実証しようとする。

その声を別の形で描いているのが「クトゥルーの呼び声」（一九二六）であり、太平洋とクトゥルー神話を結びつける重要な作品となる。どことなく、ジャック・ロンドンの『野性の呼び声』（一九一九）を連想させる。野性の声に惹かれて犬ぞりから逃げたバックと同じく、主人公はクトゥルーの声に呼びかけられる体験をするのだ。

この「クトゥルーの呼び声」は、三章に分かれている。一章「粘土板の恐怖」は、ニューイングランドの彫刻家が見た夢から作られた象形文字の粘土板の話で、その解読を求められたセム語の専門家が調査をした。それによると科学者よりは芸術家が悪夢を見たという結果が出て、何かを同時に感じていた証拠とされる。二章「ルグラース警部の証言」は、退化したエスキモーたちの信仰、ニューオーリンズで起きたヴードゥー教の饗宴といった別々のものに「クトゥルー」が共通する。そして、深海の底の巨石都市ルルイエで、クトゥルーが出て行く瞬間を待っていることがわかる。三章「海から現れた狂気のもの」で太平洋が登場する。チリからオーストラリアに向かっていたはずなのに、漂流していた船の生存者が、ルルイエでクトゥルーと出会ったとわかる。太古に他の星から飛来した「ゼリー状の怪物」だった。しかも「南緯四七度九分、西経一二六度四三分」と具体的な数値で、ルルイエの大石柱の位置が表記されている。ニュージーランド、南米大陸、南極大陸に挟まれている場所であり、クトゥルー神話の震源地を太平洋とみなしてよいだろう。

ただし、ラブクラフト自身によるクトゥルー神話での海は、大西洋とか太平洋に限定されない。東海岸のマサチューセッツ州にあるとされるアーカムは、魔女狩りで有名なセイレムを、キングスポートの港町は、セイレム近くのマーブルヘッドをモデルにしている（チャールズ・ミッチェル『H・P・ラブクラフト映画大全』）。「海の神殿」のように大西洋の場合もある。

「クトゥルーの呼び声」で、ニューイングランドで起きた地震が、ウィルコックスという彫刻家にインスピレーションを与えたが、同時に、カリフォルニア、インド、ハイチ、フィリピン、アイルランドでも異常なことが起きていた。それがみな太平洋のルルイエに眠るクトゥルーに由来するとわかるのだ。

波紋を広げる地震や津波がイメージされていて、大西洋だろうが、太平洋だろうが、それこそ全地球を揺さぶる振動による恐怖なのである。これが、「コズミック・ホラー」と呼ばれるラブクラフトの恐怖の感覚を生む。そして、ポーの衣鉢を継ぎながらも、アメリカ合衆国の新しい神話の可能性を広げた。先住民の神話とも異なり、アトランティスの話やブルワー・リットンなど旧世界の知識と接続しながら、独自の色合いを発揮する。

こうして世界に同時に影響があるというのはコナン・ドイルの『毒ガス帯』（一九一三）での、毒性を帯びたエーテルを地球が通過して、人類が滅びるというイメージともつながっている。酸素がなくなる事による死は、インドネシアのスマトラ島から始まったが、ロンドンにまで被害は及ばなかったのだ。太平洋という裏側で起きた悲劇にとどまっていた。ネットワーク化された世界だからこそ、恐怖を同時に共有するという感覚がそこに描かれている。それは鉄道や電信でネットワーク化されたアメリカ合衆国にとっても無縁ではなかった。

ラブクラフトの「クトゥルーの呼び声」でも、証拠は新聞記事の切り抜きによるのだ。メディアによって伝えられた断片の向こうにつながった全体を想像することになる。クゥトルー神話のそれぞれの太古の神々との遭遇は、断片的なままにとどまる。その後の作家たちも、クトゥルー神話と結びつけて執筆するので、始原としてのクトゥルー神話の正当性は守られてきた。小説や映画やコミックスがどれだけエピソードを増やしても、その体系は閉じることはない。誰も全体を検証する術をもっていないのだが、キーワードによって関連づけることはできる。これがクトゥルー神話が最強の神話群となった秘密だろう。

そして、「海神ダゴン」のように、太平洋上に島が浮かび上がってくる手法で、古代も中世も時には近代も混同させ、地理的な特徴も混ぜ合わせることで、格好の物語舞台が用意される。ラブクラフトの友人で、英雄コナンを描いたR・E・ハワードなどの「ヒロイック・ファンタジー」ではどこの時代や国とも分からない大陸が物語の舞台となりえる。ターザン小説のE・R・バローズのように、アフリカだけでなく、地底世界や他の惑星といった異世界を舞台にするのも似ている。ただ、クトゥルー神話は、多数の作家の意識的な参加を許す点で、アメリカ合衆国のモットーである「多様性の統一」の表れとも言えるのだ。

【レムリア大陸からムー大陸へ】

ラブクラフトの「クトゥルーの呼び声」のなかに、ウィリアム・スコット＝エリオットの『アトランティスと失われたレムリア大陸』という実在する本への言及があった。神智学者のスコット＝エリオットが書いた二つの本の合本だが、アトランティス大陸はあくまでも、環大西洋的な想像力にとどまる話だった。しかも、レムリア大陸ももともとはインド洋をめぐる話だった。

レムリア大陸とは、もともと人類の先祖に近いとされるキツネザルが、インド洋に広範囲に分布していることを説明するために、太古の「ゴンドワナ大陸」という仮説をもったことから始まる。それはヒトの起源の説明ともつながっていた（ディ＝キャンプ『幻想大陸』）。いわば、バラバラの島を結びつける橋として想定されていた。だが、それはあくまでも人類が存在するはるか以前の昔の出来事であった。

ところが、レムリア大陸は、キツネザルとも、インド洋とも離れて、心霊主義の伝道者ともいえるブラヴァツキー夫人の手により、太平洋へと移動する。確かに、巨大な大陸が沈んだと思える現存する空白はここにしかない。アトランティスがいつしかアメリカ合衆国と同義になるのと同じである。ヴェーゲナーがパンゲア大陸を提唱した大陸移動説（一九一二年）がしだいに受け入れられ、他にもゴンドワナ大陸などの太古の地球での超大陸の存在がわかってきた。そうした科学的な知見もすぐにも、失われた大陸の奇想を補完する材料として利用されるのである。

太平洋に関連した失われた大陸の奇想の最たるものは、やはりムー大陸だろう。提唱したのは、ジェイムズ・チャーチワードだった。軍人を名乗っているが、経歴の詳細は不明な人物である。マヤの粘土板についての記録と、インドで知ったとする本人捏造の資料を基に書いた『失われたムー大陸』（一九二六）を皮切りに、次々と「偽史」を出版していった。その信奉者は多く、日本でも、翻訳を出すために「大陸書房」という名前の出版社が作られ、オカルト系の『ムー』という雑誌名に採用されている。

チャーチワードによると、一万二千年前に存在したムー大陸が、あらゆる文明の始原となる。これはほぼアトランティスに推定されてきた年代と同じである。そして、太平洋の空白を埋める巨大なムー大陸は、西半球の太平洋側に広がり、マヤなどの古代アメリカの文明と起源と結びつくことになる。それはアトランティスとは異なる意味で、西半球の空想の領土となりえたのだ。

ところが、チャーチワードの議論は、当然ながら日本では異なった受けとめられかたをした。戦中の一九四二年に、『失われたムー大陸』と続編の『ムー大陸の子供たち』（一九三一）をあわせて抄訳した『南洋諸島の古代文化』が出版された。訳者の仲木貞一は、緒言でドイツの学者が南米文化とムー大陸の関係を力説しているとして、読者に注意を喚起する。

即《すなわ》ち世界人類の起源がこのムー大陸にあるとするならば、世界の文化は、同じくこの大陸が発祥地だからである。而《しこう》して、このムー大陸は太古に於《おい》て我が日本に属していた一大島国であったと云《い》う伝説を我等が持つことに於て、このムー大陸は、我々と深い関係を持つこととなるのである。この大陸は一万二千年前に陥没して、その残骸である南洋諸島は、今度新たに大東亜共栄圏の傘下《さんか》に属して、我《わが》日本帝国の指導を仰ぐと云う意味で、その曾《かつ》ての母体であったムー大陸に関する研究、益々我々に必要になって来たのである。

（新字新かなに直し、一部の漢字にルビを振った）

そして、神代において米国はヒナタエビロスと呼ばれ、ムー大陸はミヨイ国と呼ばれ「いずれも我が神々の統治下にあった」とし、『日本書紀』によると、天孫降臨以来百七十九万年以上の歴史があるので、ムー大陸の歴史など飲み込んでしまう、と仲木は主張する。

このように、チャーチワードの説を手がかりにして、日本がムー大陸と直結され、いつしか日本の帝国的な野望の根拠となっていくのである。しかも、アメリカ合衆国もムー大陸も、かつて自分たちの所有していたもので、その後喪失したものを回復するに過ぎない、という理屈がそこにあった。そして、この理屈を南洋諸島の支配に適用し、正当化するのである。『南洋諸島の古代文化』と題したのも当然である。ただし、論証として、アメリカ合衆国のチャーチワードの議論の翻訳を権威とする、という意味で、かなり皮肉な翻訳書であった。

クトゥルー神話からムー大陸まで、海に関心を向けたポピュラーな想像力の産物の背景にあったのは、アメリカ合衆国が、西半球の盟主を自認したことがある。東西の両脇に大西洋と太平洋を従え、しかも鉄道と運河でその通行を支配できるように意識したときに、世界へと本格的に乗り出す準備ができたといえる。その立役者の一人が、ローズベルトだった。

ローズベルトが棍棒主義の政策をとってまで推し進めたのが、パナマ（ニカラグア）運河の建設だった。これは大西洋と太平洋を結ぶ大動脈となる。ローズベルトは、「ラフ・ライダーズ」のせいで、騎兵隊のイメージが強いが、ハーバード大学で研究したのは米英戦争時の海軍の役割だった。これは『一八一二年の海軍』（一八八二）として出版されている。また、ハワイ併合を画策したが、これは日本の介入もあって、とりあえずハワイ共和国の成立にとどまった。日露戦争への介入もその一環だった。ローズベルトのもとで太平洋に向けての想像力が、西部を超えて広がっていった。

こうした意識の変化は、海での戦いと密接に結びつく海兵隊と沿岸警備隊の公式賛歌からも明らかとなる。アメリカ海兵隊の「海兵隊賛歌」は一九二九年に現行の歌詞となった。冒頭の「モンテズマの広間からトリポリの沿岸まで」は、どちらも海兵隊が活躍した場所である。一八四七年に攻め落としたのがメキシコのモンテズマ皇帝が住んだチャプルテペク城の広間だった。そして、一八〇五年に北アフリカのトリポリで、アメリカ合衆国の船の自由な航行を確保するために海賊を攻撃した。大西洋から地中海までが活躍の場所と考えられている。海兵隊は、太平洋戦争でマキン・タラワや硫黄島の戦いで日本軍とぶつかったが、今もそのままの歌詞で歌われる。

それに対して、アメリカ沿岸警備隊の「常に備えあり」（一九二七）は、太平洋への広がりを示す歌である。沿岸警備隊は軍隊の扱いで、独立戦争時からの長い歴史をもつが、一九一五年に再編された。オリジナルの歌詞は「アステカの海岸から北極、ヨーロッパそして極東まで」と活動範囲を述べていたが、沿岸といっても現在はグアムやハワイなど太平洋の広範囲に部隊を展開しているので、「東西南北どこでも沿岸警備隊は戦う」と歌詞が変更された。アメリカ合衆国の意識に、太平洋がはっきりと組み込まれていったことがわかる。

第3章　労働と漂流の太平洋

日本の開国のために、太平洋での捕鯨が大きな役割をはたしたことが知られている。この章では、太平洋での捕鯨を扱った『白鯨』と翻訳者の阿部知二の南洋での戦争体験から始め、『白鯨』が日本をどのように意識しているかを考える。そこでは、太平洋を詩的に表現しながらも、船による捕鯨がまるで工場の労働のように描かれている。さらに、鯨食と食人を交差させるものとして、『アーサー・ゴードン・ピムの冒険』を参照する。日本側で捕鯨を描いた横溝正史の小説が、英米をどのように意識したのかも扱う。『白鯨』の後継者としての『海底二万里』が、生物としての鯨を潜水艦に読み替えてみせた。それにより、神秘性から合理主義へと転じることになる。詩的だった白い鯨は電気力の機械に代わってしまう。そして、ジョン万次郎などの漂流した者がいるように、太平洋は漂流物語の舞台となった。なかでも『十五少年漂流記』は、漂流体験を通じて、イシュメルのような捕鯨をする労働者ではなくて、エリート養成物語となっているのだ。

1　メルヴィルと捕鯨の海

【鯨とジャパン・グラウンド】

ここで少し時をさかのぼり、日本の開国時に戻ってみよう。一八五三年七月にペリー提督が浦賀に来航した折、携えていたフィルモア大統領の親書には、太平洋航路の蒸気船への石炭と食料の供給だけでなく、捕鯨中のアメリカの船員が日本の海岸に漂着した場合に、保護をしてほしいという要請が含まれていた。西海岸へと到達して、さらに太平洋へと勢力と想像力を広げつつあったアメリカ合衆国の願望でもあった。

ハワイ、北海道の東、小笠原諸島を結んだ三角形の海域は、「ジャパン・グラウンド」という通称をもち、アメリカの捕鯨船が多数操業していた。拠り所とする島が少なく、結果として「日本沖」という表現で済まされることが多い。ハワイが含まれているように、海域は広大である。メルヴィルは「すばらしい日本の捕鯨場」(the great Japanese Whaling Ground) と『白鯨』で呼んでいた。

この海域にペリー以前に、多くのアメリカの捕鯨船がやってきた。おかげで、土佐から鳥島へと流れ着いていた中浜村の万次郎は仲間とともに、捕鯨船ジョン・ハウランド号に救われた。仲間たちはハワイにとどまったが、万次郎は船長のホイットフィールドの養子となって高等教育を受けた。その後、捕鯨船やカリフォルニアの金鉱で働き、得た金で、ハワイの仲間と共に船で日本へと戻る。後に後藤象二郎らに英語を教え、咸臨丸へと乗り込み、福沢諭吉とともに帰るなどの働きをし、日米の交流史や英語教育に名を残すのである。

アメリカの捕鯨船が日本近海にいたからこそ、万次郎のような漂流者たちは救助されたのである。しかも、なかには一年以上長期の漂流をした尾張督乗丸のように、最後にはカリフォルニアのサンタバーバラ沖でイギリス商船フォレスター号に救助された例もある。船頭の重吉の活躍と、千石船の頑丈さが生み出した奇跡だとされる（岩尾龍太郎『江戸時代のロビンソン』）。

ジョン万次郎の命も救った捕鯨業を題材にしながら、叙事詩的な作品へと仕立て上げたのが、ハーマン・メルヴィルによる『白鯨』（一八五一）であった。十九世紀のアメリカを代表する文学作品であり、詩、演劇、小説の形式を含んでいて、語り手のイシュメルは記述者の立場を離れ、百科事典や歴史資料を引用し考証癖を発揮する。書くことに自意識過剰なメタ小説としても楽しめる。

メルヴィルは、マルケサス諸島での四週間の滞在を描いた『タイピー』（一八四六）以来南洋小説の書き手として人気があった。多くは捕鯨船や海軍での実体験に基づいている。例外ともいえるのが、幻想的な南太平洋の多島海を舞台にした『マーディ』（一八四九）で、最後に「追う者と追われる者たちは、果てしもない海の向こう」へと消えた。そして、『白鯨』という、実体験と幻想とを組み合わせた作品が執筆されたのである。

語り手であるイシュメルを乗せたピークォド号の進路は、エイハブが自分の脚を奪った復讐のために白鯨の噂を追いかけ、インド洋経由で日本に近づいてくる。ナンタケット島を出発すると大西洋を南下し、南米のラプラタ川の近くまでいくと、次に東進した。喜望峰を回ると、一路インド洋からジャワやボルネオ沖を抜け、日本の東側の「ジャパン・グラウンド」へとたどり着き、そこでモービー・ディックと遭遇する。さらに、赤道近くの太平洋の真ん中近くで、エイハブはモービーディックといっしょに海の底へと沈んでしまう。『ピーターパン』のフックの右手を飲み込んだワニの話は、その反復とさえ感じられる。

「太平洋」と題された百十一章で、語り手のイシュメルは、ピークォッド号とともに太平洋に入ったときにこう述べる。

放浪と瞑想とを愛する神秘家ならば、ひとたびこの静穏の太平洋を眺めたとすれば、終生これを彼の心の海とするであろう。それは世界の水域の真只中にうねり、インド洋と大西洋とはその両腕にすぎない。もっとも新しい民族によって、ほんの昨日建てられたカリフォルニアの町々の防波堤を洗う、その同じ波はアブラハムよりも古いアジアの、滅びてもなお豪華な岸に打ちよせ、そしてその中間には、珊瑚礁群の銀河や、低く横たわりながら涯しなくつづく未知の諸群島、または禁断の日本諸島が浮かぶ。

ここでメルヴィルが述べているのは、ペリー来航直前の「禁断の日本諸島」であった。引用したのは、阿部知二による一九五一年の岩波文庫版だが、後続の翻訳者と比べて、阿部は特権的な地位にいる。この難解な作品の初訳者で、戦前に『メルヴィル論』を書いた研究者であり、モダニズムや主知主義の小説家でもあった。しかもそれだけではない。

阿部は従軍作家として、『火の島　ジャワ・バリ島の記』(一九四四)という記録文を残している。オランダ領インドネシアを占領した日本軍に同行し、一九四二年三月一日に「バタビア沖海戦」を体験する。乗っていた佐倉丸は魚雷で撃沈され、重油の漂う海に漂流していたところを救助された。帰国から一年経って書いた「回想」では、船団に関して、「むかしこの浪のうえを縦横に駆け巡った精悍な父祖たちの御朱印船や八幡船の白い帆の影が、透明な幻となっていま船団をみちびいているのではないかと思ったりした」と述べている。

その後、阿部は肺病を病んだことで、帰国することになり、バタビア沖海戦で同じ船団に乗っていた者たちとは、大きく運命を分かつのである。「実はジャワ遠征に船をならべて向いあの岸の砲火の中でともに上陸した部隊の将兵は、その後半年ほどして、ガダルカナルの方面に赴いたということである」と書きつけていた。その将兵たちにソロモン諸島のガダルカナル島で飢えや病といった過酷な運命が待っていたのは、後に「ガ島＝飢島」として記憶されることからもわかる。じつは、『火の島』を出版した時点で、ガダルカナルの戦いで日本軍は敗北していたのである。

阿部にとり、太平洋の南方の島や海は観念的な存在ではなく、メルヴィルと同じく自分の体験の一部である。しかも、オランダ軍やアメリカ軍やオーストラリア軍と戦闘を交えた戦場での出来事だった。戦前の訳の改訳だったとはいえ、『白鯨』の翻訳において、阿部は、批判的ではないにせよ、こうした植民地主義的な勢力が争う関係を踏まえて、鎖国状況の「禁断の日本諸島」も、ピークォド号から太平洋の波間に放り出されたイシュメルの孤独も理解していたはずだ（以下引用は阿部訳を適宜改変している）。

太平洋に入るころから、マッコウ鯨の漁場として、日本沖の海域が言及される。だが、それも当然なのかもしれない。じつは、ピークォド号の三本の帆柱に関して「はじめのものは台風に折れて海中に落ちたので、日本の海岸のどこかで伐採された」ものだとされている（十六章）。ピークォド号が日本に立ち寄ったかもしれない記述である。

台湾からバシー海峡に入った時点で、エイハブは付近の海図の傍らに、日本地図を広げる（百九章）。その地図には、「ニフォン、マツマイ、シコケ」つまり「本州、北海道、四国」が記載され、上陸しなくても、日本の形状や状況が知られていた。航海士のスターバックが樽から油が漏れているので、ピークォド号を止めて修理しようという言葉にエイハブは耳を傾けずに「日本近海」を目指す。白鯨に魅入られて復讐のために追い続けるエイハブと、妻子を残してきたナンタケットへの帰還を目指すスターバックとは決定的に対立していく。それが善悪の対立に見えてくる。

ついに、百二十三章の「マスケット銃」では、スターバックはハンモックに寝ているエイハブを殺害し針路を変更しようとする。マスケット銃によってエイハブに殴られた仕返しを考えてなのだが、船の外では雷鳴が響き、海面に雷が落ちているという『マクベス』のダンカン王殺害を思わせる状況である。しかも、スターバックは、「陸地は百リーグも遠く、いちばん近い日本は鎖国だ。おれはここに一人大海に立ち、おれと法律との間には、二つの大洋と一つの大陸が横たわっている」とハムレットのような苦悩を抱えてしまう。鎖国状態の日本は、スターバックが逃げ出す先とはならず、助けとはならない。このように、『白鯨』では、日本を太平洋に位置づけるが、踏み入ることができない「禁断」の世界のままだった。その扉を開けたのが、ペリー提督ということになる。

【日本近海の捕鯨】

エイハブたちは日本に近づいたが、上陸を目指さなかった。その日本でも捕鯨は盛んだった。鯨との付き合いは古く、『万葉集』の巻十六に、「鯨魚《いさな》取り／海や死にする／山や死にする／死ぬれこそ／海は潮干て／山は枯れすれ」という歌があるように、海の枕詞となっている。海や山が死ぬというイメージは、神すら死ぬので不思議ではない。イルカなども含めた鯨類が「いさな」と呼ばれていて、捕獲した鯨から鯨油を採ったのはもちろん、鯨の肉や骨も有効に活用された。

江戸時代の経済小説である井原西鶴の『日本永代蔵』（一六八八）の巻二に、和歌山県太地の天狗源内に関する「天狗は家名の風車」の話が出てくる。実在した太地角右衛門をモデルにしている。組を作っておこなう捕鯨法の改良によって捕獲の効率をあげ、金持ちとなった。そして「千味《セミ》」という鯨一頭で、近隣七郷が栄えるとする。油を絞れば千樽をこえ、鯨は身、皮、ひれまで捨てるところはなかった。さらに天狗は、骨からも油を絞ることも思いついて利益を得るのだ。西鶴（才覚）というペンネームをつけるだけあり、天狗の目の付け所を見逃さなかった。

一頭の鯨を捕獲したことによって浦が富むようすは、ミステリー作家の横溝正史による『ドラキュラ』の翻案小説である『髑髏検校』（一九三九）でも描かれていた。冒頭の「鯨奉行」という章は、文化八年（一八一一）の元旦に、外房州の白浜に鯨が近づく場面で始まる。三頭の鯨の姿に村人が騒ぎ出す。「鯨一頭捕獲すれば、十か村の村が三年うるおうといわれる」と説明されるのだ。村人のなかでいちばん腕利きの観音崎の忠太が仕留めた鯨の体内から、フラスコに入った書付が見つかる。蘭学者の手になるもので、船に乗って江戸に向かった「不知火検校＝髑髏検校（ドラキュラ）」の脅威を知らせる内容だった。横溝は、原書で斜め読みしたというブラム・ストーカーの小説を巧みに翻案しつつ、歌舞伎への造詣を活かして、独自の味わいをもたらしている（拙著『ドラキュラの精神史』で扱った）。

だが、横溝はイギリスよりも、太平洋の向こうのアメリカ合衆国のほうを強く意識した作家といえる。港町神戸の生まれで、新しい小説を翻訳し取り入れていた『新青年』の編集者だった。アメリカ的「モダニズム」体験が大きい。ミステリーの創作が弾圧されたなかで、方向転換をせざるをえなくて、人形佐七捕物帳などや時代劇設定の『髑髏検校』を執筆することになった。

戦後の横溝は、アメリカ合衆国帰りの金田一耕助を探偵役とする『本陣殺人事件』（一九四六）で華々しく復帰する。日本の大学に見切りをつけて渡米し、カリフォルニアで「麻薬常習者」になっていた金田一が、岡山の果樹園王である久保銀蔵と出会った。そして学資を工面してもらい、金田一は現地のカレッジを卒業し、神戸に帰った。その際にも久保は金田一が探偵の道を進む際のパトロンとなってくれた。そして、昭和十二（一九三七）年に本陣殺人事件を解決したのである。その後、金田一は大陸から南洋へと出征し、航空基地のあったニューギニアのウェワクで敗戦を迎える。金田一の長期の転戦は、アメリカかぶれへの懲罰だったのかもしれない。

久保をめぐる続編となる短編の「蜃気楼島の情熱」（一九五四）に、志賀というやはりアメリカ帰りの男が出てくる。瀬戸内海の小島に「日本趣味とも支那趣味とも」つかない竜宮城のような家を建てたのは、「長いアメリカ生活にたいするひとつの反動でしょうな。大袈裟にいうとレジスタンスというやつかな」と金田一は皮肉めいた言い方をする。しかも志賀はフランス系アメリカ人女性と結婚していたが、妻を殺された過去をもっている。そして、志賀の所有する島で事件が起きることになる。

このようにアメリカ体験をもつ三人が出会う話なのだ。ジョン万次郎のような漂流者ではなく、金田一たちのように太平洋を渡った日本人が出てくるのは、咸臨丸以降の出来事と言える。西海岸でヒッピーのような生活をしていた金田一は英国紳士型の探偵ではない。

横溝にとって、沿岸捕鯨によって村が潤うのはあくまでも江戸時代での出来事である。そして、『獄門島』（一九四七―四八）では網元と漁師の関係を「それじゃ都会の資本家対労働者と、同じ関係なんだね」という視点を投げかけている。とりわけ戦後の作品として、太平洋の向こうから久保や志賀のように富を持ち帰る者がいる話のほうが、リアリティを感じさせるのだ。『獄門島』では戦地からの引揚船での戦友との因縁が、『犬神家の一族』（一九五〇―五一）では復員兵と相続問題が扱われた。

いずれにせよ、外洋から瀬戸内へと事件はやってくるのである（金田一シリーズがフォークナーの小説に比する特徴をもつ点について、大地真介が「アメリカ南部と日本のジレンマ――横溝正史」で指摘している）。

【鯨食と食人言説】

西鶴の小説の舞台とされた太地町は、沿岸捕鯨の中心地として象徴的な場所となり、反捕鯨運動とぶつかることになる。イルカの追い込み漁を非難する『ザ・コーヴ』（二〇〇九）のような映画も作られた。鯨が希少動物であるとか、知性をもつという問題以外に軋轢が生じるのは、反捕鯨側の認識では鯨は油を取る対象であって、食べる対象ではないのである。二十世紀以降、石油や代替の油があるので鯨を捕る必要性はなくなり、やめるべきだという主張である。その背後には、鯨肉を食べ物と考えないタブー視がある。豚肉や牛肉への宗教上のタブーを考えるとわかるように、特定の食材へのタブーは、理屈抜きの感情的な対立へとつながっていく。

メルヴィルの『白鯨』と同時代の日本で、鯨肉が喜んで消費されたのは、鯨が魚類として合法的に食べられる「肉」だったせいでもある。仏教の建前上四足の肉食が禁じられていたが、足のない鯨なら問題はなかった。「山鯨」という語は、イノシシなど獣肉の代称となった。ただし、江戸時代でも、鯛を上とするならば、鯨は下の魚で、あくまでも庶民向けの食べ物であった。

しかも、かつては流通の関係もあり、鯨食そのものが地方を越えて広く普及をしていたわけではない。コロやさえずりがあるが、「鯨カツ」や「鯨の竜田揚げ」が代用食や給食として全国に広がったのは、第二次世界大戦後に、小笠原付近の捕鯨がマッカーサーによって許可された後であった。そして、下関などを基地とする捕鯨船が南氷洋へと出かけ、鯨は缶詰などに加工されていた。鯨の名前を冠した大洋ホエールズ（現・横浜ＤｅＮＡベイスターズ）は、大洋漁業（現・マルハニチロ）の前身のひとつである林兼商店の野球部として下関で戦前に発足したものだった。なお、『ゴジラ』（一九五四）ではゴジラの伝説が大戸島での伝統的な沿岸漁に由来していたが、続編の『ゴジラの逆襲』（一九五五）で、ヘリコプターで魚影を発見して漁をする大阪の水産加工会社を舞台にしたのも、戦後十年の漁業の進展と結びついていた。

鯨食を現代の日本人はタブー視してはいないが、メルヴィルの同時代の読者は異なっていた。そこで、『白鯨』の六十五章に「美味としての鯨」という章がわざわざ設けられている。前の章で、スタッブが、自分の仕留めた鯨を黒人の料理人にステーキにしてもらう。だがその焼き方が気に入らないと苦情を申し立てる話に続いて、鯨の肉を食べてきた歴史が回顧されるのだが、「エスキモー」などを例外として、陸の人々は食べなかったという。

イシュメルが魚を食べることは、「寄鍋料理」という章で、クィークエイグといっしょに、ナンタケットの宿で、塩漬けの豚肉と一緒に煮込んだハマグリやタラの寄鍋料理を食べた思い出を語っていることでわかる。さらに朝食には両方を頼み、ニシンの燻製も追加する。だが、彼らは鯨を食べずに、スタッフはあくまで例外とされる。だから、スタッフが一人でステーキを食べているときに、捕獲して船に係留した鯨をサメが貪る音が相伴するように聞こえるのだ。
ところが、六十五章での議論は、鯨食の先へと進んでいき、イシュメルは肉食全般の話を始める。

土曜の晩に肉市場に行ってみたまえ。何と多くの二本足の群れが、ずらりと並ぶ四本足の屍を見つめていることか。その光景こそ、食人種をして身の毛もよだつ思いをさせるに足るものではないか。食人種とは？　だれが食人種ではないというのか。私に言わせれば、フィジー島人が、来るべき飢饉に備えて、やせっぽちの宣教師を窖《あなぐら》で塩漬けにしたとしても、その用心深いフィジー島人は、大審判の日には、諸君のごとき文明開化の食通、―ガチョウを地に釘づけにして、その膨れた肝臓をパテ・ド・フォワ・グラにして舌鼓みうつ人々よりも、罪が軽いことになるであろう。

ここには、「食人種」とされたタイピー族の間で暮らした経験のあるメルヴィルがもつ相対化の視点が垣間見える。二本足と四本足を、人と獣の境界線に見せながら、その違いは何かと問いかけるのだ。

『ガリヴァー旅行記』の第四編が、馬と人間の関係で逆転していたように、相対化の視点がある。肉食という系譜で見るなら、単に「美味」を追求してフォアグラを作るためにガチョウを固定してしまうよりよほど罪深くないというわけだが、もちろんメルヴィルのようにフィジー島人を「食人種」と断定するのには異論もある。

クックを英雄視する見方に否定的だった文化人類学者のオベーセーカラは、『食人の話』（二〇〇五）のなかで、食人話のすべてをヨーロッパ人の幻想（オリエンタリズム）とみなすのは間違いであり、ホロコーストがなかったといった類の言説となる危険性をしめす。その代わりに、事実として存在する食人行為がもつ「サクラメント（聖餐）」としての役割を強調する。宗教的な儀式であり、キリストの血と肉を比喩的にであれ共有しようとする原始キリスト教とのつながりを連想させる。まさにイシュメルが言うように、そうした行為ならば、大審判の日においても罪が軽くなるのかもしれない。

だが、仮にこうした食人が、オベーセーカラの言う「サクラメント」という文化的な枠組みで理解できるとしても、もっとスキャンダラスなのが、漂流中の飢餓から生じた「食人行為」である。これは、宗教の問題ではなくて、飢餓状態を満たす必要措置から、戦場などの極限状態で起きることでもあった。もちろん天候不順で農作物が不作のときに、飢饉のさなかでの食人行為は日本でも珍しくない。青森県八戸市の対泉院にある「餓死万霊等供養塔」には、天明の飢饉の際に人肉も食したと記されていた。現在この文面は削りとられていて、このタブーの根深さを感じさせる。

太平洋上に戦線を拡大した日本軍においても飢餓問題は広がった。阿部知二の戦友が転進したガダルカナル島が「飢島」と揶揄されたように、死者はもちろん生き延びたものも壮絶な飢えの体験をしたのである。そして、戦時中の食人について、武田泰淳の「ひかりごけ」（一九五四）は、北海道の知床で実際に起きた陸軍徴用船での事件を題材にしていた。また、大岡昇平の『野火』（一九五二）はフィリピンのレイテ島での見聞を基に話を膨らませたものだが、そのなかで食人行為が描かれる。大岡は軍隊内の食人行為を書く際に、エドガー・アラン・ポーの長編『アーサー・ゴードン・ピムの冒険』（一八三八）を参照した。この作品は、『白鯨』にも大きな影響を与えている。その意味で『白鯨』と『野火』は、ポーという一つの先祖から分岐した作品である。

このポーの作品は、海軍士官で『モヒカン族の最後』（一八二六）などで有名な「フェニモア・クーパーがアメリカの夢の問題を扱うために海事を利用したのに対して、ポーはアメリカの悪夢のために使った」（ジョン・ペック『海事小説』）とされる。友人のオーガスタスと船の旅に出かけた主人公のピムが、こっそりと乗り込むことに成功した捕鯨船グランパス号の船上で反乱と出会う。そして、乗組員の対立による殺し合いを生き延びたのに、嵐に襲われてマストが折れた船で漂流する。食料も水もしだいに乏しくなり、生き残った四人はくじ引きで犠牲者を選ぶことになった。くじを引いた後で、ピムが自分は犠牲にならずに済んだことを知り、気を失ってしまう。

ようやく目を覚ました時には、最終解決たる人肉食の言い出しっぺたるパーカー自身が悲劇的最期を迎えるところだった。彼は何一つ抵抗することなく、ピーターズに背中を刺されるや、すぐに息絶えた。そのあと、いかにしてパーカーの肉体をぼくらが食したかについては身の毛もよだつような光景であったため、ここには書くまい。（十二章・巽孝之訳）

そしてピムは事務的に自分たちの食人行為を書きつけるにとどまる。その機械的な処理は、メルヴィルの『白鯨』での鯨の解体と通じるものがあるのだ。

ピムたちは食人行為をおこなったあとで、腹が満ち足りて頭が働くようになったせいで、貯蔵室へとつながる甲板を壊すアイデアを思いつく。結果として、ピムたちはそこからハムやワインを手に入れて、ほそぼそと生き延びるのだ。しかも、ガラパゴスゾウガメを発見したことで、食人行為から離れることができた。肉を食べる文化的なタブーは、漂流船となると、いつでもその限界を越える危険をもっている。

【海の工場として】

航海中にピークォド号は何艘もの船と行き交う。ナンタケットの船もあるが、「脚と腕」と呼ばれる百章ではイギリス船のサミュエル・エンダビー号と遭遇する。ヨーロッパ中が良質の油が獲れる太平洋を狙っていたのだ。イシュメルが語るように、エンダビー家はロンドンを基地とする捕鯨業に従事する一族であった（『ピムの冒険』にも出てくる）。その家名を冠した船の船長であるブーマーは、白鯨と争って右手を失い鯨の骨で作った義手をはめていた。『ピーターパン』のフックの先祖の一人であろう。

ブーマーは、医師が飲み込まれた手が消化されていない可能性もあると示唆しても、もはや白鯨を追いかけるのを諦めていた。だが、それに対して、足を失ったエイハブは、白鯨が磁石のように自分を引きつけるとして、追求をやめないと主張する。二人が鯨の骨でつくった義手と義足で「握手」をするのが印象的だが、そこから太平洋の覇権がイギリスからアメリカ合衆国へと交替したと読み取ることもできそうだ。

イギリスの捕鯨はカナダの太平洋岸から赤道付近へと広がっていた。まずは「太平洋岸北西部」と名づけられた一帯が漁場となった。ロバート・ウェッブの『北西にて――太平洋岸北西部での商業捕鯨一七九〇年から一九六七年まで』によると、他ならないクックが、太平洋岸北西部のカナダのバンクーバー島沖に鯨を発見して、イギリスが資源の存在を知ったときに、太平洋沿岸の捕鯨が始まった。アメリカ合衆国も太平洋を目指したが、捕鯨基地はあくまでも東部のナンタケットだった。母船となる帆船が規模が大きくなり、一種の工場とも言えるものとなったことで、長期の航海も可能になった。

ピークォド号は三年に及ぶ航海で、船倉いっぱいに鯨油を入れた樽を持ち帰る予定だった。鯨油はろうそくの材料やランプの燃料に利用された。船上で鯨を解体し、釜で煮て油を採り、樽に詰めるのだ。イシュメルは「私はいつも水夫として海にゆく。そこには前甲板の健全な筋肉労働と清潔な大気がある」（一章）と言っていた。労苦が金となるわけで、当たり前だが、労働現場として捕鯨業が捉えられている。

『白鯨』は鯨の捕獲と解体処理を描いた小説である。九十二章の「竜涎香」には、マッコウ鯨を捕獲し、航海で船倉いっぱいに獲得した油を五十日煮沸して樽詰めができる、と書かれている。無臭であり、しかも価値が高いのだ。ピークォド号は、回遊する鯨の習性を利用して効率よく捕獲しようとした。その点を四十四章の「海図」で書きつけている。しかも、イシュメル（＝メルヴィル）はこうした鯨の習性について「この文章が書きつけられた後で、国立測候所のモーリー中尉の手になる公文書で裏づけられた」と誇らしげに注釈をつけている。

海の工場としての捕鯨がさらに近代化したのは、『白鯨』が出版された後だった。一八六三から八年にかけて、ノルウェーで銛撃ち砲が発明され、さらに蒸気船を使うことで船足が速くなった（ピーター・ステット『捕鯨業の国際政治』）。海流と風と季節を読んで、ピークォド号は鯨を追いかけたわけだが、凪となると帆船は移動できないので、人手でボートを漕いで移動させる必要が出て来る。母船とキャッチャーボートの分離は、『白鯨』にも出てくるが、銛撃ちをするためには短艇で鯨に接近して、素手で狙うのだ。それは個人が巨大な鯨に挑むことであった。銛撃ち砲の発明のように鯨を効率よく確保する手法は、大西洋で開発され、それが太平洋に広まったのである。

捕鯨は石油の発見などで、油の需要が減り下火になった。だが、対象が異なっても、現在でもアラスカ沖のベーリング海などの荒れた北太平洋で一攫千金を狙う漁船が絶えない。ジャック・ロンドンの『海の狼』（一九〇四）は、海洋冒険小説の体裁をとった思弁小説だが、北太平洋の過酷なオットセイ漁を扱っている。小林多喜二が描いた『蟹工船』（一九二九）は、オホーツクからカムチャッカ半島のカニ漁を扱っていた。また、ディスカバリーチャンネルが、二〇〇五年からカニ漁の男たちを描く『ベーリング海の一攫千金』としてドキュメンタリーを制作してきた。これなども海の労働を描いた『白鯨』などの後継者である。

そもそも、イギリスもアメリカ合衆国もフランスも、大西洋にいる小型の鯨を取り尽くし、次に太平洋のマッコウ鯨のような巨大な獲物へと向かったのである。遠洋航海に値するだけの利益を得ることができたのだ。そして、資源を枯渇させながら、多くの人々が携わる労働の海として太平洋が姿を現わす。

エイハブや乗組員とともに、ピークォド号に積んだ樽詰めの鯨油は喪失してしまった。ここでは捕鯨業の労働の過酷さと、一瞬にして藻屑となる虚しさが描き出されている。国家や社会のメタファーとして船は古代から使われてきたが、ここでは多国籍の多民族の労働者が携わる工場としてピークォド号が描き出されている。船内が、世界中にある肉体労働を伴う工場の縮図ともなりえるほどだ。

2　ヴェルヌの探検と漂流の海

【鯨から潜水艦へ】

モービー・ディックは「ジャパン・グラウンド」と呼ばれる海域から赤道へと向かった太平洋の中心で、エイハブと一緒に沈んだ。正確な場所がどこなのかは本文からは不明である。「それからすべては崩れ、海の大きな屍衣は、五千年前にうねったと同じようにうねった」と閉じるのだ(百三十五章)。

これは、ポーの『アーサー・ゴードン・ピムの冒険』の最後に出てきた「経帷子をまとった人影」のイメージとつながる。屍衣つまり経帷子をどちらの作家も同じ単語(shroud)で示し、ポーの白い巨人が、白鯨とつながるのは間違いない。ただ、南氷洋に取り憑かれたポーの作品に対して、こちらは太平洋のど真ん中での出来事であった。

正確な位置は不明なのだが、ジョン・ヒューストン監督の映画『白鯨』（一九五六）では、メルヴィルにはない「ビキニ」が持ち出され、そこでモービー・ディックを迎え撃つのだと、画面上の地図でも台詞上でも強調される。これは水爆実験との関連を強く感じさせる設定である。

イギリスで『鯨』というタイトルを付けて先行販売された初版では、イシュメルが救出されるエピローグを欠いていたので、報告者が生存していないと不自然だという指摘がなされた。そこで、アメリカ版では、レイチェル号による救出の話が加えられた。これにより、レイチェル号の船長が白鯨と争った折に、息子の乗った短艇を喪失したのだが、代わりにイシュメルという漂流する者を救済する物語となった。これは、ようやく子を手に入れた創世記のレイチェル（＝ラケル）を踏まえた話になっている。漂流しているイシュメルが救われたことで、この小説が何千年も繰り返されてきた物語に見えてくるのである。

背中に何本もの銛が突き刺さり、白地に黒い斑点があるモービー・ディックは、読まれるべき記号や歴史を背負った書物そのものの姿である。ピークォド号と白鯨が海に消えたことにより、エイハブをめぐる物語は太平洋へと溶解した。その代わりに新しい物語が海の底から生まれ出てくる。それが、ジュール・ヴェルヌの『海底二万里』（一八七三）だった（原題の「リーグ」は「海里」であり、およそ一・八キロで緯度一分にあたるのだが、慣用に従って「二万里」と表記する）。

太平洋上で、アメリカ合衆国の捕鯨船ピークォド号にモービー・ディックがぶつかったように、アメリカ海軍のエイブラハム・リンカーン号にノーチラス号がぶつかった。しかも、日本まで三百キロ余りという距離で、どうやら「ジャパン・グラウンド」での出来事なのである。衝突した日付は一八六七年の十一月十八日とされ、六八年の六月二日にノーチラス号は大渦巻に消えた。『海底二万里』の物語の間に日本は開国してしまうのである。前年の六六年から、船に激突して世間を騒がせてきた「怪物」の正体は潜水艦だった。ヴェルヌは小説中にモービー・ディックやクラーケンの名前を登場させている。二十年後に、生物としてのモービー・ディックが、金属のメカニズムである潜水艦として蘇ったのである。

【メルヴィルで始まりポーで終わる】

『海底二万里』で、語り手であるアロナックス教授たちがノーチラス号に同乗する話は、メルヴィル的な世界と場所から始まる。ピークォド号は大西洋からインド洋を経て太平洋と向かったが、ノーチラス号はそれとは逆のコースをたどる（もっとも、前年には太平洋や大西洋で目撃され、衝突をしていたので、自由に動き回っていたわけが)。航路は太平洋から、インド洋、そして、地中海を経て、大西洋へと至る。ノーチラス号がスエズ運河を使ったのは、レセップスによる工事が進んでいて、一八六九年の開通が間近だったからである。日本の開国と同時期に、地中海とインド洋が結ばれるようになったのだ。

そして、最後はノルウェーの「メイルシュトローム」で、ノーチラス号の外に出たアロナックス教授たちは救出される。これはポーの「大渦巻への落下」(一八四一)からの借用である。ヴェルヌは、フランス人らしく、ボードレールが翻訳して以来のポー熱に感染していた。『海底二万里』には、『アーサー・ゴードン・ピムの冒険』への言及もある。ヴェルヌは、後に『氷のスフィンクス』(一八九七)という続編を書くほど、ポーを偏愛していた。ポーの「大渦巻の落下」で、メイルシュトロームを前にした語り手は、教師から教わった内容を思い出した「記憶のおかげ」と、渦の現状への「観察の結果」から、冷静な判断を下して、渦巻きから脱出できた。まさに、私立探偵のデュパンのような分析的な知性を発揮したのだ。

それに対して、アロナックス教授たちが、ボートを奪ってノーチラス号から逃げ出そうと画策していたときに、メイルシュトロームが出現する。「ノーチラス号は船長によって、偶然にか、あるいはたぶん故意に、その渦巻きにはいった」とされる。ネモは、自分が建造した潜水艦とともにすべてを葬り去ろうとしていた。アロナックス教授たちは、密かにボートに乗りこんでいたおかげで、大渦から脱出できた。このように、『海底二万里』でのアロナックス教授たちの冒険は、メルヴィルで始まり、ポーで終わるのである。

相互関連をもつポーの『アーサー・ゴードン・ピムの冒険』、メルヴィルの『白鯨』、ヴェルヌの『海底二万里』の三つの長編小説を並べると特徴が明らかになる。ピム、イシュメル、アロナックスという三人の語り手たちは、それぞれ海での体験を物語りながら、十九世紀後半の海での生活がもつ理想と現実をしめしている。

ピムの場合は、最初に出かけた一本マストの船は沈没しかけて、捕鯨船ペンギン号に救助される。次に、こっそりと隠れて乗り込んだ捕鯨船のグランパス号では反乱や殺戮を体験する。やはり難破しかけても食人行為などで生き延び、今度はアザラシ猟に出かけるジェイン・ガイ号に救われる。そして南氷洋に向かい、原住民のいる島へと到着するのだ。ピムは、正式な船員として海に出かけたわけではないが、いつしか船長と意見を交わす対等の存在となった。ツァラル島のナマコの通商的な価値をたちまち見抜くような博学ぶりが、ピムの身を助けることにもなる。

イシュメルは労働のために明確な目的をもってピークォド号を選び、クィークエイグといっしょに乗り込む。その際には、三年間という期間が決められ、しかも七百七十分の一とか、三百分の一といった富の配分がおこなわれる契約を結ぶのだ。商業としての捕鯨に乗り込んだ船員であるが、回想での博学ぶりは、まるで図書館が隣にあると思えるほどである。それが回想録を単なる体験記にとどめないのである。

アロナックス教授と助手と銛撃ちのネッド・ラッドは、エイブラハム・リンカーン号で不明の鯨らしき生物の調査に出かけて、ノーチラス号と激突したことで、乗ることになった。いわば客人であり、ネモの捕虜でもある。ピムは飢えから食人行為にまで及ぶが、アロナックス教授たちは海の食材によるごちそうを満喫する。三作品のなかでは、語り手が博学であることにいちばん無理がない。アロナックス教授はパリ自然科学博物館の学者であり、ノーチラス号を発明し建造したネモも、テクノロジーだけでなく広い分野に博識な人物なのである。ネモはアロナックス教授がもつさまざまな知識を、実地で確かめることに協力する。海底旅行が、そのまま生きた教科書となっていた。

三作品ともに、博物学の進展を受け、地理から生物までのさまざまな情報の引用や空想に満ちていて、それ自体が百科事典のような構造をもっている。そうした箇所は世界のようすを説明することで、冒険的なストーリーの展開を停滞させるのだが、『ガリヴァー旅行記』や『ロンビンソン・クルーソー』以来の未知の世界に関する情報を読者に伝える小説という伝統を守っているわけである。

ポーの「白い獣」や「白い巨人」は、メルヴィルの「白い鯨」とつながるが、ヴェルヌでは、そうした要素はネモに内面化されていた。ネモが最後に「全能の神よ、たくさんです」と叫ぶように、個人の苦悩に限定したせいで、物事を合理主義的に説明する現代のエンターテインメントになりえた。語り手として、ピムやイシュメルは非合理的な白いものへの畏怖と共鳴する気持ちをもっているが、アロナックス教授はネモという人間の苦悩に理解はしめしても、船ごとメイルシュトロームへと飛び込む自殺行為は理解できなかった。

【海底二万里の書き換え】

『海底二万里』のノーチラス号は『白鯨』のピークォド号と同じく太平洋と大西洋を航行したわけだが、対照的な要素をうまく使って書き換えている。その一つが海底にいる巨大生物の扱いである。白鯨やノーチラス号に近いマッコウ鯨やイッカク鯨といった存在ではなく、その好敵手といえる「クラーケン」である。ノルウェーの伝説に出てくる海中生物であり、その正体は不明だが、触手をもつことから、クトゥルー神話の怪物たちとも共通点をもつ。

『白鯨』でイシュメルが出くわすのは、大イカだった（五十九章）。これはピークォド号がジャワ島を目指してインド洋を航行中に遭遇するのだが、その白い姿を白鯨と見間違えて、エイハブは四隻の短艇を差し向ける。ところが、「秘密多き海洋が人間に示すもののうちにも、もっとも奇異と思われる化物」と思われる存在が沈んでいくのを見守るのだ。それを目撃したことが迷信を呼び、エイハブは沈黙してしまい、スターバックは凶兆と考え、クィークエグはマッコウ鯨が出現する良い印とみなすのだ。現在では、これがダイオウイカの仲間であり、しかもメルヴィルが記述したとおりに、マッコウ鯨の胃袋から足の一部などが見つかることがあるとされる。これは、クラーケン＝大イカ説となる。

それに対して、『海底二万里』では、クラーケンは大ダコとされる（第二部十八章）。西インド諸島の傍らを航行中に、海底で大ダコの巣を発見する。そのなかから、襲ってきたタコが、ノーチラス号のスクリューをくちばしで齧るのだ。エイハブたちは、アロナックス教授も含めて、大ダコの触手を断ち切るために水中で斧を振るうのである。ここでは、エイハブたちが避けた海中の巨大生物との闘争が描かれていた。

これがタコなのか、イカなのかは、映像化のときにブレるようだ。一九一六年の白黒映画では、目の大きなどこかユーモラスな大ダコの模型が作られて、潜水漁をする原住民を触手で襲う場面があった。彼を救出するために、ネモたちは闘うのである。ところが、『ゴジラ』と同じ一九五四年のディズニーによる映画では、巨大イカが襲い、触手を伸ばしてノーチラス号に向かってくる。二〇〇四年のアニメ版でも、やはり襲うのは巨大イカだった。これらは『白鯨』に引き寄せられた解釈となったのかもしれない。それに対して、特撮監督としての円谷英二がこだわった南海の大ダコの脅威は、このヴェルヌの小説に由来していると思われ、後に、『キングコング対ゴジラ』（一九六二）や『ウルトラQ』（一九六六）の「南海の怒り」で実現することになる。

第二の書き換えが、磁力から電気力への変換である。エイハブが白鯨を磁石のようにとらえるのは、十九世紀前半の磁力に関する考えを引きずっているからだ。『ガリヴァー旅行記』で飛行島ラピュタを浮かせ、なおかつ移動させたのは磁力だった。そして、『フランケンシュタイン』で北極点を目指して、探検家のクラヴァルが向かったのは、地球が巨大な磁石であることの実証に力点が置かれていたからである。天体を観測する四分儀や六分儀だけでなく、磁針による方位の測定は、船の現在位置を知るために必要だった。

目に見えない遠隔的な影響力として、昔から磁力が説明原理となっていた。そして、「動物磁気学」のような疑似科学が十八世紀から流行した。それは、磁石の力で血流の乱れを治すと称するあやしげな健康器具となり、人々をつなぐ比喩としても磁力が使われることになる。さらに、プレートテクトニクスの理論を得て、地軸の逆転という現象とともに、新しい見方が出てきた。日本が提唱している「チバニアン（千葉時代）」が、更新世での磁場の逆転を留める地層として知られるが、巨大な磁石としての地球の姿をしめすのである。

それに対して、ノーチラス号で大きな力をもつのは、大西洋の定期航路の外輪船を動かす蒸気すら超えた電気である。ネモは、アロナックス教授たちに食事からタバコまで、海の中から採れた産物によるごちそうを提供して、「海がすべて」と言い切る。そして、第一部十二章の「すべて電気じかけ」で、ノーチラス号の動力源の秘密を明らかにする。

わたしは、すべてを海に負って生活しているということです。海は電気を作ります。そして電気は、ノーチラス号に、熱も光も運動も、つまりひと言でいえば生命をあたえてくれるのです。

これは二十世紀が電気の時代となることを告げている。ピークォド号を動かすのは風と人力だったが、ノーチラス号では大きく異なるのだ。しかも捕鯨で採取した油は灯火の燃料や機械油として使われても、船の動力源とはならない。石油の実用化が鯨油用の捕鯨を衰退させたが、石炭の蒸気機関から重油のディーゼル機関へと船の動力が変わっても、電気そのものを利用するのはまだ先のことだった。

ヴェルヌがノーチラス号を動かすために依拠しているのは電気だが、それは目に見えない作用を、静電気や磁力で説明していた古代からの考えを打ち破る新しい力だった。十九世紀なかばには、ファラデーからマクスウェルによって電磁気学が確立した。電磁誘導によって発電されたり、逆にモーターの回転力の発生を理論的に説明できるようになった。それは電波とともに、情報の伝達や物の運送を変えていく力となる。

しかも、ノーチラス号は、明かりから動力まで電気を使用しているだけでなく、ヴェルヌはネモの言葉を借りて、そのさまを生命に擬している。現存する生物を扱う博物学者であるアロナックス教授と興味や関心を共有するネモが、生物と電気の関係を示唆しているのはおもしろい。それは、白鯨とノーチラス号の奇妙な共通点ともなりえる。もちろん、白鯨のなかに人間がいるわけではないが、電気がノーチラス号に「生命を与えてくれる」というのは、生命現象を機械的にとらえる考え方を連想させる。死体から作られたフランケンシュタインの怪物も、身体を再び動かすのには電気ショックが必要だった。非生命である機械を使って生命を模倣する際に、電気力が大きな役目をはたすのである。

【ノーチラス号にとっての太平洋】

ピムやイシュメルが乗った捕鯨船とは異なり、ノーチラス号が一種の「ユートピア」に見えてくる。海中を移動し電気力で動くからだけでなく、交易のための商船や労働のための捕鯨船とは別の目的をもつせいである。攻撃のできる軍艦でもあり、乗組員たちの行動の自由や規律は海賊船にも似ている。しかも、海底の富がノーチラス号の行動を支えているので、略奪する必要もない。地中海のクレタ島の沖で金塊を引き上げるし、世界中の難破船の位置を知っているので、資金に不自由をしないとネモは語る。ノーチラス号を秘密裏に建造できたのも、経済的な裏づけがあったからだ。それがこの船を「ユートピア」に見せている秘密である。

ネモの率いるノーチラス号の乗組員の構成は一見すると国際色が豊かである。だが、たとえば、最初に出会った乗組員に関しても、南方系で「スペイン人か、トルコ人か、アラビア人か、インド人か」決められないとアロナックス教授は言う。そして、見かける人間たちも「みんなヨーロッパ人」だと述べるのだ。

乗り合わせることになったアロナックス教授たちはフランス系だった。助手のコンセイユはフランドル人なのでフランス語はもちろんドイツ語も話せるし、銛打ちのネッド・ランドもケベック出身のカナダ人なので、英語だけでなく、ラブレーが使っていたような古いフランス語を話すのだ。ここでは「フランス」が三人を結びつける要素になっている。ネモはフランス語を自由に話せるし、「英語、ドイツ語、ラテン語」もできると豪語する。そして、ノーチラス号に所蔵され、ネモの教養の背景となる絵画、音楽、科学的知見などはみなヨーロッパのものだった。

ノーチラス号が、共同生活によるユートピアと見えるのは、あくまでもヨーロッパ、しかもフランス中心的な価値観に基づいている。ヴェルヌがフランス人だからというだけでなく、フランク王国や神聖ローマ帝国へのノスタルジー、ナポレオンのフランス帝国の野望、さらには、一八四九年にパリで開かれた国際平和会議で、ヴィクトル・ユーゴーがアメリカ合衆国に対抗して、ヨーロッパ合衆国を提唱した過去と結びついている。しかも海中の世界や無人島をうまく利用することで、ネモは地上の抑圧者への反発だけでなく、人間嫌いを徹底することができた。こうして海と陸の論理が対決するのだ。

そのためか、『海底二万里』では、お手本のはずのポーにあった「混血」や「先住民」の問題が遠のいてしまう。友人のオーガスタスが死んだあと、最終的に生き延びるまでピムの仲間となったのは、グランパス号のダーク・ピーターズだった。彼の父親は毛皮交易所の白人の商人で、母親はアプサロカ族のインディアンだった。背は低いが獰猛な顔をもち、穏健派だが怒らせると怖いのである。ピーターズは生き延びる力をもっていて、ピムを窮地から救うのである。

また、メルヴィルのイシュメルの場合、最初に「同衾」したのは銛打ちのクィークエイグだった。文身《いれずみ》をした容貌にイシュメルは驚くが、「酔いどれのキリスト教徒と寝るよりは正気の食人種と寝た方がよろしい」として、一つのベッドを分け合うのだ。そして翌朝にはイシュメルはクィークエイグの片腕のなかで、妻になったように眠っていたことに気づくのだ。そこには先住民への嫌悪の感情はない。その意味では、ポーやイシュメルの捕鯨船のほうが、労働という現場のせいか、人種的にも民族的にも平等だった。ガリヴァーが出会った海賊船に日本人の頭目がいたように、実力本位の世界のせいなのかもしれない。
ところが、ノーチラス号の場合には、そうした混血や先住民への許容は語られず、「文明」と「未開」とがはっきりと区別される。いちばん典型的なのは、パプア・ニューギニアのトレス海峡で、ノーチラス号が座礁した時だった（第一部二十章「トレス海峡」）。ネモはそこで潮が満ちるのを待つが、その間に教授たちは陸地を求めて島へと出かけるのだ。彼らがパプアの原住民に追われて帰ってきても、ネモは平然としている。ハッチに電気網があり、そのショックのせいで「食人種」たちは近寄らなくなるのだ。

このようにノーチラス号の動力である電気は、文明と未開を区別する働きを担っていた。ネモが平然としているのも、未開人がハッチという境界線を越えて内部に侵入できるはずがないと信じているからだ。こうした太平洋の未開の人間への扱いは、ヨーロッパ人やアジア人に対してとは異なる。このように、ヴェルヌの作品のあちらこちらに、フランスの帝国主義がもつ偏見や負の側面が描き出されていた（杉本淑彦『文明の帝国――ジュール・ヴェルヌとフランス帝国主義文化』）。

白鯨からノーチラス号へのバトンタッチは、神秘主義的な生物から、合理主義的な機械への交替であった。そして、エイハブと白鯨との憎悪関係は、ネモではノーチラス号の外界の人間との敵対関係となる。ノーチラス号そのものが「人類への怒り」といった白鯨の意思を体現しているとも見えるが、実際はネモという人間の意思に他ならない。『白鯨』がもつ神秘性をはぎ取って、どこまでも人間関係の物語とするところにヴェルヌの魅力と限界がある。これが日本のサブカルチャーにヴェルヌが大きな影響を与えた理由だろう(★註)。

ノーチラス号の建造自体が、復讐という目的を隠していたことが、第二部二十一章の「大虐殺」で明らかとなる。ネモは「わたしは法だ！　わたしは正義だ！　わたしは非圧制者で、やつらが圧制者なんだ！」と殺された妻子への復讐を誓う。その後、英仏海峡でイギリスの艦艇を撃沈する。『海底二万里』ではネモの正体は明らかにならないが、続編として彼の死を描いた『神秘の島』（一八七五）で、国を追われたインドのラージャの王子であることが判明する。ネモは一貫して、フランスのライバルであるイギリスの帝国主義的な行為に抵抗していたのだ。

そうした事情を知ると、第一部の終わりのインド洋に入ったところで、ネモが不可解な行動をとった理由が了承できる。一つは、アロナックス教授たちを軟禁して眠らせている間に、ノーチラス号で船を撃沈し、その際に生じた死者を珊瑚礁の墓地に埋葬したことである（第一部二十四章「サンゴの王国」）。このとき倒した船の正体は伏せられたままだったが、おそらくイギリスの船、それも軍艦だったのだろう。もう一つは、第二部三章で、セイロン島の海底にある巨大なシャコ貝に教授たちを案内し、「一千万フランの価値がある」真珠を見せたときのことだ。地元の貧しいインド人の漁民が、真珠貝を求めて潜ってきてサメに襲われたのを救出する。ネモが彼に自分が持っていた真珠を与えた裏には、失われた祖国への思いがあったわけである。

もはや、インド洋のモーリシャス島を舞台にしたサン＝ピエールの『ポールとヴィルジニー』（一七八八）のような清純で牧歌的な物語は成立しないのだ。『海底二万里』の第一部の太平洋はネモにとって「平穏な海」だったが、第二部のインド洋や大西洋はしだいに復讐のための「怒りの海」となっていく。パプア・ニューギニアでの未開人と電気のエピソードが、ネモの心情的なモードが変化する転換点となっていた。

もっとも、当初の案では、ネモはポーランドの貴族の息子であり、圧制者はロシアとされていた。だが、ロシア市場を失うのを恐れた出版社の指示により変更がおこなわれた。その痕跡として、ネモの部屋には「〈ポーランドの最期〉の叫びとともに倒れたコシチューシコ」の肖像の銅版画が飾られていた（第二部八章「ビゴ湾」）。コシチューシコは、リトアニア生まれだが、アメリカ独立戦争の外国人義勇兵であり、その後ポーランド側でロシアとの戦いに参加した英雄である。

ここでアメリカ独立戦争の英雄に言及したことで、フランスにとっての仮想敵としてイギリスを持ち出すことができる。これはフランスやアメリカ合衆国やロシアなど多くの読者に受け入れやすい設定なのである。もしもネモがポーランドの貴族の息子だったのならば、バルト海へと入っていき、ロシアの艦船を攻撃する展開があったのかもしれない。ポーの南氷洋での「白い巨人」という空想的な結末や、メルヴィルでの太平洋での「白い鯨」という神話的な結末が、ヴェルヌでは、北極近くの渦の中に潜水艦が沈むという現実的な結末へと、うまく読み替えられたのである。

その後ヴェルヌは、単独の潜水艦ではなくて、『動く人工島』（一八九五）で、サンフランシスコからニュージーランド北まで移動する巨大なスタンダード島という金持ちの住む理想郷を描いた。一万人が住み、発電機によるスクリューで動く島であり、復讐のために建造されたわけではないので、ノーチラス号とは対極の存在であるといっても良い。巨大であるがゆえに、そのままパリという都市の表象とも考えられる。しかも、フランス人ヴェルヌが書くと、世界情勢に合わせて、英仏の対立があからさまに、あるいは隠れながら姿を見せるのである。

【十五少年漂流記】

帆船のピークォド号も潜水艦のノーチラス号も、移動には明らかに船長の強固な意志が働いていた。けれども、主人公が太平洋で漂流したのならば、はたして生還できるのかは、興味深い主題となる。『白鯨』の最後のイシュメルがレイチェル号に救助されず、太平洋上のどこかの島にたどり着けば、それは別のサバイバル物となったかもしれない。漂流とサバイバルの展開は、『ガリヴァー旅行記』やロビンソン物の後継者にとって格好の主題となる。

現代においてもロビンソン物の漂着のアイデアは使われる。トム・ハンクスが主演した映画『キャスト・アウェイ』（二〇〇〇）は、フェデックスの社員であるハンクスの乗った飛行機が荷物とともに太平洋に墜落し、彼は無人島でのサバイバル生活を始める。まったく裸一貫ではなくて、傍らの飛行機に文明がもたらした品物があったのは、明らかにロビンソンが漂着した際の難破船とも通じる。そして、鯨の漂着と同じように豊かな富をもたらすのだ。しかも、フェデックスが運んでいた手紙と品物が、主人公と社会のつながりを維持し、「孤独」ではないと感じさせてくれるのだ。

ロビンソンのような単独の漂流ではなくて、集団で無人島に漂着したらどうなるのかを意識的に描き出したのが、ヴェルヌの『二年間のバカンス（十五少年漂流記）』（一八八八）だった。漂流した船に乗っていたのが、ニュージーランドの寄宿学校の生徒ばかりだったので、子供だけでサバイバルできるのか、という主題を定式化した作品となったのだ。

日本でも、森田思軒により、『十五少年』（一八九五）として翻訳され、戦後になって『十五少年漂流記』と改題された。長期のバカンスの習慣がない日本では、「二年間の夏休み」などでは、原題を理解しにくかったのかもしれない。しかも、少年たちが困難を乗り越えるのが、時代にふさわしい主題を扱っていると思われたのである。以下では森田訳で定着した『十五少年漂流記』を採用する。

ヴェルヌは、最後に「秩序と、熱意と、勇気があれば、たとえどんなに危険な状況でも、きりぬけられないものはない」（横塚光雄訳）と教訓を書きつけていた。同じ箇所が、森田の訳では、「慎慮《しんりょ》慈愛勇武《あいゆうぶ》の三者《さんしゃ》ありて、之《これ》に兼《か》ぬるに耐忍剛毅《たいにんごうぎ》の徳《とく》をもってすれば、人生何《じんせいなん》の難《なん》か排《はい》すべからざらむ、何《なん》の紛《ふん》か解《と》くべからざらむ」となる。漢文書き下し調の強い言い方が音楽的ですらある。これはフランス帝国主義とイギリス帝国主義のメッセージの合成ともいえる内容だが、日清戦争から日露戦争へと向かう少年読者に訳者や出版社にはふさわしく思えたのだ。総ルビの訳なので、背伸びをしたい読者にも手が届いたのである。

森田訳『十五少年漂流記』を囲んでいた社会的な文脈は、博文館から出た初版本の巻末に掲載された出版広告からも見えてくる。たとえば、スタンレーのアフリカ探検記、ダグラス・フォーセットによるアナーキストがビッグベンを襲う『空中軍艦』、ライダー・ハガードのクォーターメンシリーズの『大寶窟（ソロモン王の洞窟）』がある。さらに、『大氷海』という一八七五年から翌年にかけてのイギリスの北極探検の記録本があるが、これは幸田露伴が訳述したとされていた。そして、セルバンテスの『ドン・キホーテ』を世界一大奇書とし、『鈍機翁冒険譚』とタイトルを与えている。ラインナップ全体から、冒険の賞賛と欧米の拡張主義的な野望の紹介を狙っていることが読める。

二年間もの島での長期滞在を、少年たちが自発的に選んだわけではない。父兄の一人が所有するスクーナー船スルーギ号に乗せてもらい、数週間かけてニュージーランドを一周する予定の文字通りバカンスのはずだった。チェアマン寄宿学校のあるポリネシアに属するニュージーランドは、イギリスの植民地主義の中心地であり、アメリカ人、イギリス人、フランス人など生徒の親も多彩だった。

バカンスを過ごすために、少年たちが、スルーギ号に出航前夜から乗り込んで寝て待っていたところ、舫《もや》い綱が外れて流されてしまったのが始まりである。いちばん下っ端の水夫であるモーコーを除いて、残りの船員は酒を飲みに出払っていた。モーコーは、ポーの『ピム』で、グランパス号の乗っ取りを策謀した反乱の中心の黒人料理人の書き換えにあたる。だが、モーコーは最後まで白人の少年たちに忠実であり、ヴェルヌのほうが人種的な偏見が強いことがわかる。

【無人島での社会の維持】

『十五少年漂流記』の物語としての面白さを形作っているのは、ニュージーランドから少年たちが漂着した島が、五十年前にフランス人探検家が訪れただけの無人島である点だ。この島は、マゼラン海峡に近いハノーバー島とされるが、太平洋と大西洋をわける位置にあることで、集団のなかに境界線を生んでゆさぶりをかけるのにふさわしい場所となっている。

十五人の少年たちは「少年植民者」と呼ばれ、自分たちの寄宿学校から取って「チェアマン」と名づけた島を調査する。周辺が海ばかりなのを知り、自力では脱出できないと結論づける。凧をあげて周囲に存在をアピールするのだが効果もなく、定住に向けた試みを続けることになる。冒険や探検から定住への転換が描かれている。少年たちが未踏の部分を調べて、この島が一体どこに位置しているのかを推理する箇所もある。その際に博物学的な知識を利用していた。日頃の勉強が役に立ったのである。そして、鯨油の代わりに、仕留めたアザラシの油を使うことで、「文明の光」を灯すことに成功する。

チェアマン島ではニュージーランドから持ちこんだ社会秩序が維持される。アメリカ人のゴードンという年上の少年がいるのだが、彼が年長だからとリーダーとなるわけではない。その代わりに、技師の息子のブリアンとジャックのフランス人兄弟と、金持ちの息子でわがままなドニファンと取り巻きを軸とした英仏の対立がしだいに表面化する。少年たちの間で問題が生じた場合、議論を通じてとか、ボクシングで決着をつけるといったイギリス流の解決の仕方をとる。

じつはブリアンの弟のジャックがいたずら心から舫《もや》い綱を解いたのが漂流の始まりとなっていた。弟から秘密を聞いたせいで、ブリアンは強い使命感や責任感をもち行動し、そのため少年たちのリーダーに選ばれる。ところがその結果に不満なドニファンたちは反発して、集団から分かれて生活するようになる。これがチェアマン島への新しい漂着者、それも大人たちとの出会いや対決へとつながっていくのだ。

ヴェルヌがこの発想をもらった先行作として、ヨハン・ダヴィッド・ウィースの『スイスのロビンソン』（一八一二）がある。これも太平洋物であり、オーストラリアへ行く途中で難破した一家の物語である。親子連れの一家が流れ着くことで、家族的な連帯が中心となった。そこに別の一家が流れてくることで新しい展開が生じる。そのパターンをヴェルヌはもらっている。広くヨーロッパで人気を得たウィースの作品は、『ロビンソン・クルーソー』とともに『十五少年漂流記』内でも言及されるし、他ならないヴェルヌが、続編にあたる『第二の祖国』（一九〇〇）を書いているほどだ。

『スイスのロビンソン』をさらに遡るならば、タイトルどおり、『ロビンソン・クルーソー』に至る。ロビンソンがフライデイと出会うのも、外部からの侵入者が平凡な日常を変えるパターンである。ロビンソンの場合には、他の「食人種」やスペイン人も島に乗り込んでくる。そしてロビンソンは、イギリス船の船長が島に置き去りにされそうになるのを助け、逆に反乱側を鎮圧して、その船を使って島から脱出するのである。

『十五少年漂流記』では、アメリカ人の金持ちが所有するセヴァーン号という船が、海賊行為をするならず者に襲われて乗っ取られた。そのときに、乗り合わせていたエバンズという航海士と、家政婦のケイトが漂着する。彼らが最終的に少年たちと合流して、セヴァーン号で生き延びていたならず者たちを撃退し、船を仕立てて島を脱出することになる。そして今度は汽船でニュージーランドへと無事に帰ることになった。

チェアマン寄宿学校の生徒たちは、ポーのピムやメルヴィルのイシュメルと同じ若者たちなのだが、ピムやイシュメルみたいに労働をするわけではない。それぞれが、社会のリーダー層となるための訓練を受けているのだ。学校名の「チェアマン」が議長をしめすように、上に立つ者の行動規範を身につけることが求められている。エリート校なので、ニュージーランドの「原住民であるマオリ族は、子供たちをその学校にいれることができなかったらしい」（第三章）とさりげなく書かれている。

ここから、ヴェルヌの白人中心主義的な態度を指摘するのは簡単である。黒人の水夫のモーコーも仲間として受け入れられたが、集団の中心人物とはならず、白人をサポートする以上の役割を与えられなかった。ましてやマオリ族は、チェアマン島を無人島としたことで登場する心配はない。先住民が不在なので闘争もなく、「少年植民者」たちはあれこれ悩まずに探検を続けられたのである。そして、ドニファンのように、当初は高慢であっても、仲間を救うために負傷した体験から、道徳的により良い若者になる願いが込められていた。それは良き支配者としての人材となる期待に応じたものだった。

太平洋を舞台にしたポーとメルヴィルとヴェルヌの小説を並べると、イギリスとアメリカ合衆国とフランスが覇権をめぐって争っていたことがよくわかる。それとともに、労働の現場とみなすのか、支配者の教育の場とみなすのかでも、太平洋の位置づけが変わってくるのだ。

（★註）ヴェルヌの小説は、明治以来さまざまな翻訳がなされてきた。SF史家の横田順彌が『日本SFこてん古典』（一九八〇―〇一）以来の仕事で折りに触れて扱っているし、比較文学者の富田仁による『ジュール・ヴェルヌと日本』（一九八四）も紹介や分析をおこなっている。『十五少年漂流記』の翻訳者である森田思軒に関しては、直訳か意訳かなどの翻訳論や坪内逍遥とのつながりなどを分析した数冊の研究書が出版されている。

翻訳だけでなく、翻案やアイデアの借用など「アダプテーション」も広くおこなわれてきた。なかでも、太平洋を扱った『海底二万里』、『動く人工島』、『二年間のバカンス』の三つの小説は、SF的な主題として、その後大きく膨らまされてきた。戦後日本の「サブカル」への影響は大きい。私の視野に入ったほんの一部だが、指摘しておきたい。

潜水艦が一隻で世界を震撼させるという『海底二万里』は、押川春浪の『海底軍艦』（一九〇〇）のように欧米列強と戦う日本の秘密兵器となる。無人島で密かに建造されたりとか、ヴェルヌの影響は大きい。ドイルの「ブルースパーティントン設計書」や『マラコット深海』、さらにラブクラフトの「海底の神殿」など広範囲な作品が、潜水艦という二十世紀の新しい兵器に対する不安と期待をもっていたことがわかる。そして、一九一二年に北大西洋上に氷山と衝突してタイタニック号が沈んだ事故のように、一瞬にしてすべてを飲み込む危険を海はもっているのだ。そのため、海中や深海が新しく関心の的となった。

戦後になって、『海底軍艦』が一九六三年に東宝特撮物として作製されたときには、ムウ（ムー）帝国といった意匠や日本の敗戦を信じない登場人物が姿を現した。宇宙へと飛び立つ『宇宙戦艦ヤマト』（一九七四）は潜水艦ではないが、敗戦国側が復讐のために立ち上がるというネモの図式があてはまる。かわぐちかいじの『沈黙の艦隊』（一九八八—九六）は、核兵器をもった潜水艦によって、世界とどう対峙するのかというネモ的主題を先鋭化してみせた。さらに庵野秀明と樋口真嗣は『ふしぎの海のナディア』（一九九〇—九一）で、『海底二万里』をベースに自由に展開してみせた。このコンビが『シン・ゴジラ』（二〇一六）を生むことになる。

それに対して『動く人工島』の生活する人々を載せて移動するスタンダード島のほうは、いきなり本土から離れて海を漂流する『ひょっこりひょうたん島』（一九六四—六九）になったのかもしれない。井上ひさしはフランス文学に造詣が深かった。また、ロボット型の巨大宇宙船という発想の『超時空要塞マクロス』（一九八二—八三）につながる。都市を内部に抱えているという意味では、潜水艦ものよりも一般市民との関係を描くことに広がったのである。

『十五少年漂流記』そのものもアニメ化されてきたが、もはや古典といえる富野由悠季の『機動戦士ガンダム』（一九七九—八〇）は、第二次世界大戦の記憶と『十五少年漂流記』に設定のアイデアをもらっていた。大人が含まれるので、『十五少年漂流記』の後半部分を利用しているといえる。同じサンライズというアニメ会社は、ずばり『銀河漂流バイファム』（一九八三—八四）で、あからさまな借用をしてみせ、それ以降何作も同じプロットを使ってきた。明治以降の『十五少年漂流記』への偏愛の根底には太平洋を舞台にしているという理由もあるのだろう。だからこそ、「太平洋＝宇宙」と読み替えることができるのだ。

第4章　バカンスと楽園幻想

太平洋に一種の楽園を求めてやってきても期待通りになるとは限らない。この章では、太平洋を訪れた作家として、スティーヴンソンの『難破船』やモームの『月と六ペンス』を取り上げる。そして、サモアの滞在体験に基づいて書かれたイギリスの小説『青い珊瑚礁』が生み出した幻想が、映画になったり、歌になったりして、日本のポピュラー文化にまで届いている様子を確認する。南の島のイメージは、かつての戦場とバカンスの滞在地との間で揺れ動きながら、日本人にとって『天国にいちばん近い島』の真摯な体験から、『ラッフルズホテル』の太平洋の無視にまで変化していくのである。日本にとって戦地でもあったニューギニア探検が、今でも観光ツアーとして、「石器時代」や「食人種」といったイメージを押しつけている様子を確認する。しかも、その際に、スティーヴンソンにあこがれた中島敦を含めて、西洋の目で太平洋を見ているのではないかという不安を抱えている。そして、太平洋の作家たちからは、風刺を通じて批判的な目が向けられているのだ。

1　スティーヴンソンとモームの太平洋

【ミクロネシア・メラネシア・ポリネシア】

　太平洋の島々の人々や歴史を考えるとき、英米仏の覇権主義を他人事のように批判して済むわけではない。日本は、明治維新以後、まさに太平洋の島々をめぐり、植民地主義的な活動をおこなってきた。太平洋は交易路だけでなく、漁場や鉱物資源の産地となったし、さらに多くの移民や労働者をハワイなどの島々へと送り出してきた。第一次世界大戦の結果、ドイツから南洋諸島の委託統治権を譲り受けると、南洋庁を作って統治した。さらに、軍事的に進出して「太平洋戦争」を引き起こすことで、戦地にもしたのである。ミクロネシアやメラネシアの人々を「蕃族」や「人食い人種」などと呼び軽蔑しながら、時には文明に汚されていない「高貴な野蛮人」のイメージも与えてきたのである。

　第二次世界大戦後に、こうした過去を踏まえながら「南洋」を見聞した例として、北杜夫の『南太平洋ひるね旅』（一九六二）を取り上げ、この章の導きの糸としよう。北杜夫は歌人斎藤茂吉の次男（本名宗吉）で、父親と同じく精神科の医者でもある。インド洋からヨーロッパへと向かうマグロ調査船に船医として同乗した体験を描いた『どくとるマンボウ航海記』（一九六〇）で人気を得た。大雑把に言えば、これにより『海底二万里』の後半の航路を制覇したのである。

続く旅行エッセイである『南太平洋ひるね旅』は、文字通り『海底二万里』の前半にあたる場所を扱っている。もちろん、海中ではなく地上に滞在しているわけだが。飛行機に六時間乗って到着したハワイに始まり、タヒチ、フィジー、ニューカレドニアを経て、サモアにあるスティーヴンソンの墓を訪れ、ハワイへと帰ったところで終わる。この内で、ハワイ、タヒチ、サモアはポリネシアに属すが、フィジー、ニューカレドニアはメラネシアに属する。

「ミクロ」は小、「メラ」は黒、「ポリ」は多数という意味だが、三つの地域は文化の特徴も異なり、日本との関係もさまざまである。そのため、移民やその子孫から、ニッケルの鉱山関係者、マグロ漁に関する水産会社や商事会社の現地の責任者、さらに人類学者まで北は多くの「日本人」と出会っている。地理的な広がりのなかに歴史が見えてくる。

フランスの百科全書派のシャルル・ド・ブロスは、当時南極圏に存在が信じられていた南方大陸を求めるさまざまな航海記を集成した『南方大陸航海史』（一七五六）のなかで、太平洋上の島全体を「ポリネシア」と呼んだ。数多くの島が点在するのでその名を冠したのだが、この本はジェイムズ・クックが航海に利用したほどの影響力があった。

全体をポリネシアととらえた十八世紀の常識を書き換えたのが、十九世紀のフランスの軍人で探検家のジュール・デュモン・デュルヴィルだった。三回の世界周航をおこなったデュルヴィルが、探検を終えた一八三一年に、「マレーシア、ミクロネシア、メラネシア、ポリネシア」と文化の違いで分けることを考え、フランスアカデミーに提唱して認められた（ちなみに、デュルヴィルはエーゲ海の航海で、発見されたばかりのミロのヴィーナスを購入してフランスにもたらした人物でもある）。

デュルヴィルに由来する三つの区分を、塩田光喜が『太平洋文明航海記』で述べた特徴をまとめて、いくつか補足すると以下のようになる（地図も参照のこと）。

ポリネシアは、ハワイ諸島、ニュージーランド、イースター島を結んだ三角形が範囲となる。東太平洋を占め、言語や宗教の共通性が高く、首長をいだいて社会階層性をもつ歴史があった。そのため、ハワイ王国などの統一国家を作ることができた。アメリカ合衆国がハワイを、イギリスがニュージーランドを、フランスがタヒチを拠点にしていることでも、この地の重要性がわかる。ヨーロッパ人の到達以前に宗教的な統一性があったので、キリスト教が入りやすかったというのが、塩田の説明だった。

それに対して、メラネシアは、赤道以南の西太平洋で、パプア・ニューギニアなどの島嶼を含む。「メラ」が黒の意味のように肌の色もポリネシア系とは異なる。言語も千五百以上あり、統合度が低い。マラリアが蔓延しているので、植民地化つまり文明の浸透が遅れた。そのため、しばしばニューギニ

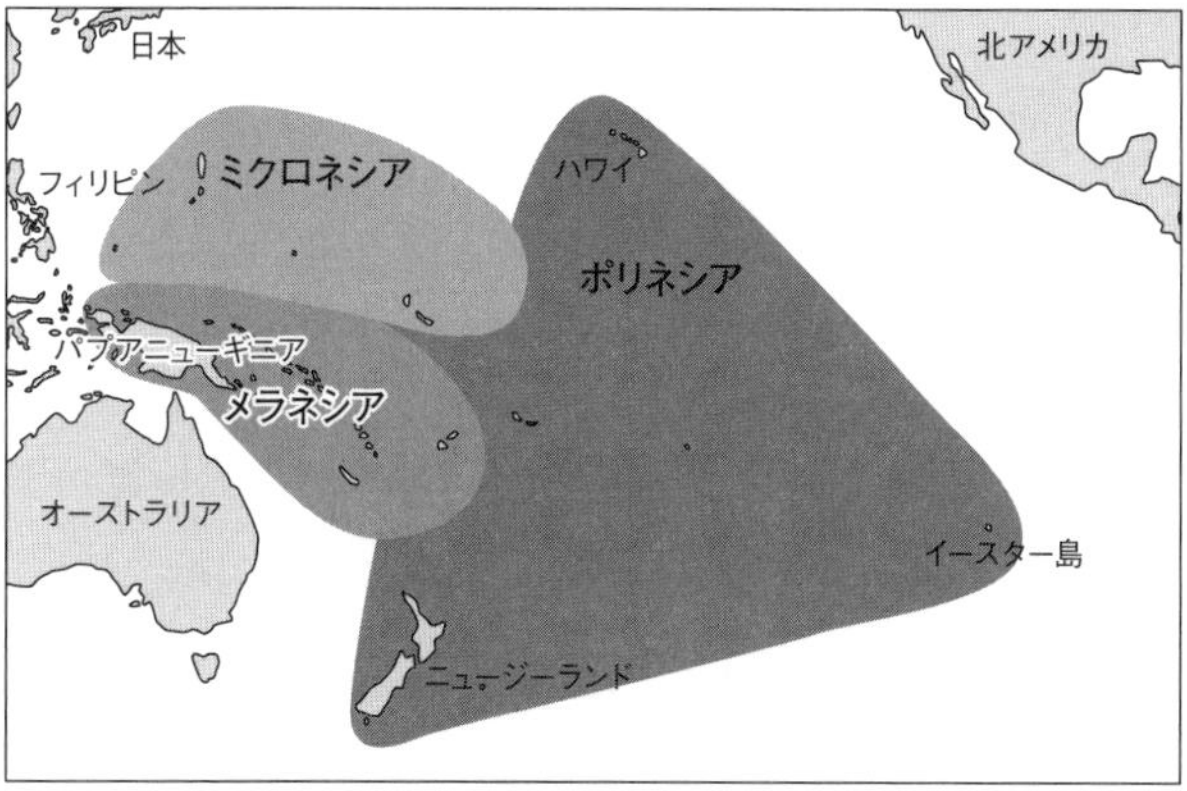

東がポリネシア、西がミクロネシア（北）、メラネシア（南）となる。

ア高地に「石器時代」の社会があるとか、フィジー島の人々は「人食い人種」だというレッテルが貼られることになる。

ミクロネシアは、西太平洋の赤道以北で、グアム、サイパン、パラオなど日本でも観光地としておなじみである。かつての日本の統治領で、戦後はアメリカの国連信託統治領になっている。忘れることのできない原爆投下の爆撃機が発進したテニアン島や水爆実験のビキニ環礁も含まれるし、軍事的な拠点としての意味合いが強い。しかも、台風の針路として、気象予報の画面でよくお目に掛かる地域でもある。

それぞれの特徴を無視して、「南方」とか「南洋」とか「南の島」と呼ぶならば、それは一種の幻想である。科学的な分類が施される前の十八世紀のド・ブロス時代の認識に戻ってしまっているのだ。だが、そうした幻想そのものは、現在でも根強く存在している。

【スティーヴンソンと太平洋】

北杜夫の『南太平洋ひるね旅』が最後に目指したのは、サモア共和国のウルポ島の首都アピアの郊外にあるスティーヴンソンの墓であった。小高い山の上にある墓に刻まれた碑文を「はろばろと　星かがよふ　そらのした／おくつきつくり　われ　よこたへよ」で始まり、墓を「おくつき＝奥津城」とする擬古文訳で引用していた。スティーヴンソンが多くの人の心をとらえるのは、スコットランド出身なのに、太平洋のサモアで一八九四年に亡くなったせいである。結核と思しい病にかかって、喀血などを繰り返すので、カリフォルニアや南フランスで静養し、南太平洋への旅や移住も転地療養を兼ねていた。

サモア諸島には二つの大きな島があり、西がサバイイ島、東がウルポ島である。一八九九年に列強によって日付変更線を挟んで分割され、東はアメリカ合衆国領、西はドイツ領となった。西サモアは第一次世界大戦後ニュージーランドが国連の委託統治の代表となり、その後イギリス連邦に属している。西サモアと名乗っていたときもあるが、現在はサモア共和国である。煩雑を避けるため、以下では便宜的に西サモアと東サモアという古い呼称を使用する。

東サモアはずっとアメリカ合衆国に属してきた。トゥトゥイラ島に首都パゴパゴがある。映画でも有名なサマセット・モームの短編「雨」（一九二一）は、「ミス・トンプソン」が最初のタイトルで、西サモアのアピアに向かう船がコレラ患者が出たことで、パゴパゴに足止めされることで始まる物語である。太平洋は、キリスト教の宣教地でもあった。最初に到達したスペインのカトリックと新興の英仏のプロテスタントが覇権を争ってきた。宣教師がトンプソンを改心させるが、性的欲望を見せつけたことで、トンプソンが再び「商売女」としての本性をむき出しにする。トンプソンや宣教師に当たる人物は、モームの見聞に基づくのだが、アメリカ合衆国の雑誌に掲載するには、東サモアがふさわしいと判断したのだろう。

サモアは、覇権を争う英米の思惑と権益がぶつかる場所となる。サモアが日付変更線の東西のどちらに属すのかも、時代によって変更されてきた。グリニッジ天文台を根拠に策定された東西の経度が、地球を半周して出会う場所であり、まさに大国の思惑で日付すら勝手に決められてきた。二〇一一年以降、サモア諸島は東西で別の日付をもつことになっている。まさにサモアは太平洋の「へそ」であり、多くの作家や旅行者をひきつけてきた。

スティーヴンソンは、『宝島』（一八八三）で十八世紀の海賊を扱った。序文代わりの冒頭の詩には、スコットランドの先輩作家であるR・M・バランタインの名前が出てくる。たとえば彼の『珊瑚島』（一八五八）が念頭にあったわけだ。『珊瑚島』は太平洋の島での三人の少年たちの冒険を描いていた。

ポリネシアの無人島に漂着した子供たちが、サバイバルし、先住民の戦いや食人を目撃する。さらにイギリスの海賊が香木を探しにきた際に少年の一人が捕まるが、彼は海賊の「ブラディー・ビル」に救われる。優しさを見せるこの海賊は、ジョン・シルヴァーの原型となったのかもしれない。そして、最後に宣教師が布教するマンゴ島で、改宗したがっている原住民の娘の助けもあって、三人は冒険の生活から逃げ出すことができたのだ。食人の恐怖とそれに打ち勝つ布教の賞賛が相補関係をもっている。

スティーヴンソンが書いた『宝島』は、あくまでも大西洋の話だった。彼が『珊瑚島』のように太平洋へと大きく目を向けるようになったのは、アメリカ合衆国を訪れたときに、南太平洋の紀行文の掲載を新聞シンジゲートに依頼されてからだった。ハワイやサモアを訪れたのだが、経済的な理由と健康のための転地療法から、スティーヴンソンは拠点を太平洋に移すことになる。やがて、ハワイやサモアの首長とも懇意になって、両者を和解させるなどの政治にも直接関与した。

太平洋体験の成果のひとつは、『南海千一夜物語』（一八九三）と題された短編集に入った三篇の小説「瓶の小鬼」、「声の島」、「ファレサーの浜」である。有名な「瓶の小鬼」は、何でも願いを叶える瓶だが、他人には自分が購入したときの値段よりも安く売らなくてはならないという話である。最後にはどこかO・ヘンリーの「賢者の贈り物」（一九〇五）などにも通じる夫婦の愛をめぐる話となる。

ただし、単なる寓意だけでなく、通貨どうしの為替交換の話でもある。アメリカの一セントよりも、フランスの一サンチームのほうが少額の硬貨なのが鍵となる。

また、同じくハワイを舞台にした「声の島」は、魔術師たちがある島で貝殻をお金にするという奇想を描いている。魔術師である義父が金に不自由しない秘密を知った主人公の男は義父からの復讐を恐れるが、宣教師に「ハンセン病患者の居住地と伝道の基金にいくらかずつ寄付したら」と言われて、実際支払うと義父が襲ってこなくなった。スティーヴンソン自身が、ハワイのハンセン病患者居住区に暮らしたこともあった。ユートピアに見えた南海に、魔術師対宣教師の対立や、金銭にまつわる醜い争いがあり、病などの現実もあることがわかる。

スティーヴンソンの出世作ともいえる『宝島』は、「宝探し」の話だが、同時に投資の話でもあった。少年ジムを主人公にした子供向けの冒険話とだけ考えるのは素朴すぎる。フリント船長の一枚の宝島の地図をめぐって、大人たちが投資をし、その利益を分配する。ブリストルでヒスパニオーラ号を調達するために出資をしたのは、ジムの話を聞いた郷士や医者たち大人だった。乗組員の募集も彼らが手配した。

そのなかに、ジョン・シルヴァーという陽気な料理番の男がいて、彼がフリント船長の元部下だったせいで海賊仲間の反乱が起きる。宝島での戦いとなるのだが、ベン・ガンという置き去りにされた男が、ジムを気に入り援助してくれたおかげで戦いが有利に進み、結局シルヴァーは降参する。最後に海賊の仲間たちが三人、新しく島に置き去りとなる。財宝をめぐる争いの犠牲だけでなく、人柱を必要とするのが宝島なのだ。

船を動かすのに人手が必要なので、降参したシルヴァーを水夫として活用しながら、宝を積んだ船は帰路につく。途中でシルヴァーは「ピース・オブ・エイト」と叫ぶオウムとともに、三、四百ギニーの入った袋を失敬して、船から逃げ出してしまう。金貨などの財宝は、生き残った者に分配されたのだが、使いみちは人それぞれだった。そして、ジムは宝島に今でも「銀の延べ棒と武器はフリント船長が埋めたままあるだろう」と述べる。ジムは亡くなった父親の代わりともいえるシルヴァー（＝銀）への心残りとともに、悪夢と思い出を抱えたまま生きていくのである。十九世紀はもはや海軍の時代であり、小説全体に前世紀の海賊へのノスタルジーに満ちていた。

【『難破船』と中島敦】

大西洋を舞台にした『宝島』以上に、太平洋を舞台にして投資と宝探しの主題を大きく膨らませたのが、『難破船』（一八九二）だった。『宝島』の地図を書き、いっしょに物語を作った義理の息子ロイド・オズボーンと合作をした作品なので、続編と言える。バランタインの『珊瑚島』の続編で、大人になった三人がアフリカで冒険をする『ゴリラ・ハンターズ』(一八六一)がヒントになったのかもしれない。『難破船』の太平洋は、メルヴィルやジャック・ロンドンのような労働の現場とは異なる。十八世紀の海賊ではなくて、十九世紀の交易船の話であり、投資や投機をめぐる物語となる。主人公のラウドン・ドッドによれば、サンフランシスコを出るヤップ島や南太平洋行きの船はこんな具合である。

行きはサーモンの缶詰、ジン、派手な綿織物、婦人帽子、ウォーターベリーの懐中時計といったありふれた荷を運ぶが、一年後に帰ってくる時はコプラを家の高さまで積みあげているか、亀甲や真珠貝の重みでよたよたしているだろう。(第八章、駒月雅子訳)

コプラはココヤシの果実で、それを圧縮して良質の油を採る。捕鯨と同じく油を採るための材料だが、燃料ではなく食用となった。さらにドッドは、サンフランシスコから太平洋を望むことは、ローマ帝国のへりに立ちローマ化されていない地域を見ているのと同じだ、と太平洋を帝国支配する野望を口にする。

ドッドは、アメリカ合衆国のミシガン生まれで、裕福だった父親の命令で、まず商業訓練をする学校に行かされ、反発からパリで彫刻家となる。その後、父親が破産し、母方のスコットランドの親族の助けを借りながら、知り合ったピンカートンと怪しげな商売をサンフランシスコで始めるのだ。

二人はミッドウェイで難破したフライング・スカッド号を百ドルで入札して、積み荷を手に入れて利益を得るはずだった。ところが、ライバルが出現したせいで指値が五万ドルにまで跳ね上がってしまった。これには、アヘンの密輸などが背後にあるはずだとして、ドッドは落札した船を確かめて積み荷を手に入れるために、ミッドウェイまで船で出かける。そして、フライング・スカッド号の難破の秘密や、共同経営者だったはずのピンカートンの裏切りがしだいに解き明かされていくのだ。

海賊や不正行為はあるが、ここには『宝島』のような手に汗を握るストレートな冒険はない。その代わりに、ロイズの船舶保険の話が出てきたり、所有権をめぐる悪徳弁護士の活躍が描かれる。法律と金の話のなかで、ドッドが一時期目指していた彫刻家の夢は消えていってしまう。作者スティーヴンソンが父親の命令で、エディンバラ大学の法学部を卒業して弁護士資格をもっていたことは、注目に値する。難破船の所有権などをめぐる法律関係に詳しいのも当然である。

こうしたスティーヴンソンに憧れた作家に中島敦がいた。中島は喘息の病のなかで、健康対策と現地手当の給与加算を求めて、南洋庁で働くためにやってきたのだが、自分とスティーヴンソンを重ねているのは間違いない。妻に宛てた一九四一年十月一日付の手紙で「僕は今迄の島でヤルートが一番好きだ。一番開けていないで、スティヴンスンの南洋に近いからだ」と述べている。

中島が南洋にいる間に、ハワイの真珠湾攻撃があり、太平洋戦争が始まった。「いよいよ来るべきものが来たね。どうだい、日本の海軍機のすばらしさは」と十二月十四日付の妻への手紙で述べている。そして、南洋は平穏で「グワムは他愛なく、つぶれるし」と、アメリカ領を手に入れたことを喜んでいる。だが、これは臨戦態勢で手紙が検閲されるのを意識したせいかもしれない。用心をして、その後の私信を、わざわざ知人にあずけて、東京から投函してもらう手続きをとっていた。

中島は病気などを理由に翌四二年三月に東京へと帰ってきた。南洋を実際に体験した中島は、『光と風と夢』というスティーヴンソンの伝記小説を書いて、その年の七月に発表し、十二月には亡くなってしまう。この作品内では、正確に『難破船引揚者』と訳していて、執筆中のスティーヴンソンの姿を浮き彫りにしていた。作中のスティーヴンソンはサモアで、植民地主義の横暴に憤るのだ。

此《こ》の島に来た最初から、スティヴンスンは、此処《ここ》にいる白人達の土人の扱い方に、腹が立って堪《たま》らなかった。サモアにとって禍《わざわい》なことに、彼等白人は悉《ことごと》く——政務長官から島巡り行商人に至る迄《まで》——金儲の為《ため》にのみ来ているのだ。これには、英・米・独、の区別はなかった。

（五章、ルビは適宜振った）

この主張は、表面的には、日本が大陸だけでなく直接英米と戦争をする大義名分と合致するので、芥川賞候補にもなったのである。「白人」のなかにドイツが入っていることに、一九四〇年に日独伊三国同盟を結んだ後での中島の批評性を読めるかもしれない。ただ「物語る人」を意味する「ツシタラの死」というタイトルは、「光と風と夢」という感覚的なものへと変更されてしまい、サモアらしさがきれいに払拭されたのである。

『難破船』で描かれたような、交易が生み出す利益にあずかろうとして醜い争いをする者たちの姿は、南太平洋へと進出した日本の当事者たちと重なってくる。中島は、南洋庁で現地向けの新しい教科書を作る仕事を与えられたが、しだいに否定的になっていった。白人たちと同じことをする日本人の姿を見てしまったせいである。

十一月六日の父親宛への手紙で「現下の時局では、土民教育など殆ど問題にされておらず、土民は労働者として、使いつぶして差支えなしというのが為政者の方針らしく見えます」と告発している。しかも、他ならない中島自身が、そうした為政者の一人として、マーシャル諸島の小学校を監督して回り、日本語教育のための教科書を作る仕事にたずさわっていた。

けれども、『光と風と夢』のなかでのスティーヴンソンは、先住民と英語とサモア語をお互いに教えあうのだ。また、サモア史をまとめ、追放された首長が傀儡となって戻る一部始終や、「土民の一揆」

が引き起こされた経緯を、日記体などの技法を使ってつぶさに書き込んでいた。そのなかでスティーヴンソンが執筆している『退潮《エブ・タイド》』という最後の作品のタイトルが、中島の死後の日本の運命を暗示しているように思えてくる。

【ゴーギャンとタヒチ幻想】

スティーヴンソンは、一八八八年から三度南太平洋を旅行し、最後は九四年に西サモアの邸宅で亡くなった。それに対して、画家のポール・ゴーギャンの一度目のタヒチ滞在は一八九一年から三年にかけて、帰らぬ旅となる二度目が九五年からで、タヒチからマルケサス（マルキーズ）諸島へと移った。ゴーギャンは一九〇三年にヒバ・オア島で亡くなった。二人は同時期に太平洋上にいて、そこで最期を迎えたのである。

ゴーギャンの時代には、すでにタヒチは混血や文化の混交が進んでいた。ゴーギャンが二度目にタヒチからマルケサスに移動したのは、そこの民族芸術品に感動したのが理由の一つだった。だが、ゴーギャンがあてはまるような太平洋を放浪する白人という意味の「ビーチコーマー」という言葉が、『難破船』の冒頭のマルケサスの場面に出てくる。ここもすでに文明に汚染されていたのだ。そのせいでゴーギャンはさらに奥の島へと逃れることになる。

美術史家の岡谷公二は、『絵画のなかの熱帯』（二〇〇五）で、フランス絵画におけるドラクロワからゴーギャンへと続く南方志向の系譜を辿っている。最初は「オリアンタリスト」という、北アフリカやトルコなどの風景を描く一派に限定されていたのが、植民地主義の拡大とともに、内実が変化していった。そして、亜熱帯の異国の風景から、ニューオーリンズやマルチニック諸島など、フランスの植民地の風景が対象となる。

とりわけフランス人の海軍士官で作家のピエール・ロティの小説は、ゴッホとゴーギャンに大きな影響を与えた。長崎を舞台にした「お菊さん」（一八八七）にインパクを受けてゴッホは黒髪の少女の絵を「ムスメの肖像」とつけたり、「ボンゾ（坊主）」姿の自画像を描いた。また、タヒチで、色の白いマオリ族の娘との恋愛を扱った「ロティの結婚」（一八八〇）をゴッホから勧められたゴーギャンは、タヒチの魅力を知り、傾斜していくことになる。ただし、ロティの作品では、白人男性と現地の若い現地の女性との恋愛や「現地妻」との関係が、魅力の一端を担っている。蠱惑的な先住民の女性というエキゾティックとエロティックが交差するところで、まさにオリエンタリズムが成立している。

タヒチの神話をアレンジした絵画を描くゴーギャンに、フランス文学者で小説家でもあった福永武彦は『ゴーギャンの世界』（一九六一）を著したほど傾倒していた。その一方で、『古事記』の訳を試みたように日本神話への関心も深い。それが、南太平洋の神話とつながり、中村真一郎や堀田善衞とともに作った『発光妖精とモスラ』(一九六一)という連作小説で、福永がはるか南方にあるインファント島の神話の部分を担当したのも当然なのだ(この点については拙著『モスラの精神史』を参照のこと)。

こうしたタヒチ幻想は、エキゾティシズムを売りにしたピエール・ロティの後では、サマセット・モームによるゴーギャンをモデルにした『月と六ペンス』(一九一九)が広げた。タヒチ幻想を作り出したモデルのひとつとなった。一九四〇年に中野好夫訳が出版されたので、戦時下でも読まれた作品となっている。

けれども、『月と六ペンス』は正確な意味でのゴーギャンの伝記小説ではない。イギリス人画家ストリックランドの話になっている。語り手の「私」が、家族から依頼された使者として、パリで生活するストリックランドを訪れた体験を語り、死後にタヒチに滞在して聞いた多くの人物の証言を紹介する。タヒチでの話は、全体の三分の一程度である。しかも、絵の価値をめぐって、二百ポンドの借金のかたにもらって三万ポンドで売った人もいれば、焼き捨ててしまった人もいるなど、絵に対する反応もさまざまである。

スティーヴンソンの『難破船』の主人公が芸術家を目指していたのに、太平洋の難破船で稼ぐ投資家となったのとは逆で、ストリックランドの場合は、証券取引所の人間が画家になったのである。だから、芸術小説として見た場合に、月は芸術を、六ペンスは俗物を指すのだが、遠目にはどちらも丸くてそっくりというのが鍵となる。

　この小説でいちばん鋭く批判されているのは、画家になろうという夫の行動が理解できずに、体面をつくろう妻である。再婚した彼女は、元夫の死後には「天才画家の元妻」の役割を演じ、部屋に複製画を飾っている。そして、「他人の金で生活するのが真に上品や生き方だと考える、気取った女特有の本能の持ち主」であるミセス・ストリックランドに語りては皮肉な目を向ける。それに対して、ハンセン病になったストリックトランドを、最期まで面倒をみた土地の女性アタの献身ぶりが語られる。タイトルの「月と六ペンス」とはこの二人の女性のことも指している。

語り手は、ストリックランドにとってタヒチがどういう場所だったかを、次のように書き留める。


　この遠隔の土地では、故郷で白眼視されていた彼が、嫌われもせず、どちらかといえば好感を持たれていたということである。彼の奇行もここでは寛大な態度で受け入れられていたのだ。現地人であれヨーロッパ人であれ、タヒチに住む人びとから見て、彼は一風かわった男だった。それでも人びとは彼をあるがまま受け入れた。世間には変人奇人はいくらでもいると考えているようだった。

（五十四章・行方昭夫訳）

タヒチの心地よさは、決して風景や気候にだけあるわけではない。ストリックランドが自分を受け入れてくれる居心地のよさを求めたのは、他ならない作者のモームが、あちこちを放浪するコスモポリタン、つまりビーチコーマーだったことや、スパイをやっていた過去と結びつくのかもしれない。

モームは他人に言えない性的指向をもっていて、イギリス本国で受け入れられない人物だったからこそ、自由な外地を求めたのである。しかも、第一次世界大戦前後のイギリスでは、海外を舞台にしたポピュラー小説の出版が隆盛していた。その背後に地政学的な関心があった、とアンドリュー・カービイは指摘する（「地政学イメージの形成」）。世間一般もモームが書くような南海小説を好んだのであり、英米の雑誌文化にも支えられていた。そのため、短編小説を載せてくれた雑誌の名前をとった『コスモポリタンズ』（一九三六）という短編集があるほどだ。モームの太平洋をめぐる関心には、地理的な境界線を超えて入り込むスパイたちが活躍する世界への関心がある。ロシアなどでのスパイ活動の実体験に基づき『アシェンデン（秘密諜報員）』（一九二八）というスパイ小説を書いたのもモームだった。

国民国家や帝国主義が強化されるほどに、そこからこぼれ落ちる根無し草や不安定な旅人たちが増えてくる。さらに、移民や難民が新しい課題となる。そのときに、宣教師や探検家の報告書や旅行記はもちろん、フィクションさえも、主観的な要素を含んでいて不正確でも重要な情報源となった。スティーヴンソンが寓話の形で語り、モームが自然主義から発した文章で記述したハワイやサモアが、「南太平洋」イメージの形成に大きく寄与したのである。

2　青い珊瑚礁と最後の楽園

【南の海の幻想】

『南太平洋ひるね旅』で、北杜夫はタヒチで、文化人類を専攻する大学院生である「H嬢」と出会ったことを書き記す。このH嬢こと畑中幸子は、その後高名なオセアニア学者となった。そして、混血が進んだタヒチには、もはや純粋なポリネシア人は残っていないとして、プカルアという小さな島での調査に出かけていた。その成果が『南太平洋の環礁にて』（一九六九）となる。その後サモアへと調査対象を変更したのである。

そして、北杜夫の本とおなじ一九六二年に発表された「サモアの島の歌」に畑中は関係する。畑中が西サモアのサバイイ島で採取したメロディに、「青い青い空だよ」と始まる歌詞が付けられ、NHKの「みんなのうた」で放送された。「常夏だよ」とか「楽しい島」とサモアの様子が歌われていた。

当時訪れる機会も少なかったサモアへの若い世代のイメージは、こうした歌を通じて形成された。

ところが、一九九七年に畑中が島を再訪すると、この歌を現地の人たちは知らず、じつは地元の小学校の校長が作った応援歌だと判明する（NHK「世界・わが心の旅 サモア島の歌 ふたたび 旅人 畑中幸子」）。つまり、新作であり、サモアの古い歌とは異なっていたのだ。この歌のメロディは、作者不明の「ポリネシア民謡」とされてきたのだが、まさに創られた伝統として誤解されながら、日本でのみ流行してきたのである。文化の受容が外国で偏ることは珍しくないが、この歌が人気を得た理由は、視聴者の隠れた願望を明らかにしてくれるからだった。

子供向けの歌番組で、「サモアの島の歌」の後に、ハワイをモデルにした「南の島のハメハメハ大王」（一九七六）のような南方志向の歌に人気が出たのは、六〇年代から七〇年代にかけて、公害で汚れて青い空がなくなったの都会の子供たちの現実の裏返しだったせいである、とハワイ文化史の研究者の矢口祐人は指摘した（『ハワイの歴史と文化』）。

歌に描かれた青い空や青い海は、日本が取り戻す目標でもあった。確かに、ゴジラシリーズに田子の浦のヘドロを怪獣化した『ゴジラ対ヘドラ』が登場したのは、一九七一年のことだった。七二年には、四日市ぜんそくと関連するコンビナート建設問題をめぐって激しい市長選がおこなわれ、公害を認める候補が勝利した。七三年には水俣病裁判の患者勝利の判決が出たのである。その流れのなかで、南の島への憧れが醸成されたのはよくわかる。

しかかも、矢口は「南の島のハメハメハ大王」の「南の島ではみんな怠け者である」という歌詞の裏に、「日本人は勤勉で怠け者ではない」とする自己主張を含んでいると指摘する。経済成長を七〇年代も維持するのに必要な倫理がそこに潜んでいた。「怠け者＝悪」という判断があり、長期休暇をとることへの罪悪感が、願望として裏返しに隠れているのである。現在でも、フランスなどのように数週間のバカンスの取得ができない不満があったり、有給休暇の消化率の悪さが問題視されたりする。

のんびりとした南の島に、勤勉や労働の場ではなく、観光やバカンスといった一時的に社会から退避をするイメージが与えられているのは確かである。それとともに、「退屈な現実（dull reality）」から離れて冒険を空想するのは子供っぽいと、『不思議の国のアリス』（一八六五）の最後で、大人であるアリスの姉も考えていた。ウサギを追いかけて穴に落下したアリスのように別世界に行きたいという願望は、競争社会の十九世紀イギリスにとって子供時代の贅沢だった。日本が開国して欧米をお手本にしたことで、労働に関するこうした倫理観もしだいに学び取っていた。そこに儒教的な勤勉主義が結びついたのだ。

その時、夢想する対象としての「楽園」とか「白い砂浜」とか「珊瑚礁」が必要となり、とりわけ海と空を表す「青」が大切な表現となる。海外旅行が自由化されたのは、東京オリンピックが開催された一九六四年のことであり、航空運賃も高くて、まだまだ高値の花だった。そのためには、宝くじなどで幸運を射止めるか（「トリスを飲んでハワイへ行こう」は一九六一年のキャンペーンだったが、実際に行けたのは自由化された六四年のことである）、社員旅行などの団体で出かけるくらいしかなかったのだ。

そうしたなかで、日本の現実の裏返しのリゾートとして、六〇年代後半から、航空産業や観光業の発達で、ハワイやグアムなどが海外旅行先となる。その観光ポスターの図柄は、「青い珊瑚礁」であり、椰子の木陰があしらわれていれば申し分ない。もちろん珊瑚礁が青いわけではなく、青い海と空、そして白いサンゴ礁というコントラストをもつ写真やイラストが、人々を南の島への旅へと誘うのである。

【青い珊瑚礁の神話】

文字通り『青い珊瑚礁』は、一九八〇年に公開されたブルック・シールズが主演した青春映画のタイトルである。じつは三度目の映画化であった。原作はアイルランドの作家ヘンリー・ド・ヴィア・スタックプールの手になる『青い珊瑚礁―あるロマンス』（一九〇八）だった。スタックプールは、船医としてポリネシアのサモアに滞在した経験があり、それを基にしてロマンス作品を書いた。他にも数多くの小説を出したが、今でも読まれているのは、『青い珊瑚礁』で始まる三部作だけである（『神の庭』、『朝の門』と続く)。

小説は、ホーン岬を回ってサンフランシスコに向かっている船の上で、料理人のパディ・バトンがフィドルを演奏するところから始まる。バトンをケルト系とするあたりに、スタックプールのアイルランド人気質が垣間見える。そして、サンフランシスコから出港した船が船火事となり、小舟で逃げおおせたバトンと、八歳のディック(リチャード)と七歳のエメラインの二人の従兄妹がある島に流れ着く。島で暮らして二年以上経ちバトンが死亡した後、二人は自力で生きていくことになる。

その過程で、二人は愛し合い、赤ん坊のハンナが生まれる。ふつうアイルランドの女性につける名を男の子につけたところに、社会から隔絶されてしまった二人の「無知」が表現されている。ハリケーンの後で、母子が乗った小舟が流されたのを、ディックが救いにいくが、サメに襲われて戦ったためにオールをなくしてしまう。そして、島に戻れずに漂うなかで、二人はバトンから禁じられていた「永遠に眠る実」を飲んでしまう。ディックの父親のアーサーが捜索にきた船に、小舟が発見されたとき、赤ん坊をはさんで三人は横たわっていた。「死んでいるのか」とアーサーが質問すると、船長は「眠っている」と答えるところで終わる。

作者の実体験に基づく詩的な風景描写が出てくるのも魅力である。たとえば鍵となる青についてこう述べられている。

太平洋には三つの青がある。朝の青、日中の青、夕べの青。だが、朝の青がいちばん幸せに満ちている。弾けて、掴みどころがなく、生まれたばかりの幸せな色合いのもので、天国と若さの青なのだ。（第六章）

海中生物の燐光で染まったラグーンの美しさやハリケーンが島を襲うようすが描かれる。また三人の乗った小舟を襲ったサメが、ラグーンの四十年間の主だという説明があったりする。島の位置もマルケサス（マルキーズ）諸島などの近くとされ、太平洋のもつ魅力が満載だった。

『青い珊瑚礁』は、太平洋の無人島でのサバイバルと、二人の男女の成長と、性の目覚めから交わり、そして出産までを描くのである。これは、『ロビンソン・クルーソー』や『十五少年漂流記』では成立しない展開であった。男だけの漂流では、家族を形成できないし、植民地を気取っても繁殖は望めなかった。たとえ、『スイスのロビンソン一家』のように、流れ着いたのが家族であっても、他の家族が流れ着いていこないと、恋愛や新しい展開は始まらない。『十五少年漂流記』でも、恋愛要素が入ってきたのは、大人の男女が乗っている船が漂着してからだった。

サバイバルを中心とした漂流物にメロドラマの要素を加えた『青い珊瑚礁』は、一九二三年にまず映画化された。そして、四九年のジーン・シモンズ主演のテクニカラーによるリメイク映画が、イギリス本国でも日本でも「青い珊瑚礁」の名前を広めた。シモンズは前年の『ハムレット』のオフィーリア役でアカデミー助演女優賞をとった二十歳の若手のホープだったし、苦難のなかで生き延びる恋人たちは、戦後を生きる若者と重ねられていた。原作では、アメリカのボストン出身だったが、恋人たちはイギリス人に変更され、リチャードの名前もマイケルとなった。彼らを発見するのも、イギリスの船なのである。

それに対して、一九八〇年のブルック・シールズ版『青い珊瑚礁』は、シモンズ版が抑制していた場面をあえて描くことで、享楽的な展開を見せた。サバイバルの要素よりも、性的目覚めの方に重点が置かれたのである。原作小説では、出産場面もヒロインが木陰に消えて出てくると子供が生まれている、といったご都合主義的な展開をしていたが、そこに至る流れを映画の中心に置いたのだ。これが戦国時代の雰囲気とあっていた。

そして、続編となる『ブルーラグーン』（一九九一）の原題は、「青い珊瑚礁へ帰る」であった。生き延びた赤ん坊は、父親と同じリチャードと名づけられ、それを引き取った女性サラにはリリーという娘がいて、三人が島に流される話となる。教育係が男ではなく女になったが、三人の構図は反復されている。成長したリリー役に若手女優のミラ・ジョヴォヴィッチが起用された。ただし、島に船がやってくると、その船長には娘がいてライバル関係になったり、リリー自身も船員に襲われかかったりと危機を迎える。そこでリチャードとリリーの二人は島に残ることを選び、そこで子供を作り定住する幸福な結末が待っていた。そして、二〇一二年にはカリブ海を舞台にして、より青春物となったテレビ版も作られた。

こうして受容されてきた『青い珊瑚礁』だが、明らかにヨーロッパ文学の牧歌の伝統に則っていると、リチャード・ハーディンはみなす（『緑陰の恋』）。ハーディンは、地中海のレスボス島を舞台にしたロンゴスの『ダフニスとクロエ』に始まり、シェイクスピアの地中海と大西洋のイメージをまぜたプロスペロの島を舞台にした『テンペスト』、インド洋の島のベルナルダン・ド・サン＝ピエールの『ポールとヴィルジニー』、さらに三島由紀夫の伊勢の神島を舞台にした『潮騒』と続く系譜にこれを含める。

確かに、島における若い恋人たちの牧歌的な恋愛物語と読める。だが、同時に、これが他ならないエデンの園におけるアダムとイヴの楽園喪失の物語を踏まえていることがわかる。スタックプールは続編を『神の庭』と題していた。『青い珊瑚礁』では、性的な関係と神聖な結婚が、子供から大人になることと重ねられている。それが、「青春小説」や「青春映画」として、この作品が好まれる理由だろう。アダムとイヴの楽園からの追放という「原罪」をめぐる問題と、その後「妊娠」と「仕事」を苦難として男女に課す聖書の教えも想起させるところに宗教的な歯止めがあったのだが、しだいにそうした意味合いは薄れてしまった。

【青い珊瑚礁と環太平洋】

日本では、ブルック・シールズの映画が公開されるひと月前の一九八〇年七月に、アイドル歌手の松田聖子が、シングル二作目となる同じタイトルの「青い珊瑚礁」を発表した。この曲こそ、彼女をスターダムへと押し上げ、年末の紅白歌合戦への参加を決め、トップアイドルへの道を開いたのだ。

歌は「あゝ、私の恋は南の風に乗って走るわ」で始まり、途中に「素肌にキラキラ珊瑚礁」とか「渚は恋のモスグリーン」という一節が出てくる。全体の内容としては、脱出願望であり、「二人っきりで流されてもいいの」と恋人と南の島へと行き、まさに映画の『青い珊瑚礁』のような体験を求めている。タイトルは明らかに映画を意識していたはずである。

映画の公開と同時になる八月に発売されたのが、「青い珊瑚礁」を含んだ第一作目のアルバムだった。『ＳＱＵＡＬＬ』と題され、三浦徳子の作詞と小田裕一郎の作曲によるコンセプトアルバムとなっていた。「～南太平洋～サンバの香り」から「潮騒」までの全十曲が、夏や太平洋の海辺を感じさせる内容で統一され、スコールをはじめ、トロピカルとか、焼けた肌、といった語句が登場する。デビュー曲でもある「裸足の季節」に出てきた、デートで観た「まぶしすぎる」映画が、ブルック・シールズ主演の『青い珊瑚礁』であっても不思議はない。

とはいえ、アルバム一曲目のタイトルに「南太平洋」とあっても、具体的な地名が出くるわけではない。しかも「サンバ」は、明らかにブラジルやアルゼンチンの音楽であり、歌詞に出てくるリズムをとる「ボンゴ」はキューバ音楽の楽器である。波の音で始まり、太平洋と大西洋とのイメージを錯綜させているので、かえってどこにもない南の海が表現されていた。裸足や素肌のヒロイン、都会ではなく青い空と海のなかの島、そこで愛を確かめあうという空想が展開される。

この後、松田聖子が主演したアイドル映画も南の海を舞台にして、そうした期待に応えた。第一作こそ古典的な『野菊の墓』(一九八一)だったが、第二作は、ハワイを舞台にしたオリジナルの『プルメリアの伝説　天国のキッス』(一九八三)となった。海外の画面に映える南国の海を背景に、三角関係が描き出される。松田はハワイの日系アメリカ人で、ホテルチェーンの息子とお見合いをして、他方で茅ケ崎のウィンドサーファーとの愛に悩む。親の決めた相手か、それとも運命の出会いをした相手か、という選択となるわけだ。もちろん茅ケ崎の方を選ぶことで、父祖の地である日本へと彼女の心は戻ることになる。

そして、日本とニュージーランドを往復する『夏服のイヴ』(一九八四)では、三人の子供がいる年上の貿易商の男と、軽薄な御曹司と三角関係になる家庭教師の役だった。こちらは、ヒロインが御曹司を最終的に選ぶのに、フィヨルドの痕跡であるミルフォード・サウンドとか、ワナカにある立体迷路などの観光地を利用していた。

さらに『カリブ・愛のシンフォニー』（一九八五）はメキシコで物語が展開する。父親探しの旅に出たデザイナーが、父親の死を確認することと、現地での日系三世との恋の追求が描かれる。そして、この映画で共演した神田正輝と松田聖子は結婚することになった。フィクションと現実が、先輩アイドルの山口百恵と三浦友和の場合のようにうまく交差したのである。

こららのアイドル映画では、南太平洋や外国の土地が、ヒロインの心境の変化をもたらす場所として利用されている。日本に留まっていたのでは問題を解決できなかったのが、空間移動することで、決断できるようになるのだ。太平洋を渡ることがヒロインにとって一種の「転地療法」となる。しかも、現地ロケのおかげで、色彩豊かに風景が映し出される観光映画でもあるのだ。

【文明批判の道具としての先住民】

こうした「青い珊瑚礁」の系譜では、島の先住民など現地の人々の存在は脇や背景へと追いやられる。それでも、興味本位の先住民の扱いよりも、多少ましなのかもしれない。現在でも「裸族」、「秘境」、「最後の楽園」といったタイトルのついたドキュメンタリーがテレビの特番として世間を騒がす。

記録する側の好奇心や驚異の感覚が、大航海時代から変わらないことを示している。「高貴な野蛮人」とみなして、裸であればそれだけ文明に汚染されていない自然で素朴な人間だ、とする思い込みに基づいているのだ。

そうした枠組みのなかで、先住民は文化の違いを物語るための証言者(インフォーマント)や、文明批判者の役割が与えられる。そのため、「＊＊＊の教え」とか「＊＊＊の知恵」という題名をつけた本が数多く書かれてきた。試しに任意の先住民の名称を入れると、簡単に文明批判のプロットが出来上がってしまう。ひょっとすると、縄文人でも火星人でも構わないのかもしれない。そうした本を喜んで買うのは、現地の人や先住民であるはずはなく、あくまでも「文明」国の読者たちだけである。

同工異曲に見える先住民の声による警告本や説教本のフォーマットを作ったのが、サモアに滞在した体験をもつドイツ人エーリッヒ・ショイルマンによる『パパラギ』(一九二〇)だろう。ドイツ語で書かれていて、スイスで戦後に復刊されたものが、日本でも一九八一年に翻訳され、たちまち人気を得た。再版の帯には、開高健や村上龍から天声人語までの賛辞が連ねられている。話題に取り上げた雑誌も『小学一年生』から『週刊プレイボーイ』まで幅広いのである。

表面的には、西サモアのウポル島のツイアビという「酋長」が、訪れたヨーロッパで見たパパラギ(サモア語で「白人」のこと)への批判を自分の仲間に述べるのだ。たとえば、独占について攻撃する「パパラギが神さまを貧しくした」という章はこう始まる。

パパラギは一種特別な、そして最高にこんがらがった考え方をする。彼はいつでも、どうしたらあるものが自分の役に立つか、そしてどうしたらそれが自分の権利になるかと考える。それもたいてい、ただひとりだけのものであり、みんなのためではない。このひとりというのは、自分自身のことである。（岡崎照男訳）

このような調子で、パパラギの所有や独占の弊害を述べていく。さらに、機械化する社会、宣教師への批判もある。映画や新聞への不満や不平も書かれている。どれもが「反文明の鏡に映された僕ら自身」（浅井慎平）への批判と言いたくなる内容である。

ただし、その批判点があまりに「僕ら自身」に都合が良すぎるものだし、何よりもメッセージが異文化の人間にわかりやすいのだ。もしも、ツイアビがサモアの言語や文化体系のなかで考えたのならば、理解が難しく読み取れない「雑音」を伴うはずなのだが、細部に至るまでそうした難点が見当たらない。じつは浅井の言う「鏡」のように、ドイツ人ショイルマンの主張を反転した作品にすぎないことがわかってくる。

明らかにショイルマンは腹話術的な語りをしている。ツイアビという批判者であり、彼もまた批判されるパパラギなのである。しかも、ツイアビが書いたサモア語の原文を翻訳しただけだ、という態度こそ、ゴシック小説やホラー小説でおなじみの「瓶の中の手紙」のパターンに他ならない。シェリーの『フランケンシュタイン』も探検家にフランケンシュタインや怪物が語ったのを記録した内容だとされる。また、スティーヴンソンの『難破船』も似た構造で、ドッドがマルケサスで友人に語った内容を手記として発表する体裁をとっている。ツイアビの告白や事実の記録とみなすことでリアリティを感じさせるし、転記や翻訳したに過ぎないという説明で、作者であるショイルマンは責任を逃れるのである。

ショイルマンの序文によると、大半の原住民は瞬間を生きているが、ツイアビは「他の原始的な民族から区別する精神的な力、意識を持っていた」と評価される。ツイアビの意識の高さは、ショイルマンというよそ者の意識の高さに他ならない。そもそも、映画や新聞などの紙の束の書物を否定するはずのツイアビが、教えを書き残すという皮肉な設定がそこにある。そして、『パパラギ』の問題点は、パパラギの一員であるショイルマンがサモアの現実から学んだ状況や、葛藤したり反省するプロセスが何一つ書かれていないことだろう。ツイアビをヨーロッパに旅行させ、声を与えたのが自分だ、という上からの目線がそこにある。

『パパラギ』のように、外部の人間の「声」を使った腹話術的な批判は珍しいものではないが、もっぱら同時代の自国への不安や不満から執筆される。たとえば、スウィフトと同時代のフランス人モンテスキューは書簡体小説『ペルシア人の手紙』（一七二一）を出版した。そこではペルシア人の目を通してフランスの現状を批判していた。そのモンテスキューが参考にしたのは、ジェノヴァ人ジョヴァンニ・マラナの手になる『トルコ人スパイによって書かれた手紙』（一六八四）であった。これはジェノヴァがフランスに脅かされていた危機感から、相手を告発するためにフランスの内情について、トルコ人に仮託してあれこれと憶測を書いたものだった。つまり手法自体がヨーロッパの伝統芸なのである。

第一次世界大戦後のワイマール共和国時代に出版された『パパラギ』も、そうした流れにある。ショイルマンが西サモアにいたのは、ドイツが支配していたせいであり、立ち去ったのも第一次世界大戦が始まったからである。とすると、ツイアビが語る西サモアとは、戦前のドイツがもっていた失われた世界や植民地支配のことなのかもしれない。その点で、「パパラギ＝白人＝文明社会の人間つまり日本人も含む」という安易な理解は、この本がもともとドイツ語で同胞であるドイツ人に向けて書かれた点を忘れている。

先住民の声による発言のもう一つの扱い方は、聞き取りの対象である証言者（インフォーマント）

としての役割を相手に押しつけることである。その場合には、どれだけ信憑性のあることを語っているのかを多角的に分析する必要が出てくる。先住民の「生の声」を聞き取る困難について、畑中幸子は二、三年住んだだけでは何もわからないとして、「ポリネシア社会ではうそと冗談が区別されないため実際に彼らが何を考えているのかはじめのうちは見当つけることすらむつかしかった」と述べる(『南太平洋の環礁にて』あとがき)。

これは、口承文化や歴史の記憶を聞き取る際の難題を物語っている。たとえ「客観的な記述」を目指しても、観察者が相手に同化してしまう危険がある。同時に、相手に同化することが、混血や文化の混交を生み出すかもしれないのだ。観察したり体験している自分や相手が不変のままではない。相互に影響しあうことで歴史を形成している同時代人なのである。旅行記作家や文化人類学者がそうした認識に至ったのは、ずいぶん後になってからだった。

3　天国にいちばん近い島

【戦争の影と南洋】

旧日本軍が、真珠湾攻撃以降に実効支配できたのは西太平洋だった。マキン・タラワの激戦で有名なギルバート諸島、ガタルカナルを含むソロモン諸島、ニューギニア北部、そして蘭印つまりオランダ領のインドネシアへとつながる一帯である。現在も艦船や兵器やトーチカなど、戦争の痕跡が残されたままになっている場所もある。

戦後の日本で、太平洋の島々への態度が変化してきた流れを簡単にたどってみよう。戦前にもあったバカンスを過ごす観光客や旅行者の視点がしだいに復活してくる。それとともに、太平洋が過去を無視して恋愛などの背景とするだけではなく、自己認識（「自分探し」）をする場だったり、過去の反省やつながりを思い出す場となったりした。

美術史家の岡谷公二は、『南の精神誌』（二〇〇〇）のなかで、八重山列島の黒島に出かけ、島にある御嶽（ワン）を見ようとした際に、民宿まで送ってくれたバスの運転手から「天国に一番近い島ですよ」と説明を受ける。四つの村に二百人が住み、平均年齢が六十歳以上、そして牧場をやって暮らしているという黒い島の生活を、島民自身がそう呼んだのだ。一般化したこの表現は、森村桂の旅行エッセイ『天国にいちばん近い島』（一九六六）に由来する。

これは森村がフランス領ニューカレドニアに滞在して日本に帰ってくるまでの記録である。森村が小さな頃に父の豊田三郎から聞かされていたのは、まさに伝説のような話だった。

海をね、丸木船をこいで、ずうっとずうっと行くんだ。するとね、地球の、もう先っぽのところに、まっ白な、サンゴで出来た小さな島が一つあるんだよ。それは、神さまのいる天国から、いちばん近い島なんだ。

大学二年生のときに父親が死んでしまい、卒業して出版社に勤めてから、森村は具体的に「そこ」を探しに行こうとするが、当然ながら固有名詞はわからなかった。出版社で落ちこぼれていた森村は、ニューカレドニアの話を編集長から聞いて、父親の言っていた島だと決めつける。とりわけ「原住民の土人は二日働けば、あとの五日は遊んで暮らしている」という点が森村を惹きつけたのだ。

森村は船会社と交渉して、ニッケル鉱を運ぶ船サザンクロス号に同乗させてもらう。これは「私の居場所」を探す旅となった。日本に居づらい者が、海外で新しい自分を発見するパターンである。それは「青い珊瑚礁」のような恋愛の舞台とは異なる。ところが、森村が到着した現地では、商事会社などがひしめき、相手を出し抜こうとしていたので、無目的でやってきた森村は産業スパイではないかと疑われる始末である。

ところが、盲腸にかかって苦しんだ森村を助けてくれたのは、日本人社会の人間たちではなかった。手術に十二万円という大金の支払いが必要となったが、その時に手を差し伸べてくれたのは、ワタナべというフランス人との混血の男とその妻だった。カタコトの英語しか通じないが、助けてくれた理由は、日本人である森村が「ボンジュー」と挨拶をしたせいだった。それが初めて彼を承認してくれたように思えたわけである。

フランス人と日本人との間の孤児として生まれたワタナベは、フランス系、日本系のどちらからも下に見られて無視されてきた。森村は、移民や戦争の歴史が作り出した悲劇を知る。しかも、ワタナベとその妻の好意に対して、「英語のほんのかたことしか通じないこの人たちとの会話、それが、あの同じ日本語を話す青木氏たちとのおかしな会話よりも、ずっと通いあうものがある」と結論づける。

新しい関係性を受け入れる森村の態度は、日本人社会のなかに留まっている現地駐在員とも、文化人類学者のような学者とも異なる。旅行者で経済的な利害関係の部外者だからこそ、こうした立場を獲得できたのだ。首都のヌメアで、そこから飛行機で一時間ほど離れたロイヤルティー諸島にあるウベア島の酋長の息子であるレモと出会う。そして、彼の故郷である「土人の村」の新年の祭りへと招待される。最初は彼らの悪臭に耐えきれずにいたのだが、その生活にすっかりと溶けこんでしまうと気にならなくなってしまう。森村は、日本で抱いたニューカレドニアへの期待が嘘ではなかったと考える。だから、副題の「地球の先っぽにある土人島での物語」の土人島とは、ウベア島のことであり、ニッケル鉱の景気に沸くニューカレドニア島のことではない。

そしてニッケル鉱を外国に売却するのは仕方ないが、観光地化には反対するというレモの演説に感動し、森村は写真を撮ったりすることをやめてしまう。記録ではなくて自分の記憶に残そうとする。しかも、レモは、差別語に転用されてしまったポリネシア人の自称である「カナカ」を自分たちのアイデンティティとすることで村民全体をまとめていた。森村は同じ小屋のなかで、レモの従妹たちといっしょに寝て、体をからませながら、「何かの事情で日本で暮らしてはいたけれど、今こうして幼なじみのところへ戻って来た」という安心感を得るのだ。森村のエッセイが支持されたのは、行き当たりばったりの体験を乗り越えていく姿が、自己発見の旅と見えたからだった。

それに対して、『南太平洋ひるね旅』の北杜夫がニューカレドニアを選んだのは、ニュージーランドに比べて「あまり聞いたこともない島のほうが面白そうだ」という理由でしかなかった。しかも森村が無名だったの対して、北が作家だと知れているので、産業スパイと間違えられる心配もなかった。明治からニッケル鉱を目当てに日本からの移民たちがやってきたが、フランスが日本人移民を排斥し、あるいは捕虜としてオーストラリアに移されたので、第二のハワイとはならなかったと結論づける。熊本などからの移民たちに戦争中の体験を聞いたり、ヌメアにある大正時代に作られた日本人の共同墓地を訪れたりする。森村とは別のニューカレドニアが見えてくるが、それは世代や男女の違い、さらにそれぞれの滞在期間や関心の向け方が影響していた。

【ニューギニア探訪の系譜】

北杜夫が知り合った文化人類学者の畑中幸子は、純粋のポリネシア人を求めて、タヒチからサモアへと移動した。そして、ポリネシアのサモアでのフィールドワークから日本に帰る途中で、立ち寄ったメラネシアのニューギニアに惚れ込み、調査のフィールドをさらに移した。そこは第一次世界大戦前には、オランダ、ドイツ、イギリスが分割統治していた。そして、ニューギニア島の西側のオランダ領は一九六三年にインドネシアが占領して、インドネシア領となった。東側は、ドイツの後をオーストラリアが信託統治をしていたが、一九七五年にイギリス領パプアと合わせて、パプア・ニューギニアとして独立している。

ニューギニアが、日本で注目を浴びたひとつの契機は、本多勝一による『ニューギニア高地人』（一九六四）であった。本多は、京大探検部に所属していた強みを活かし、「極限の民族」として、「カナダ・エスキモー」「アラビア遊牧民」との三部作を執筆した。カメラマンと一緒に探検したようすを朝日新聞紙上に連載していった。

文化人類学者の石毛直道の助けを借りて、現地に住み込むのだが、今回はインドネシア側の西イリアンへと入っていった。ニューギニア戦線で人々が記憶する低地の湿地帯のジャングルとは異なり、二千メートルの高地は夜には十二、三度まで気温が下がって過ごしやすく、危険な野生動物もおらず、マラリア蚊なども少ない。村に住んで、イモ文化のようすや、土器のない暮らし、一夫多妻制の問題などを観察し、記録していった。

興味深いのは、この地にやってきた日本軍に触れた「ニューギニア高地人に襲われた日本軍」の章である。人食い人種イメージを高めたのはこうした現地で受けた攻撃だった。だが、新聞の連載記事を読んでいた読者のなかに、該当する部隊に所属していた者がいて、その説明から襲われた理由がよくわかったのである。ある部隊はイモだけの生活に飽きて、先住民からブタを強制的に取り上げた。ブタは先住民にとって最大の財産なので、憤懣が高まって、反発を招いたのである。また別の部隊は、出会い頭に実力者の息子を殺し、貴重な塩を奪い、これも財産である緬羊を殺したせいで攻撃されたのだった。

この時点では、現地での戦争体験者がまだ存命していて、対立が生じたプロセスが検証できたのである。しかも、本多はイギリスやオランダの本に記載されている戦争中の日本の行動への偏見もあぶり出す。そして、植民地経営に慣れたイギリス軍と比べて、日本の兵士が異文化を理解していなかったことが衝突につながったと指摘する。「日本軍、いや日本人が、異民族との接し方にもっとなれていたら、この不幸が多少なりとも軽くすんだことは確実だと思う」と結んでいる。こうしてニューギニア高地人に対するイメージが、戦争体験を乗り越えながら、現地調査によって訂正されていったのだ。

本多の本と対照的なのが、有吉佐和子による『女二人のニューギニア』（一九六九）である。ニューギニアの東のオーストラリア側で居住観察をしていた畑中幸子が、親友の有吉をニューギニア滞在に誘ったのだ。二人の性格は対照的だが、どちらも和歌山県出身という共通点をもつ。そして、物見遊山の気持ちで有吉は訪れたのだが、そこでの悪戦苦闘をエッセイとして書いたのである

有吉は幼い頃オランダ領のインドネシアのバタヴィアなどで暮らした体験をもつので、その延長でニューギニアをとらえていた。森村桂の軽妙なエッセイとも重なるが、こちらの面白さは、山歩きで足の指の爪がはがれた騒動だとか、せっかく日本からもってきた「水のロカ（濾過）機」が役立たずにすぐこわれた、といった針小棒大的なところにある。一週間の滞在予定が一ヶ月に伸び、町で購入した食料もなくなり、自給自足生活となって、蛇やナマズを食べたいと思うように変化する。

ところが、ジャングル内では何の役にも立たない有吉が、型紙から下着のパンツを作ったことで、外との関わりが変わってくる。畑中から頼まれて作ったパンツをはいた子供が、ひょっとしたらこの辺りの長官やインテリになるかもしれないと考える。彼が大きくなった頃の独立した十年後に思いをはせるのだが、否定的な考えがそこにつきまとうのだ。

二十年や三十年たっても、こんな山奥まではとても開発なんてことは出来ないのじゃないかと考えていた。日本のようにせまいところにあふれるほどの人口を持ち、都会文明では東洋一を誇っている国でも、僻地離島はまだまだ開発が遅れ、貧しい生活を余儀なくされている人々が多いのである。この国が、文明の照射を隈なく浴びる日はいったいいつのことになるだろう。（十五章）

ここにあるのは文明化を望む意見だが、同時に視線は日本国内にも向けられている。森村の場合には、都会のお嬢さん育ちのせいで、日本の地方との類似に気づかなかったが、有吉は類似性を十分に意識していた。有吉は、マリリン・モンローの失踪事件をモデルにした小説『私は忘れない』（一九六〇）で、離島へ出かけて自分探しをする話をすでに扱っていた。そのため先を見据えることができたのだ。

有吉は社会問題への関心も強いので、自分の幼少期のインドネシアでの体験を踏まえ、ニューギニアでも白人が心の底でネイティヴを馬鹿にしているし、ネイティヴたちもそれを感じているのに、ブッシュ・カナカ（土人）には優越感をもっているという図式を指摘する。「白人―ネイティヴ―カナカ」のこうした差別の構造が独立後も続くという危惧であり、これは中島敦も苦悩した点である。そこにあるのは、他人を批判している側が、批判される側へと転落する怖さである。

現在もニューギニアへの旅は相変わらず、現地の奇祭や奇妙な習慣を見聞するといったパターンをとる。多くの少数の部族に分かれているせいで、学問だけでなくジャーナリズムの題材として手頃であり、テレビの特番のネタとなるのだ。畑中が調査に入った時点で、百人もの文化人類学者が、業績稼ぎにニューギニアにやってきていた。そして、ニューギニアを「世界でいちばん石器時代に近い」とか、食人種を連想させるタイトルで紹介する本や番組が今も作られている。

有吉たちの四十年後に、テレビスタッフなどを引き連れた水木しげるの旅を、荒俣宏が『水木しげる、最奥のニューギニア探検』(二〇〇八)として書いた。有吉たちが滞在したセピック川の近くの旅である。荒俣は、ニューギニアをめぐる西欧や日本の植民地主義について批判的に触れている。だが、ニューギニア戦線やラバウルで生き延びてきた水木しげるの思いのひとつは、かつてのような未開社会を体験することだった。水木が精霊を通じて現地の人たちと交流したり、葬式や成人儀式を見物もするのだが、根底にあるのは一種のノスタルジーなのである。

こうした取材旅行がスムーズにいったのには、現地のコーディネーターの存在が大きい。畑中幸子のとき、現地のコーディネーターとなったのはオーストラリア政府の役人だった。文化人類学者たちに、未開の部族を紹介して、研究させていた。だが、荒俣たちの場合には、日本人のコーディネーターがいて、取材や観光のガイドをしている。しかも、水木が「熱中症」と思われる衰弱をしたときに、衛星電話をもっているスタッフがいて、日本の医師からの直接の指示で水木への治療が適切におこなわれた。トラブルがあっても、サポート体制は整っていて、日程通りに旅は終わったのである。

文化人類学者の今福龍太が、『クレオール主義』（一九九一）で紹介したオーストラリアの映像作家の『カンニバル・ツアーズ』（一九八七）の時代とあまり変わりがない。セピック川の「食人族ツアー」を楽しみにやってくる外国人たちの行動を見て、今福はそこにあるのが、カメラの撮影と現地の土産物を値切るという二つだと指摘する。

カメラによる撮影で自分と他者をわけて、相手をフレームのなかに閉じ込めて文脈を無視することになる。また値切るのは、「安い」ことの確認であり、為替レートによる経済格差を文化の格差と錯覚するためだと言う。それは、森村桂がワタナベ氏への借金を返済するために、土人の島の暮らしを撮影しようとした行動とつながる。もっとも、レモの演説を聞いて、そうした商品化を恥じて、森村は記録よりも記憶にとどめたのだったが。

水木の旅もまさに今福が指摘したとおりだった。旅を商品化するテレビ番組のロケのために水木たちが訪れたのは、もはや部族どうしの争いが皆無となり、治安も維持された「最後の秘境」なのである。水木たちが自分たちのお金を使って土産物を買って帰ることができるほど、ニューギニアは安全な観光地と化していた。そこには、水木が旅の目的として求めた、戦時中のラバウルで体験した物々交換がもつおおらかさや切実さが残っているはずもなかった。

【海外旅行とバブル時代】

ニューギニアの秘境探検は特殊な例だろうが、戦後になると太平洋の島々がしだいに観光の対象となっていった。松竹は、一九六八年にハワイ移民百周年を記念する野村芳太郎監督の『夜明けの二人』を制作した。主人公のカメラマンを橋幸夫が演じている。彼は日系三世の女性の東京案内をしたが、半年後にハワイで再会したときには、彼女に婚約者がいることがわかり、別れるまでの話だった。名所を紹介する観光映画でもあり、上院議員のダニエル・イノウエや戦没兵士の墓が登場し、高見山が顔を出し、ミス桜という美人コンテストなどを入れていた。二人の出会いと別れのなかに、戦争を挟んだハワイと日本の関係が浮かびあがる。そして恋人役の黛ジュンとともに、橋幸夫が曲を歌う歌謡映画でもあった。

他にも橋を主演にして、海外を舞台にしながら歌とタイアップした作品に、『シンガポールの夜は更けて』（一九六七）とか、『恋のメキシカンロック　恋と夢と冒険』（一九六七）といった作品がある。とりわけ、後者はメキシコオリンピックを狙った企画だったが、メキシコではなくグアムが舞台になっている。ロケの予算の関係で手近な海外として利用されたのだ。いずれにせよ、太平洋とラブロマンスを絡めるのは常套手段だったのだ。

　一九七二年に沖縄が返還されたことで、国内の南洋、あるいは内なるハワイとしての沖縄の価値が高まった。リゾートや手軽に行ける南国としての開発が進むのである。七五年にハワイ出身の中国系のアグネス・ラムが、CMやグラビアでブームになってから、小麦色の肌やビキニなどの水着やハワイが、これまで以上に重要な記号として活躍することになる。そして、八三年には沖縄アクターズスクールが開設され、そこから後に安室奈美恵や島袋寛子といった歌手やアイドルたちが登場するのだ。沖縄タイムスによると、二〇一七年には、沖縄を観光で訪れた人数は、ハワイの観光客を超えたとされる。そうした報道をするほど、沖縄がハワイをライバル視しているのだ。

　森村桂の『天国にいちばん近い島』が、原田知世主演で、一九八四年に映画化されたときには、オリジナル脚本が採用され、現地ロケをおこなった。当時ニューカレドニアはフランスからの独立をめぐる流血の闘争が起きていたのだが、それとは関係ない物語とされた。森村のエッセイにあったワタナベやレモの問題を無視する結果となった。大林宣彦監督の決断によって、政治的な要素を排除して、日系三世の男と旅行者の恋愛話という「青い珊瑚礁」パターンの映画が完成した。そのせいで、森村が言いたかった「天国にいちばん近い島」としてのウベア島は遠ざけられてしまったのである。

　こうした南の島のイメージを日本側で消費する文脈に、新井満の「サンセット・ビーチ・ホテル」

（一九八六）を置くと、八〇年代の変化が見えてくる。これは電通の映像プロデューサーとしての新井の体験に基づいた私小説で、八〇年代の日本、とりわけ八五年のプラザ合意以降にバブル経済が訪れた頃の状況をうまく捉えている。

主人公の桜木は環境ビデオを作る仕事で食べている「ビデオ作家」で、マーシャル諸島の首都にあたるマジュロ（作中はマジュロン）島に滞在する。人々が都会生活で消費する一時間のビデオ作品になる自然風景を求めて、青い海や珊瑚礁を探しにこの島を訪れたのである。宿泊することになった「サンセット・ビーチ・ホテル」は、名前の通り日没が売り物だった。そのオーナーは「ダリトン・吉蔵・水谷」という名で、日本統治下で生まれ、父親が日本人で母親がマーシャル人なのである。マーシャル諸島は、沖合がすぐに二千メートルの海溝となり、上陸する砂浜がないので、グアムのような戦場にならずに、守られてきたのだという。

ダリトンは、空気のきれいな島で自分の娘たちが短命なのは、ビキニの死の灰のせいだと考えている。ビキニ環礁はマーシャル諸島内にあり、マジュロ島からは八百キロ離れているのだが、遠いとも近いとも言えると桜木にダリトンは返答する。しかも、島の人間が怠惰なのは、実際は追い出されたのだが、アメリカ合衆国にビキニやエニウェトックの土地を貸していて家賃収入があるので働く必要がないのだ。南国だから怠惰だとみなすのとは異なる説明を桜木は受けた。美しい風景を求めただけの桜木は、思わぬところで日本統治や核実験の過去と出会うのだ。

桜木は、青い礁湖に浮かぶバドワイザーの空き缶を見つけたり、無人のはずの場所に焚き火の跡を発見したりする。もはやマーシャル諸島のいたる場所に文明が入りこんでいて、桜木が求める手つかずの自然などない。しかも桜木は自分がそれを汚す一員であることを忘れている。桜木が皮肉な立場にあることがしだいに浮かび上がってくる。

そして、夜の海でオーナーといっしょに星座を眺めていると、流れ星を発見する。だが、それは、流れ星ではなくて、人工衛星のゴミつまりデブリが落ちてきて燃えるのだという。


「今日はまだ、少ない方です」

「少ない方?」

「ええ。一晩に何十個と降ってくることがあります。つまり、この辺の海は、世界中の人工衛星のゴミ捨て場です」


環礁は日本やアメリカ合衆国の軍隊の上陸から守られていたが、空は無防備なのだ。そして、核実験による灰だけでなく、人工衛星のゴミも落ちてくる。日没を撮影しようとしてた桜木の乗ったモーターボートを大きな火の玉が襲い、彼は海溝に沈んでいく。まさに神話的な終わり方をする。そして、上空からマジュロ島を見ると、自分の尾を飲む蛇である「ウロボロス」のようだと指摘されて終わる。

発表時は、人々が核問題には鈍感となっていて、時代遅れの作品に思われた。ところが、新井が「サンセット・ビーチ・ホテル」を発表した翌八七年にソ連でチェルノブイリ事故が起きたことで、別の意味合いをもつことになった。忘却の彼方から、ウロボロスが一回転したように、ビキニ水爆や人工衛星のゴミの落下が、冷戦下のアクチュアルな存在として蘇ってきた。日没とともに海中に沈んでいく桜木のイメージが、そのまま、原水爆の危機など忘れて浮かれている日本の末路を表すように思えてくるのだ。その時、主人公の「桜木」という名字がどこか皮肉めいた響きをもつことに読者は気づくのである。

【ラッフルズホテルと太平洋の不在】

バブル期の日本の海外、ひいては太平洋に対する態度を素直に示したのが、村上龍が監督した映画『ラッフルズホテル』(一九八九)かもしれない。村上は『限りなく透明に近いブルー』以来、五本の映画を監督しているが、これはプロデューサーの奥山和哉の原案と野沢尚のシナリオを得て作ったものである。他の四作は村上自身の原作であった。シナリオの野沢尚が完成作に強く抗議した作品として知られる。
そのため、『ラッフルズホテル』は、完成した映画本編以外に、野沢尚の最初のシナリオと村上龍の撮影台本がいっしょになった本が出版され、さらに村上自身によるノヴェライゼーションも出た。都合四つのテクストを比較すると、かなりのずれがある。シンガポールの初代総督ラッフルの名前を冠したホテルや、戦時中に昭南旅館と呼ばれた場所へのそれぞれのテクストの興味関心の違いがわかってくる。

村上は『パパラギ』を「単に、「現代人が失っている何かについて考えさせられる」だけの本ではない」と褒めていた。そして、短編集『悲しき熱帯』(一九八四)を出した。「フィリピン」、「スリーピー・ラグーン」、「グァム」などのタイトルの太平洋を舞台にした短編が収められている。しかも、「ハワイアン・ラプソディ」と「鐘の鳴る島」をもとに、村上自身が監督して、超能力がなくなったスーパーマンを主人公にした映画『だいじょうぶマイ・フレンド』(一九八三)を制作した。

今回の『ラッフルズホテル』は、女優の萌子が、知り合いのカメラマンの狩谷をシンガポールに探しにやって来る話である。案内をするガイドの岳夫とで擬似的な三角関係になる。狩谷には日本から連れてきた妻子がいて、岳夫には同棲している恋人がいるが、それは瑣末な部分である。前半は、ラッフルズホテルに泊まった萌子が、教会で働いている狩谷を見つけるまで、後半はマレーシアのジャングルにある狩谷での邸宅での出来事と、萌子の死までが描かれる。シンガポールの中国系文化が映像で紹介されたり、海外での享楽的な生活がたっぷりと描かれていた。

野沢尚のシナリオでは、岳夫が萌子にラッフルズホテルを説明して、「シンガポールの歴史を見てきた」とか「昔の植民地時代は」といったセリフを吐くが、村上による映画の本編では削除されてしまった。代わりに、桑田佳祐の歌が効果的に使われたり、ラッフルズホテルの部屋のおしゃれな感じを前面に出していた。新井満の主人公が言う「環境ビデオ」としての映画である。そして、タイプライターを打つ作家や蘭の花のイメージに監督自身が捕らわれていく。そのため、野沢のシナリオにあった、狩谷が自分の名前とかけるように「狩りも写真撮影もシューティングと言うんだ」と萌子に説明したり、ヴェトナム戦争とのつながりを述べるセリフなども削除されてしまった。

だが、映画とシナリオとのいちばんの違いは、野沢のドン・ペリニョンという設定を、村上がブーブ・クリコに変えてしまったことかもしれない。このシャンペンの名前が萌子の象徴のように繰り返される。野沢は「撮影現場での「ひらめき」は実はとても危険である」と選択への皮肉をあとがきに寄せている。そして、主演の藤谷美和子に傾倒した村上による映画を認めず、自分のシナリオが「大駄作」となったと酷評した。野沢は、後にテレビドラマのシナリオやミステリー小説で活躍するほどの才人で、映像化には一家言があり、感覚的に組み立てている村上の映画を拒絶したのだろう。

そもそも村上自身が原作やシナリオを書いたわけではないので、自分の思い通りにするために変更が必要だったのかもしれない。そのため、完成した映画と野沢のシナリオとの関係以上に興味深いのは、『ラッフルズホテル』の村上自身による小説版なのである。自作の映画にインスパイアされたと述べているが、いちばん完成度が高い。狩谷と萌子と岳夫の三人それぞれに語らせ、時間軸も整理し、萌子と狩谷のニューヨークでの出会いという映画にはなかった部分から始めている。狩谷のヴェトナム戦争の戦場カメラマンだった過去と、ジャンクボンドなど金融商品でシンガポールで稼いでいる現在の様子を明らかにする。

狩谷がシンガポールに滞在している理由は、スティーヴンソンの『難破船』時代の延長となるような金融商品の取引のためである。ラッフルズホテルに、イギリスの植民地時代と太平洋戦争を重ねようとした野沢と、ヴェトナム戦争を媒介にしながら、アメリカ合衆国との関係を構築し直そうとする村上の態度の違いがある。

ガイドの岳夫を単なる目撃者ではなくて、「オレは川崎の埋め立て地の最悪の環境で生まれ育った」と言うように、成り上がり者として描き出したところに、バブル期の日本の勢いを感じさせるのだ。映画のように萌子の死を描くのではなく、「耳の裏側の寂しいリゾート」に行方不明になるという終わり方をしていた。ここには、庵野秀明が後に監督をした『ラブ&ポップ　トパーズⅡ』(一九九六)

につながる女性の孤独感が描かれている。

こうして小説版の『ラッフルズホテル』は、ニューヨークと、日本と、シンガポール（とマレーシア）を結んだ物語となった。ところが、この構図では、新井満が描いたような三点の中央にある太平洋は空白のままで、すっぽりと抜け落ちてしまうのだ。

【太平洋出身の作家たち】

日本で、太平洋に関して考えてきた作家たちは、同時に西欧の文化にどのような態度を取るかで悩んできた。ラッフルズホテルを目の前にした野沢尚と村上龍も同じだった。ヒロインが好むのが、ドン・ペリニョンか、ブーブ・クリコかという選択は、あくまでもシャンパンという枠内での自由にすぎない。イギリスやアメリカ合衆国の「オリエンタリズム」を批判することは、自分たちの「オクシデンタリズム」つまりヨーロッパ崇拝をどう捉えるのかとも深く関連する。

中島敦は漢学者の家系らしい教養を積みながら、スティーヴンソンやロティやゴーギャンをよく知っていた。「環礁――ミクロネシヤ巡島記抄」（一九四二）の「真昼」でその点に触れている。「南方の至福」とは何かをめぐり、「私」のなかの別の声が批判をする。「私」が「人工の・欧羅巴の・近代の・亡霊から完全に解放されて」いないと断じる。これはオクシデンタリズム批判に他ならない。

お前は島民をも見ておりはせぬ。ゴーガンの複製を見ておるだけだ。ミクロネシアを見ておるのでもない。ロティとメルヴィルの画いたポリネシアの色褪せた再現を見ておるに過ぎぬのだ。そんな蒼ざめた殻をくっつけている目で、何が永遠だ。

と罵るのである。ここでの永遠とは、ランボーの詩を踏まえていて、わざわざフランス語で引用されていた。

目の前の風景や現実に「ゴーガンの複製」を見てしまうことこそ、「西洋眼鏡」（正木恒夫）そのものなのである。『南太平洋ひるね旅』の北杜夫は、ペンネームがトーマス・マンの小説「トニオ・クレーゲル」に由来するように、父親の斎藤茂吉が留学していたドイツへの思いが屈折した形で現れている。また、すぐれた太平洋旅行記である『斜線の旅』（二〇〇九）を書いた詩人批評家の管啓次郎も、ル・クレジオなどを思索の導きの糸としていた。そこには批判の言葉すらも西洋由来ではないかという近代の作家たちの悩みが隠れている。

では、こうした日本人の旅人たちと出会う太平洋の住民側にいる作家たちはどうなのだろうか。二人の作家の作品をとりあげ、「土人」とか「原住民」とされた側からの視点を探ってみよう。

まずは、西サモアのアピアに生まれたアルバート・ウェントの作品集である『自由の樹のオオコウモリ』（一九七四）である。ウェントは太平洋文学の代表者であり、西サモアがサモア共和国として独立した時に現地にもどり、作品を書き始めた。表題作はニュージーランドで映画化もされて、『フライング・フォックス　自由への旅』（一九八九）として公開された。サモア人としてスティーヴンソンを意識することが、「自由の樹のオオコウモリ」のなかでもさり気なく語られる。

だが、サモアの歴史をいちばん痛快に物語っているのは、悪漢小説の形をとった「サラブレッドに乗った小悪魔」だろう。ピリーという語り手の義理の叔父の一代記である。中国人の父と祖母の妹の間に生まれて養子になった男だった。ピリーは稀代の嘘つきであり、まさに本当と嘘を見分けるのが難しいポリネシア人の典型だった。それに対して、作者ウェントとおぼしい語り手は、大学院まで行く知性をもっているのだが、いつもその語りに惹かれ、嘘と知りながら「子供の教科書代」などといったセリフに対して一ポンドなどの金を与えるのだ。

ピリーを養子とした昔気質の祖父は、「パパラギ」は機械（拳銃）と食べ物（アイスクリーム）について優れた知識をもっているので寛容であるべきだと主張する人物で、決して「ポリネシアの高貴な野蛮人」ではなかった。彼と駆け落ちして結婚した祖母は、牧師の娘でプロテスタントの信仰を抱いている。祖父の教育を受けたピリーは、あらゆる犯罪を重ね、「胸に悪魔を、脳には怒りを、そして股間にはヤギを抱えてうまれてきた」と家族たちに言われる人物となる。

歴史が祖父とピリーの評価を変えていく。一九三五年に、ニュージーランドが労働党政権になり、サモアの独立運動が高まると、非合法の政治運動をしていた祖父は政治犯として世間は評価する。ピリーは単なる犯罪者だった。ところが、第二次世界大戦が始まり、西サモアにアメリカ軍が来ると、ピリーは売春婦と酒を調達する島一番の豊かな犯罪者となる。それが去っていくと、また無一文になり、語り手に金をたかるようになる。最後には刑務所の守衛が溺れるのを救おうとして、ピリーは英雄的な死を遂げるのだ。

そこでピリーを歌うバラッドが引用される。ここにあるのは、ビリー・ザ・キッドのパロディである(アメリカ合衆国西部でビリーを讃えるバラッドはたくさん作られた)。そして、混血の問題と、宗教上の規範と、さらに支配者が変わってきたことによって変容させられてきたサモアの歴史がピリーを通して語られる。明らかに、高貴な野蛮人の島としてサモアを描き出したショイルマンの『パパラギ』を拒絶しているのである。

こうしたウェントの方向を、サモアの南のトンガ出身のエペリ・ハウオファは『おしりに口づけを』(一九八七)で、さらに身体的な笑いを使って突き抜けようとする。

架空の島ティポタ国コロダム村に住む主人公のオイレイが、いきなり痔による肛門の痛みで苦しむところで始まる。そして、有力者であるオイレイの病を治療するために、さまざまな医者や鍼灸師、さらにヨガの行者までもがやってくる。現在の南太平洋をめぐる社会的な病を治療する方法がないかのように、過去の出来事が語られる。そうした手法はウェントの小説と共通する。

タイトルの「おしりに口づけを」というのは、ヨガの練習によって体を柔軟にすると、自分の肛門にキスができるようになるという話からくる。まるでウロボロスを想起させる姿勢である。ところが、痔の有効な治療方法はなかなか見つからない。

いまなお有名な元ヘビー級チャンピオンで、農家としても大成し、コロダム村と周辺地域の大黒柱となり、名門大学に通う学生の父親でもあり、かつ上院の空席を埋める候補者にも挙げられていたオイレイは、成功の絶頂にいた。そんなときに、いわば背後から、いちばんうしろの部分をぐさりと刺されたのである。（第四章・村上&山本訳）

この身体の背後しかも内部からやってくる痛みは、外からではないからこそ除去するのが難しいのだ。最後には、官僚的なやりとりの手紙のあとで、ニュージーランドの近代的な病院に入院するが、そこの医師たちの外科的な方法では治療できない。けれども、「ワカポハネ診療所」が大学病院のなかにあり、そこでヨガ行者が診療所を開いていて、オイレイへの治療が施されたのである。社会の内部の病いは内部からしか治せない。しかも、近代的なやり方に潜む古いやり方が有効となる、というメッセージが籠もっていた。

肛門という、内部と外部が出会いフロイト心理学でも重要な器官とされる身体の部分が鍵となる。そして、手袋の表と裏をひっくり返すように、価値の上下を転倒させることで、笑いを生み出すのである。サモアのような植民地における相互に入り組んだ社会や歴史の問題を認識するには、対象と距離をとり、メタの視点を取ることができる「笑い」という手法に頼るしかないのである。

ハウオファの『おしりに口づけを』は、ある意味で新しい『ガリヴァー旅行記』である。ウェントが「サラブレッドに乗った小悪魔」で悪漢小説と西部小説を換骨奪胎したように、ここでは、フランソワ・ラブレーやスウィフトの小説に出てきた身体をめぐるグロテスクなイメージを太平洋側から描きだそうとしている。肛門や下半身への執着は、スウィフトが太平洋を舞台に小人国や巨人国で、人間の身体の醜悪さを拡大して描写した手法を借用している。

こうした小説が新しくサモアやトンガの文化となっていく。小学校の校長先生が作った「サモアの島の歌」は、サモアの伝統的な音楽とは異なる近代的な産物で、「創られた伝統」に見えるかもしれない。だが、それもサモアの文化の一部である。それとともに、採譜し日本語の歌詞がつけられて流通したことで、日本の文化にも含まれる。同じように、ウェントやハウオファの小説は、サモアやトンガの文化の一部であるとともに、翻訳し紹介されたことで、同時代を生きている文学の一員となるのだ。

【アジア太平洋の視点】

人の移動が船舶から飛行機になったことで、太平洋上の寄港地が不要になってきた。モームが船旅の途中で東サモアに寄港したことで「雨」が生まれたような機会は失われてしまった。北杜夫の時代には、航空機であっても、西サモアでスティーヴンソンの墓を詣でてから、アメリカ領の東サモアに戻り、さらにホノルルへと戻らざるをえなかった。だが、直行便のせいでホノルル空港などに立ち寄らずに済む。ましてやアメリカ本土に向かう場合には、北太平洋や北極圏を飛び越える。太平洋のイメージは、海から眺めるものではなくて、衛星写真や地図のように、空から見下ろすものへと変わってしまった。

太平洋上の島々を無視する傾向の危険について、文化人類学者の石川栄吉は警告していた（『南太平洋物語』）。とりわけ、大平正芳が一九八〇年に急死したことで、七八年の首相就任演説で述べた「環太平洋連帯構想」が周辺国だけの連帯に留まってしまった。オセアニアを中心に研究してきた石川は、大平の提案が、日本と太平洋の島々との関係を見直すきっかけになると期待していたのだ。だが、経済関係だけに限定されてしまった。

大平正芳と太平洋との関係は戦時中にまで遡る。中島敦の手紙を読むと、南洋庁の役人の横柄な態度や自分の給与待遇に率直な批判を書き記している。じつは、中島が南洋庁に勤務していたとき、大平は大蔵省の主任主計官で、文科省や南洋庁の担当だった。こうした縁が、大平の環太平洋連帯構想という発想へとつながった。しかも、この構想は他ならない「南洋諸島」や「大東亜共栄圏」と重なる要素をもっている。実現するときに、過去の歴史をどのように克服するのかが問われたはずだった。

急死した大平がオーストラリアと結ぼうとしていた連帯は、一九八九年に「アジア太平洋」という言葉を冠する「APEC（アジア太平洋経済協力）」となった。こうした新しい関心を受けて、大分に立命館アジア太平洋大学が置かれた。とりわけ、アジア太平洋と並べたときには、東アジアや東南アジアが含まれる。その結果、太平洋の周辺国や大国に限定されてしまった。村上龍の『ラッフルズホテル』が示したアメリカ合衆国と日本と東南アジアの三角形の図式の復活である。

また、二〇一六年に日本も署名した「環太平洋《トランスパシフィック》」を打ち出した「TPP（環太平洋パートナーシップ）」も、原協定は二〇〇六年にシンガポール、ブルネイ、チリ、ニュージーランドの四か国で結ばれたものだった。最初から中心部は除外されている。太平洋上の島々の多くがアメリカ合衆国、イギリス、フランスといった国の支配や影響下にあり、独立国として対等な交易をおこなう協定に参加するメリットはあまりない。インドネシアのように不参加を表明する国も出てきた。「環太平洋」という言葉の範囲が、南北アメリカと東アジアや東南アジアやオセアニアの大国どうしの関係にとどまってしまうのだ。

日本でも、太平洋上を航行する船は、海洋資源を獲る漁船とタンカーやコンテナなどの貨物船が主流となった。そして、ハワイやグアムはもちろん、フィジーやニューカレドニアへも直行する航空便ができたために、太平洋を全体として取り扱うときに、真ん中が抜けてしまう。また、観光旅行専門の大型クルーズ客船が周航して、船旅の意味を大きく変えた。船会社の狙いも、かつての客船や移民船からクルーズ客船へと移ったと山田廸生は指摘する（『船にみる日本人移民史』）。それとともに、太平洋のゆたかな自然とともに、植民地時代の建物などの歴史遺産、さらに戦争で使われた艦船や飛行機の残骸が重要な観光資源となっている。

太平洋の歴史や意味合いを都合よく忘却している現状への警告として、映画『パシフィック・リム』で、海底から怪獣たちが姿を現した。しかも、ハウオファの『おしりに口づけを』の肛門の代わりに、マリアナ海溝に出来た「ブリーチ」という裂け目を通して、地球の内部から噴出してきたのである。

第2部　太平洋をはさんで対決する

第5章　進化と退化の島々
――『キング・コング』『ジュラシック・パーク』『地獄の黙示録』

十九世紀には、ダーウィンがガラパゴス諸島、ウォレスがマレー諸島といった具合に太平洋の島々の生物を観察して進化論を発展させてきた。進化論的な物語の舞台として太平洋が選ばれるようになった。ガリヴァー以来の伝統を踏まえ、進化論とともに退化論も導入されて、「サル」と人との間、さらには人種や民族どうしの境界線をどのように引くのかに関する議論が入ってくるのだ。

この章では、進化と退化をめぐって想像力をかき立てる作品群を扱う。ドイルの『失われた世界』に発し、それをハリウッド流に読み替えたのが『キング・コング』だった。しかも、インド洋にいたコングが、日本版では戦争の記憶が残る南洋と結びつけられた。さらに、『ジュラシック・パーク』もコスタリカ沖の北太平洋の島が、ドイルの悪夢を実現する舞台となるのだ。そして、ヴェトナム戦争を背景に、コンラッドの『闇の奥』を読み換えた『地獄の黙示録』で、源流へと向かう旅と人間の退化が重ねられる。こうしたイメージや設定が、太平洋上の島を舞台とした『キングコング：髑髏島の魔神』において統合されていたのだ。

1 ミッシング・リンクを求めて

【進化論と太平洋】

チャールズ・ダーウィンが、ビーグル号の太平洋を含めた航海に同乗したのは、一八三一年から三六年にかけてだった。その後出版された『ビーグル号航海記』（一八三九）によると、南米のアルゼンチンでは大型化石を観察し、アメリカ大陸で多くの生物が減少した後で絶滅した理由を考え、チリのコンセプションでは大地震に遭遇している。ダーウィンは博物学者らしく、先住民の土器や衣服など多くの事柄に関心をもち情報を集めていた。さらに太平洋のガラパゴス諸島、タヒチ、ニュージーランド、オーストラリアでおこなった調査を踏まえて、「珊瑚礁」や「火山島」や「南米の地質学」に関する研究書を出した。

そうした蓄積の上で、自然選択に関する考えを『種の起源』（一八五九）として発表した。以来、進化論はダーウィンの名前と結びついてしまった。そして、「ダーウィンの番犬」と呼ばれた生物学者のT・H・ハクスリーや、系統発生論で知られるドイツのヘッケルといった宣伝者たちのおかげで進化論の考えは普及していった。自然選択説をダーウィンより先に見つけたとされるアルフレッド・ラッセル・ウォレスは、マレー諸島で生物を観察した結果、一八六八年に生物相が東西で異なるウォレス線を発見した。この違いが生じたのは、島々がかつてボルネオ側のスンダランドと、オーストラリア側のサウル大陸とに分かれていて、その後動いて近づいたせいだ、と地質学的に説明されている。

しかも、ダーウィンは『人間の系統』（一八七一）を発表し、人間の分化や性別に関する議論を展開した。その際に、動物と人間を対等に扱っている。こうして進化論は生物一般だけではなく、現生人類の起源に関し、神話や聖書と異なる説明原理となった。ダーウィン自身の考えは別にしても、「神を殺した男」（丹治愛）と評されたのも不思議ではない。

だが、それだけに反発も大きかった。人とサルとの違いを無視する危険な理論だとして、提唱者であ

【図2】「人間は虫けらにすぎない」。虫が人間になるまでの変化が、時計と反対周りに描かれている。

るダーウィンをサルに似せて描いた絵もある。また「人間は虫けらにすぎない」と題する一八八二年の『パンチ』誌掲載の風刺画（図2）もあった。聖書原理主義が強いアメリカでは、一九二〇年代に「モンキー裁判」が起き、進化論を学校で教えるのを禁止する動きも生じた。さらに、人間への進化論の適用は、文明の発達や進歩史観を裏づけてきた。

経済学を基礎づけようとしたハーバート・スペンサーが提唱した「適者生存」は、ダーウィンにも影響を与え、『種の起源』の最新版で取り入れたほどである。この「適者生存」の発想からいわゆる「社会進化論」が生み出された。スペンサーは当初自由主義的な発想をもっていたのだが、そこから逸脱して、人間社会でおこなわれる差別（「優秀民族」）や選別（「弱肉強食」）を、科学の名のもとに正当化する論となった。英語では「社会ダーウィニズム」と呼び、ダーウィンの名が悪名となる。しかも、ダーウィンの親族であるフランシス・ゴルトンの研究のように、統計学の力を借りて、人口を輪切りにして、差別や選別を客観的に見せる方法が、社会進化論と結びつくのである。

ゴルトンの考えは優生学として結実する。「標準偏差」や「正規分布」の「偏差」や「正規」が科学用語だけでなく、遺伝学の「優性」と同じく、いつの間にか道徳的な価値をしめす言葉になってしまう。平均値から下の方に外れている者を、要因を考慮せずに、「遅れている＝劣っている」とみなす考えは、現在でも根強く広がっている。それが民族の浄化から、社会不適応とみなす者の排除にいたる動きを作り出してきた。

【失われた世界】

十九世紀後半から二十世紀初頭に進化論が定着していくなかで、コナン・ドイルは『失われた世界』（一九一二）を出版した。南米ギアナ高地を舞台にした冒険小説である。

ここにはH・G・ウェルズの『タイムマシン』（一八九五）以後の時間SFの趣向が盛り込まれている。ウェルズでは、時間旅行者は未来に行くだけで過去には向かわなかったが、未来で出会った人類は二極化し、どちらも文明を忘れて退化した、文字通り弱肉強食の世界だった。また、H・ライダー・ハガードの『ソロモン王の洞窟（鉱山）』（一八八五）は、アフリカの奥地に、聖書に描かれたソロモン王のダイヤモンド鉱山があるという設定の小説で、秘境冒険もののパターンを確立した。こうしたアイデアを組み合わせて、遠く離れた場所に、過去の野生や野蛮さを保つ世界が置かれた。

『失われた世界』は、トマス・モアのユートピアの島のような理想郷ではなくて、ガリヴァー型の怪物がいる世界への探訪記である。しかも、従来のユートピア（ディストピア）話とは異なり、進化論を踏まえているせいで、類人猿と人間や化石人類とをつなぐ「ミッシング・リンク（失われた鎖）」が絡んでくる。この「ミッシング・リンク」をめぐる騒動では、ニホンザルのような「モンキー」とチンパンジーやゴリラなどの「エイプ」との違い、人間とサル全体との違い、さらには未開人と文明人の違いという別次元の差異の話が混じっている。さらに、自然選択による漸進的変化としての進化と、道徳的な進歩との混同もあるのだ。

ダーウィン自身は動物の進化のどこにも「ミッシング」はないと考えていたのだが、十九世紀半ばから、ジャーナリストたちはそれを追い求めた。文化史家のジリアン・ビアによると、ミッシング・リンクの追求は、他ならないホームズ流の仮説形成に基づくミステリー小説の隆盛と関連している(『開かれたフィールド』)。なので、同じ作者の『失われた世界』にミッシング・リンクの話題が姿を現すのも当然である。

チャレンジャー教授を中心とした探検隊が、メイプル・ホワイトが恐竜の絵を描いたとされる台地へと向かう。野獣のような容貌で暴力的なチャレンジャー教授と、彼の仮説の否定派であるサマリー教授、貴族の「アマチュア」の探検家で「一度パプアの人食い族につかまったことがある」と述べるジョン・ロクストン卿、そして報告者となる新聞記者のマローンが含まれる。この四人のチームは、その後の多くの冒険譚においても借用されるチームの構成を形作っていた。

ギアナ高地のテーブルマウンテンは外界から遮断されているせいで、並行進化の仮想実験場となった。ここに翼竜や恐竜が現存しているのは、ダーウィンが『種の起源』で指摘した「生きた化石」に他ならない。元はカモノハシなどを指す言葉だったが、後にシーラカンスやメタセコイアなどの発見でこの言葉は一般に広まることになる。

恐竜が跳梁跋扈するメイプル台地には、さらに猿人とインディオ台地人の二種類が住む。こうした混合した状態を、チャレンジャーは次のように説明する。

孤絶した台地という特殊な環境のもとで、進化は脊椎動物にまで進み、その結果、古代の種が生きのびて新しい種と共存している。こうしてバクをはじめ――バクはかなり歴史の古い動物だが――大ジカやアリクイといった現代の生き物が、ジュラ紀の爬虫類と共存することになった。ここまではっきりしている。そこへ、猿人と台地インディオが登場した。（十四章・伏見威蕃訳）

そして、彼らは外部からの侵入者だ、と結論づけた。

チャレンジャーたちは、洞窟の一つが外へと抜けられることを台地インディオから教えられ、脱出に成功したのである。メイプル台地は、人間たちが下界から逃れてきて、そのまま生きながらえる場所となっている。完全に隔絶した異世界ではなくて、下界に出自をもつ者たちが集まる「避難所」とみなせる。今読むと、ひとつの台地に、新旧の複数の種が共存していることが、移民社会のような現代的な意味を帯びている。

一九二五年の映画は、冒頭でドイル本人が挨拶をして権威づけられていた。ところが、筋は改変され、冒険のメンバーにロクストン卿の娘などがいて、ギアナ高地でロマンスが生じるのだ。ロンドンに連れてこられるのも翼竜ではなく、「生きたままの」ブロントサウルスだった。しかも船着き場で逃げ出し、人々を怯えさせて建物を壊すと、橋から落下してテムズ川を下ってどうやら南米へと泳いで帰ってしまう。映画のこの展開はニューヨークで巨大猿が暴れた『キング・コング』(一九三三)や、西海岸のサンディエゴで恐竜が暴れた『ロストワールド――ジュラシックパーク2』(一九九七)の原型となった。

ドイルの原作にある、証拠として連れてきた翼竜が逃げてロンドンの上空を飛ぶ、というイメージは、むしろ同じドイルのシャーロック・ホームズものの映像作品で実現した。一つはスピルバーグが制作した映画『ヤング・シャーロック　ピラミッドの謎』(一九八五)であり、もう一つはテレビアニメの『名探偵ホームズ』(一九八四―八五)で宮崎駿が担当した「青い紅玉の巻」だった。どちらも空を飛んだのは、人工の翼竜=飛行機であったが、「大空の恐怖」(一九一三)といった航空ホラー小説も書いたドイルにふさわしい話だと言えるかもしれない。

【南太平洋のロストワールド】

ドイルが与えた「ロストワールド」という名称が想像力を掻きたてるせいで、模倣者をたくさん生んだ。その一人がE・R・バローズである。ドイルの本格的な模倣作として『時間に忘れられた国』（一九一八）を執筆した。舞台は南太平洋へと移され、見事にアメリカ合衆国中心の物語へと書き換えられ、後に『恐竜の島』（一九七五）と『続・恐竜の島』（一九七七）として映画化された。

作者がグリーンランドで瓶の中に入っていた手記を発見し、その内容を伝える、というバローズが大好きな「瓶の中の物語」のパターンで物語は始まる。遠い「過去の世界、滅びた世界、カンブリア紀の最下層にさえも痕跡を留めぬほど遠い昔に滅びてしまった世界」（厚木淳訳）を垣間見てきたボウエンの手記だった。かつて探検家によって報告されながらその後発見されなかった、キャスパック（キャプローナ）という絶海の島を設定する。火山の爆発によって出来た空洞に湖ができて、太古の植物が繁茂している。周囲の高い崖によって守られ、たどり着いても内部には容易に接近できない。潜水艦で抜けられる水路を使ったり、空から飛行機で接近できるだけだった。

語り手がそれぞれ異なる三部作となっている。第一部の主人公ボウエンは、サンタモニカにある潜水艦を専門とする造船所の二代目だった。船でフランスへと向かう途中の大西洋上で、彼の会社で製造されたドイツの潜水艦U33に襲われる。そしてフランス人女性と漂流中に、イギリスの引き船に助けられるのだが、再度Uボートに襲われて艦内に収容された。争ったあげく潜水艦の指揮権を奪うが、ドイツの船だとしてイギリスから攻撃を受ける。船旅を続けるためにドイツ側と紳士協定を結び、ようやくたどり着いたのが、南太平洋のキャスパック島だった。

ボウエンたちが探検をすると、恐竜などがいるキャスパック島の秘密が明らかになっていくのだが、進化の扱いがドイルとは異なる。人間は、まずこの島の南で、女性が水中に排出した卵から誕生するおたまじゃくしから、しだいに魚や爬虫類の段階を経て陸にあがる存在となる。それから、猿人(ホルー)から、縄を使う人(ガルー)までの七段階を競争を経て上がっていく。競争に負けたものは、その段階で発育が止まってしまう。このメカニズムのせいで、ここには最高位のガルー以外に子供や子育てが存在しない。

そして、さらに有翼人(ウィールー)という、天使よりは悪魔といえる存在が湖内の島に君臨している。有翼人は男性しか産めないので、ガルーの女性を略奪して産ませることになる。こうしてバローズは、進化の過程である系統発生を一世代の個体発生のなかで繰り返している、というヘッケル流の考えを作品化し、しかも原始的な南と文明化された北という南北の図式をそこに重ねてみせる。

島全体の図式で、生殖と成長の常識を揺さぶりながらも、三部作を通じて三組のロマンスが生じる。アメリカ人ボウエンはドイツの士官と無理に婚約させられていたフランス人女性と結ばれる。ボウエンを助けるために飛行機で超えてきたアメリカ男のビリングズはガルーの酋長の娘と結ばれる。また、ボウエンを救ったイギリス男のブラッドリーもガルーの美女と結ばれる。ここで女性名をあえて伏せたのは、キャスパック島の先住民たちとの混血の可能性が描かれても、結ばれる相手は、武器や道具の使用において最高段階に達したガルーの女性だけであるせいだ。有翼人と同じ男尊女卑があり、それはバローズの読者層の願望と一致していた。

生存者をアメリカへと連れて帰ったのはUボートだった。ボウエンの乗った船を襲ったこの潜水艦はアメリカ製で、ドイツに攻撃されたとき、ボウエンは「わたしの頭脳と手の創造物はフランケンシュタインと化した」と非難した。創造者が被創造者に襲われるというフランケンシュタインの怪物になぞらえているのだ。潜水艦は機械にすぎないので、操舵する者がドイツ人だろうが、アメリカ人だろうが兵器としての能力の発揮に関係はない。そうした機械のあり方が、キャスパック島の人間が小さなおたまじゃくしから子育てをせずに機械的に育つという進化の戯画とどこかで呼応しているのだ。

【インドネシアのターザン】

『時間に忘れられた国』でドイルの『失われた世界』を書き直したE・R・バローズだったが、彼の代表作といえば、やはり「ジャングルの王者」ターザンだろう。『類人猿ターザン』（一九一二）で、イギリス貴族の忘れ形見がアフリカで類人猿に育てられた話は、まさに「ミッシング・リンク」を埋める要素をもっていた。そして、人間の特質を決めるのは「遺伝なのかそれとも育ちなのか」という古くから存在する問いかけを根底にもつせいで、現代でも物語の材料となる。二〇一六年には映画『ターザン：REBORN』が公開され、アメリカ合衆国では人気が衰えたわけではない。

バローズ本人が執筆したターザン・シリーズ最後の長編の舞台は、アフリカではなかった。インドネシアでターザンが活躍する『ターザンと外人部隊』（一九四七）で、オランウータンが登場する。オランウータンは太平洋に生息する最大級の類人猿である。命名は「森の人」という現地語によるのだが、インドネシアのボルネオ島とスマトラ島の一部にのみ生息している。ダーウィンのライバルであるウォレスが書いた『マレー諸島』（一八六九）の副題も「オランウータンと極楽鳥の島々」だった。

フィクションのなかで、オランウータンの「凶暴さ」を印象づけたのは、E・A・ポーの「モルグ街の殺人」（一八四一）であった。パリのモルグ街で起きた母娘殺害事件が、密室殺人に見えたが、犯人は人間ではなかった。私立探偵デュパンが見出したのはオランウータンだったが、船員が一儲けしようとしてボルネオから連れてきたのだった。オランウータンが発揮したのは、人間の行動を模倣する能力だった。意図的な殺人ではなく、飼い主が石鹸の泡をつけて髭をカミソリでそる行動を真似し、試そうとして殺害に至ったのだ。意味がわからずに機械的に模倣した結果である。そもそも動物が犯した犯罪を当事者に責任を負わせるのは、「判断力や知性の有無」と絡んでくる。オランウータンはパリ植物園へと売られ、処罰されることはなかった。『時間に忘れられた国』で、兵器であるUボートが処罰されないのと同じである。

それに対して、バローズの作品では、言語や意思をもつ存在としてオランウータンが描かれる。『ターザンと外人部隊』を書いたとき、バローズは引退を考え、カリフォルニアに作った豪邸のあるターザナを去り、ハワイに居住していた。真珠湾攻撃を目撃したことが、最後の作品を書く動機となり、その怒りが全編に満ちている。オランダ領東インドのスマトラに侵攻した日本軍のようすが冒頭で描かれるが、登場する下士官の名前も「マッオ」や「ソカベ」と違和感がない。しかも二人の仲は悪く、ソカベ中尉の伯父が東條英機であり、サイパン陥落で首相を辞職したので後ろ盾が消えて昇進のチャンスがなくなったが、上司のマツオ大尉は関東軍で次の首相のコジカ（小磯国昭？）のもとで働いていたので出世の見込みが変わったと話したりもする。こうした人事に関する細部を描けたのも、バローズが日系人のいるハワイで暮らし、太平洋戦争の現地通信員の仕事をしていたせいなのだろう。

アメリカ軍がスマトラ島の様子を撮影をするために派遣したB24に、オブザーバーとしてジョン・クレイトン大佐（ターザン）が乗り込んでくる。撮影中に日本軍に撃ち落とされるとターザンたちは、日本軍から避難していたオランダ人一家を救出し、さらに現地のレジスタンスと共同しながら、日本軍への攻撃をおこなうのだ。タイトルの「外人部隊」とは、イギリス人、アメリカ人、オランダ人、さらに混血から成る部隊だからだとされる。そしてアメリカ人のなかも、ロシア系、イタリア系、チェロキー族の血を引く者と分類されるのだ。しかも、最初は女性嫌いだった男たちが、オランダ人の娘であるコリーや現地の女性に惹かれていく。いつものバローズの展開のパターンをなぞっている作品といえる。

ターザンは、墜落後に軍服を脱ぎ、武器も捨てたことで「自由」な気持ちになる。バローズの序文によると、インドネシアに関する本が「ホノルルの図書館には一冊もない」ので、動植物の描写も伝聞だよりで、ゾウもサイもアフリカに比べて小さいという程度の扱いだった。アフリカとの類似性でバローズはインドネシアのジャングルをかろうじて理解できたので、ターザンが活躍するには、類人猿語が通じるオランウータンの生息するスマトラ島がふさわしかった。白人嫌いのオランウータンのオーユとの連携も出てくるが、基本的には、野生に戻ったターザン自身が、音もなく敵に忍び寄って敵を殺害するのである。

ターザンが野生との間で苦悩する場面もあるが、戦争状態なので敵つまり日本兵を殺すのは、「憎しみや復讐や快楽」からではなくて「義務」だと仲間に説明する（八章）。殺人を義務に基づく機械的な行動とみなすことで、道徳的な葛藤を免れる。しかも、日本語をサルの言葉とみなし、日本兵たちをサルと蔑む価値観が随所に見られるのだ。サルだから差別されるのは当然とし、殺害を正当化するわけである。もちろん、日本兵の側も、先住民を拷問し、略奪や残虐の限りを尽くすのである。
この小説の最大の問題は、インドネシアの現地の人間に対する態度において、日本側もオランダ側も変わりがないことである。オランダ側の将校のヴァン・デル・ボースは、オランダ人がやったとされる残虐行為はみな、イスラム教徒であるスルタンたちの責任であって、自分たちは無実だと主張する。そして、スルタンたちが一万四千人の女性を集めたハーレムを作っていた、とその非道ぶりを強調するのだ。

もしも、連中（＝スルタン）が今なお力をもっていたら、同じことをやっていただろう。我々オランダ人のもとで、インドネシア人たちは、生まれて初めて、奴隷状態からの自由、最初の平和、最初の繁栄を知ることになったのだ。でも、ジャップが叩き出されたあと、一世代もすると、我々が発見した時の元の状態へと戻ってしまうだろうよ。（二十七章）

たとえ日本に勝利したとしても、その後独立したら、オランダがインドネシアを領有する前に戻ると述べている。そして、支配しないと劣等な存在へと退化すると警告する。しかも背後にはイスラム教対キリスト教の宗教対立もある。オランダ人が述べた論理は、ルポフが指摘するように植民地主義の内容である（『冒険のマスター』）。その「自由」のために我々は戦っているのではないか、というアメリカ兵の疑問は、仲間から「コミュニスト」と非難されるのだ。

ヴァン・デル・ボースの論は、日本によるインドネシア支配の論理へとすぐに転化できる。「白人による文明化の責務」は、「日本によるアジアの解放」と等しいものであり、あらかじめ相手との上下関係を設定している。支配する側は、自分たちは退化しないという自信と、現地人に同化する不安を同時にもっていた。しかも、太平洋上の未開の者は放置すると退化してしまうと思い込んでいる。だから、混血となる場合も、支配側の男性と「酋長の娘」といった関係は許容されても、逆の立場の男女は描かれない。あくまでも支配側の男性読者の願望を満たす男尊女卑的な考えのもとで表現されるのだ。

本来、ターザンは境界線上の存在だからこそ、多くの人をつなぐ可能性をもっていた。イギリス貴族にしてアフリカの野蛮人で、類人猿の言語も英語もフランス語もオランダ語も堪能である。そして、シトロエンやセスナを操縦する一方で、武器がなくても素手で相手を倒せる。ターザンはサルと人間の「ミッシング・リンク」となりえたはずだった。だが、戦争が生んだ未開と文明の境界線に基づく敵と味方の分断の論理から、日本兵を野蛮なサルとみなすことで、ターザンは安心して始末できたのである。

2 『キング・コング』から『ジュラシック・パーク』へ

【未開との遭遇】

太平洋に面したマレー諸島に生息する最大の類人猿はオランウータンだった。それに対して、地上で最大の霊長類であるゴリラを思わぬ場所に登場させたのが、『キング・コング』（一九三三）である。下から光が差して影ができる印象的なタイトルで始まり、巨大なスクリーンを見上げるように作られた大作映画だった。『失われた世界』を書き直し、模型を動かすストップモーションという手法で、巨大な猿を表現している。コングが棲むのは、スマトラ島の南西にあり、地図に載っていない「髑髏島」だった。そこの先住民はニアス島の言語に近い言葉を話すので、インドネシアに属すのだ。

コングのモデルとなったゴリラは、アフリカ中部の山と西部の平地に生息している。だが、コングの生息地は、インド洋、そして太平洋へとしだいに移っていった。これは、レムリア＝キツネザルの陸地が、最初インド洋に想定されていたが、太平洋へと動いたのにも似ている。

『キング・コング』は、文明と野蛮や未開との遭遇をシミュレーションしている。大恐慌時代に、破産しかけた動物映画の監督カール・デナムが、起死回生の策として、ヴェンチャー号で秘密の島に出かけて撮影することにする。手配師が女優を調達できずにいたので、デナム自身が街で見かけた女優の卵のアンの弱みを握り、口説いて連れていくのである。ライバルに出し抜かれないように秘密裏に船を進めさせたデナムが、シンガポールでノルウェーの船長から手に入れた島の地図と緯度の情報を提供したことで、船は髑髏島へと到着した。ここに至るルートは、三二年の小説版によると「パナマ運河をゆっくりと通り、ハワイ諸島へ滑るように進み、日本で石炭を補給してからは、フィリピン諸島を過ぎ、ボルネオを過ぎ、スマトラさえも通り過ぎていた」（石上三登志訳）とあり、明らかに太平洋を横断していた。

霧のなかに出現した髑髏島には、エジプトやアンコールワットとのつながりが言及される巨大な門と壁があり、コングの生息地と先住民の居住地を分けていた。太鼓が鳴り響き、島の娘を花嫁として生贄をコングに捧げるところであった。ゴリラの生皮を着てコングに扮した踊り手が円を描いて踊り、まわりがコングと叫ぶというまさに「奇祭」が演じられていた。デナムはすかさず手動式のカメラを回し撮影するのである。ところが、連れて行ったアンを先住民が見つけ、コングの花嫁にふさわしい金髪の女とみなしたことで事態は変わっていく。アンは誘拐されて、先住民たちによってコングに捧げられるのだ。

コングに連れ去られたアンを救出するのが、一等航海士のドリスコルである。女性を乗船させるのに当初反対だったのだが、船上で二人の間にロマンスが芽生えていく（『ターザンと外人部隊』でもロマンスを担う男たちは、恋人に裏切られたりして当初は女性嫌悪だった）。彼とアンとの恋愛を邪魔するのがコングだった。ここに持ちまれたロマンスは、南の島を背景として起きる「青い珊瑚礁」のパターンではない。ドリスコルとコングが、アンの体を文字通り奪いあうのである。

ドリスコルと一緒に、ジャングルの奥へとアンを取り戻しに追いかけた船員たちは、コングや恐竜たちに襲われて、次々と絶命する。生き延びたのはドリスコルと、コングに庇護されていたアンだけだった。逃げ出した二人を村まで追いかけてきたコングは、門を破って、住民を食べたり、家屋を破壊して暴れまわる。ようやくデナムがコングをガス爆弾で眠らせ、筏に載せてニューヨークへと連れて行くのだ。

デナムは「世界の第八番目の驚異」としてコングを見世物とした。ところが、コングは、カメラマンのフラッシュに過剰に反応して暴れだし、鋼鉄の鎖も千切ってしまう。手錠を壊した脱獄囚のように、アンをさらうとエンパイア・ステート・ビルの上に立つ。これは髑髏島の高台にあったコングの巣で、アンがプテラノドンに襲われるのと対応する。コングはプテラノドンを退けることができたが、今度は武装した複葉機が襲ってくる。機銃掃射を受けてコングは血を流し衰弱し、落下してマンハッタン島の一枚岩の地面に激突して亡くなってしまう。これもコングに追われて、崖からアンとドリスコルが水面へと落下し助かったのと対照的である。そしてプテラノドンと複葉機が、ドイルの『失われた世界』でロンドンに連れてこられた翼竜を彷彿とさせるのだ。

映画は全体を「美女と野獣」の話として処理する。アンとヴェンチャー号で飼われていたイギーというサルとの関係が「美女と野獣」と船員に喩えられる。ニューヨークでコングが公開され、アンとともに撮影するときに、カメラマンは「美女と野獣」だと述べた。さらに最後にコングが亡くなった後、「飛行機ではない、美女が野獣を殺したのだ」とデナムは自分の金銭欲を押し隠し、恋愛悲劇として物事を説明する。手に入らない美女を求めたコングの妄執という図式が共感を呼ぶことになる。

ところが、これはディズニーアニメでも有名なボーモント夫人版の「美女と野獣」のハッピーエンドを悲劇へと読み換えたものである。三人姉妹の末娘のベルがいわば犠牲者となって、野獣のもとへと嫁ぐことになった。最終的にベルが結婚を承諾することで、野獣は人間に戻ってハッピーエンドを迎える。ところが、アンは先住民によって誘拐されて無理やり花嫁に仕立てられたので、コングとの結婚など認めないし、コングも人間とはならずに悲劇で終わる。映画内でアンはドリスコルと結ばれることが予兆されている。ここでの「美女と野獣」の関係は、人間と異類との断絶であり、人種的な隔たりともつながるのである。

髑髏島の先住民とコングの区別、さらにアンとコングとの区別に、境界線が幾重にも引かれている。ひとつの物語内に複数の境界線が存在することが話にダイナミズムを与えるので、これ以降もキングコング映画の人気がやまないのである。この初代のコング映画の影響を『ゴジラ』（一九五四）は強く受けていて、特撮場面だけでなく、大戸島の呉爾羅伝説や神楽の奉納などとして、コングの儀式を借用している。しかも、南の島、興行師、門ならぬダムの破壊、という共通する要素をもつのが『モスラ』（一九六一）だという点は、拙著『モスラの精神史』で指摘しておいた。

【太平洋への書き換え】

アメリカの特撮映画の代表として『キング・コング』はその後も続編やリメイクが作られてきた。初代の髑髏島はスマトラ島の南西のインド洋に設定されていた。この島の位置は後続のコング映画では曖昧になっているが、基本的にはインド洋から東南アジアに存在する。続編となる『コングの復讐（息子）』（一九三三）では、破産したデナムとヴィクトリー号の船長が再び東南アジアに出かけて、コングの息子を手に入れて一攫千金を狙う。

戦後のコング映画であるジョン・ギラーミン監督の『キングコング』（一九七六）でも、髑髏島はインド洋にあり、主人公たちは石油開発のために出かける（ギラーミンにはターザンがインドへ行く『ターザンと猛獣の怒り』もある）。続編となった『キングコング2』（一九八六）で、コングの相手となる「レディ・コング」がいるのは、インドネシアのボルネオ島で、インド洋から太平洋へと近寄っていった。そこが、かつてはコングの島と地続きだったとされる。

また、ピーター・ジャクソン監督の『キング・コング』（二〇〇五）は、一作目の展開を踏襲したリメイクだった。ジャック・ドリスコルを航海士ではなく脚本家にするといった変更はあっても、インド洋の島という点はぶれていない。田中芳樹によって小説化されたが、キングコングが「金剛」に由来するという説を採用し、インド洋に向かった中国の鄭和の航海などと絡めて独自の味付けをしていた。ハリウッドのコング映画では、髑髏島はあくまでもインド洋にある。

しかも、ハリウッドのコング映画では、ゴリラのコングを通して「白人対黒人」という国内の人種対立や、アフリカからの黒人奴隷の問題が浮かび上がる。初代の鎖につながれたコングの姿と脱出して暴れる姿は、ブロードウェイの劇場を埋めた白人だけの観客に、南北戦争以前の黒人奴隷の反乱への恐怖を感じさせたのだ。実際の観客にも恐怖を与えたはずである。とりわけ、ジャクソン版で示されるように、大西洋とインド洋を結ぶ航路でコングを運んだのならば、喜望峰回りだろうが、スエズ運河を通過しようが、アフリカを横目で見て航行することになる。これが無意識のうちに奴隷としての黒人の姿や三角貿易の過去を重ねてしまうのである。

ところが、こうしたハリウッド版のインド洋やマレー諸島への傾斜に対して、東宝特撮映画はコングの生息地を太平洋へと移した。東宝の『キングコング対ゴジラ』（一九六二）は、最大級のヒット作となったゴジラ映画である。アメリカの代表のコングとゴジラが戦った日米決戦となったのが一番の要因だろう。コングは南太平洋のメラネシアに位置するソロモン諸島のファロ島に棲んでいる。ソロモン諸島では、一九四二年からの三度の海戦や、ガダルカナル島やブーゲンビル島での戦いがあり、敗戦まで戦闘が続いた。そうした地名を覚えている者がまだ観客にいた時代であった。本多勝一が一九六四年に出した『ニューギニア探検記』に、戦時中の体験を寄せた読者がいたことからもわかるだろう。

パシフィック製薬の宣伝部長が、探検にいった学者からファロ島での巨大猿の話を聞いて、それを生け捕りにして宣伝に使おうとしたことから話が始まる（ライバルがセントラル製薬でプロ野球のリーグ名から採られている）。テレビの視聴率をあげるという目標があり、最初から見世物のイベントとしてコング捕獲が考えられている。そして、コングが筏で運ばれてくる途中で制御できずに暴れだし、それに呼応するようにゴジラが登場する。

また、『キングコングの逆襲』（一九六七）では、コングの生息地は南ジャワ海のモンド島となっている。ジャワ海はボルネオとジャワ島に挟まれた一帯で、やはりスラバヤ沖海戦などの舞台となった。

ちなみに、地上最大のトカゲであるコモドオオトカゲがいるコモド島は、ジャワ島の東にあり、ジャワ海に面している。ドクター・フーの命令で、モンド島にいる本物のコングを攫ってきて、北極でエネルギー資源を採掘するために利用したメカニコングの代用として使われたのだ。生物のコングをコピーした機械のメカニコングのさらに代用というねじれた関係がここにある。

いずれにせよ、キングコングのいる島をインド洋から太平洋側へと移した背景には、日本の南洋体験、それも戦争体験がある。たとえば、『キングコング対ゴジラ』の脚本を担当した関沢新一は、四一年に舞鶴の砲兵隊に入ってから「釜山、ラバウル、ソロモン、ブーゲンビルを転戦」し復員したのは四六年だった(桂千穂『にっぽん脚本家クロニクル』)。この戦争体験が関沢脚本に陰影を与えている。関沢にとってソロモン諸島は土地勘のある場所なのだ。また、監督の本多猪四郎も満州などで八年近く軍隊経験をもっていたことも影響しているかもしれない。コングをインド洋から大西洋へと運ぼうとするハリウッド映画とは異なったニュアンスが生息地の選定に与えられていたのだ。

コングが日本に直線でやってくるという事情があったにせよ、東宝特撮版のコングの生息地が、太平洋へとシフトしたのは、「コング=黒人」とみなすような人種差別の意識が、戦後の日本においてはそれほど強くなかったせいだろう。敗戦によって南洋諸島を喪失してしまい、冒険ダン吉型の「土人」表象も、あくまでもノスタルジーであって、国内のアクチュアルな問題とは思われなかったのである。

この東宝映画の流れに沿って、太平洋とコングの関係を強化したのが、『キングコング：髑髏島の巨神』（二〇一七）だった。これは二〇二〇年の公開が予告されているキング・コングとゴジラが対決するリメイク映画の伏線となっている。冒頭の字幕には「一九四四年南太平洋のどこか」とある。ノヴェライズによると、コングがいる髑髏島はキリバスの東に位置する。これは東宝版のキングコングのソロモン諸島やジャワ海よりも北で、太平洋の中心に近づいている。現在キリバスはイギリス連邦の一員となっている。太平洋戦争ではギルバート諸島の戦いがあり、戦後になってアメリカ合衆国とイギリスが核実験をおこなったクリスマス島も近くにある。

日米のパイロットが空中戦をおこない、落下したあとも地上で争うのだ。だがコングが登場したことで、二人は協力しあうことになった。この展開は、三船敏郎とリー・マーヴィンが演じた二人の生き残りの兵士が、南太平洋の島で争う『太平洋の地獄』（一九六八）へのオマージュである。新しいコング映画は、日本の文脈での太平洋映画となり、しかも日米対決を描くことになったのである。

【ジュラシック・パークのある島】

キングコング映画は、怪物としてのゴリラの可能性を追求したが、初代のコングが戦った相手は、トリケラトプス、ブロントサウルス、ティラノサウルス、プテラノドンなどだった。こうした動く恐竜は、ヴェルヌの『地底旅行』（一八六四）の地底湖でのイクチオサウルスとプレシオサウルスの戦い、さらにドイルの『失われた世界』での活躍以来、多くの読者を魅了してきた。数々の挿絵や復元模型やジオラマだけではなく、アニメーションによって、恐竜や巨獣が映像のなかで動いてきた。

進化のなかで滅んだはずの生物が生き延びているというのは幻想で、しかもどれも巨大生物なのだ。ダーウィンも『ビーグル号航海記』で、かつてアメリカ大陸には、現存する動物よりも巨大なナマケモノやアルマジロの類の生物がいて、それに比べると今のはただの「ピグミー（小型版）」でしかないと結論づけていた（八章）。それを裏づけるように、巨大なトカゲ類の活躍する映画が作られてきた。なかには『紀元百万年』（一九四〇）のように、本物のトカゲを利用する映画まであった。

だが、恐竜が偶然生き延びているのではなくて、意図的に作り出された状況を考えたのが、マイケル・クライトンの小説（一九九〇）とスピルバーグ監督による映画化作品、『ジュラシック・パーク』（一九九三）だった。とりわけ映画は、『キング・コング』のようなストップモーションアニメではなくて、恐竜の造形に全面的にCGを取り入れた。

原作者のクライトンの理屈によると、琥珀に閉じ込められた蚊の体内に、恐竜から吸った血が存在し、その恐竜の遺伝子の欠落部分を補って復元し、「ジュラ紀の恐竜」を再生する。予測不可能なことを告げるカオス理論とともに、ＤＮＡの解明や再生医療や遺伝子工学といった領域が、次の時代の花形科学になると示していた。復元した恐竜を閉じ込めておくパークの舞台となったのが、中米コスタリカの沖合の架空のイスラ・ヌブラル島だった。モデルとなったのは、ココヤシが生い茂るココ島である。ヘリコプターなどで訪れるしかないこの島は、恐竜たちの飼育に最適だと思われた。しかも高圧電流を流す高い壁が恐竜から防御してくれるはずだった。

ところが、待遇に不満をもち、遺伝子を盗みライバル企業に売りつけようとしたプログラマーの企みのせいで電源が喪失し、予想を超えた事態が起きる。柵が開放されて凶暴な恐竜が徘徊する。しかも、繁殖を防ぐために遺伝子情報をあらかじめ欠損させていたはずの恐竜が、単為生殖により繁殖を始めてしまうのだ。バローズが『時間に忘れられた国』で描いたような進化論的な不安を、もっと凝縮した内容となっていた。この発想を後のエメリッヒ版の『ＧＯＤＺＩＬＬＡ』（一九九八）などが採用する。

『ジュラシック・パーク』では、この世から「失われたもの」ではなくて、あらためて「見出されたもの」として恐竜が活躍する。しかも、コングのように見世物としてニューヨークや東京に連れてこられるのではなくて、動物園のようなパークを人間たちが訪れるのである。太平洋上の島全体が、体験型のバカンスや観光のための商業施設に改造されてしまう。ドイルの「失われた世界」が、ディズニーランドのように、外部から遮断されて完全管理されたテーマパークとなる。そのため内部の混乱が高まると、パーク全体が危険となり、放棄するしかないのである。

とりわけ二作目にあたる『ロストワールド――ジュラシック・パーク2』では、フランチャイズとして、サンディエゴに分園を作る計画のもと、恐竜をアメリカ合衆国へと輸送する船がやってくる。だが、恐竜に乗っ取られて暴走した船は港の岸壁にぶつかり、そこから逃げ出した恐竜がサンディエゴの町をパニックに陥れることになる。だが科学によって復元された恐竜が倒されたことで、文明と野生（野蛮）の間に境界線が再び引かれるのである。

ジュラシック・パークが置かれた太平洋の島は、あくまでもアメリカ合衆国の観光客のために用意された安全な場所のはずだった。だが、そこで起きる人工的に作り出された恐竜たちの暴走は、人間には管理しきれない生命の暴走に他ならない（リサ・ホプキンズ『過去の巨人たち』）。島が一種の鏡の役目をはたして、じつは恐竜ではなくて文明社会を管理できるのか、という不安とつながっている。それが、コング映画同様に、続編がシリーズとして今も作り続けられる理由なのだろう。

3　遡行する旅と『地獄の黙示録』

【コンラッド・コンプレックス】

人類の誕生の秘密を知ろうとすることは、そのまま過去へと遡行する旅となる。『パンチ』誌の「人間は虫けらにすぎない」という風刺画のなかで、虫からダーウィンへとつながる系譜が、時計とは逆回りに描かれていたのは偶然ではない。家系図や系統樹のように出発点へと遡行する図式、それを直線に空間化すると、川の源流をたどる探検となる。探検の際に川が使われたのは、ジャングルなどを抜けるのとは異なり、人間が切り開かなくてもすでに通路ができている、という実質的な理由も大きいのだが、川が歴史や人生を表す比喩となってきたからでもある。

十九世紀には、白ナイル川にイギリスの探検家が入り込み、タンガニーカ湖やヴィクトリア湖が「発見」された。また、アマゾン川の源流探しが今もやまないのは、端から端までの最長の距離を測定しにくいほど支流がたくさんあり、それだけに新しい発見がありえるからだ。こうした探検を起源や人生などの意味を探す「旅（ジャーニー）」として捉えるようになる。そのとき、ライダー・ハガードの『ソロモン王の洞窟』のような痛快な宝探しではなくて、旅する側や地元を支配する側の悪や弱さを見てしまう一種のコンプレックスが存在する。それを描いた一人がジョゼフ・コンラッドだった。

ポーランドで生まれて、最終的に英語で小説を書いたコンラッドだが、商船の船乗りとして活躍した後に作家となったので、素材となる海外での体験も豊富だった。そして、『オルメイヤーの阿房宮』（一八九五）というボルネオを舞台にした作品でデビューした。しかも、コンラッド作品の多くは、サイレント映画の時代から映画化されてきた。なかでも、ヒッチコックの『サボタージュ』（一九三六）

はテロリストを描いた『密偵』（一九〇七）が原作だし、デヴィッド・リーン監督による『ロード・ジム』（一九六五）もある。何よりもコンラッド自身が映画を意識したモダニズムの作家でもあった（ジーン・フィリップス『コンラッドと映画』）。

作品の映画化ではなくても、コンラッド作品への言及がある。有名なのはリドリー・スコット監督の『エイリアン』（一九七九）に登場する宇宙船ノストロモ号だろう。『ノストロモ』（一九〇四）は、南米の架空の国コスタグアナ（＝コロンビア）を舞台にした物語である。銀山の経営者グールドが、革命軍から銀を守るために選んだ運搬人が、港で働く評判の良い「ノストロモ」とあだ名をされたイタリア移民だった。ノストロモとは「我々の一人」という意味だが、銀に誘惑されて隠し場所から盗むようになる。ノストロモ号は、宇宙空間で石油や金属の精製をしているし、コンラッドの作品には「ノストロモはどこにいる」という文があるので、エイリアンが隠れる宇宙船の名前としてふさわしい。続編である『エイリアン2』（一九八六）で、海兵隊の宇宙艇はスラコと呼ばれるが、これは『ノストロモ』の舞台となるコスタグアナの港町の名前だった。

映画と関わるコンラッド作品で、中編小説の『闇の奥』（一九〇二）は特筆すべきだろう。毀誉褒貶がありながらも、現在まで人気を獲得している。「闇の奥」という定着した邦題は魅力的ではあるが、原題は「ハート・オブ・ダークネス」で、心臓の形をしたアフリカ大陸や暗闇の心など、さまざまなイメージが重ねられている。コンラッドがコンゴ自由国で働いた際に、ベルギーのレオポルド二世がおこなった非道な植民地経営を見聞していたし、クルツ（カーツ）のモデルもいた（フランス名をドイツ名に変えている）。

大英帝国の中心であるテムズ川に浮かんだ船で、語り手のマーロウは、アフリカのコンゴ川での体験を物語り始める。マーロウは親族のつてでベルギーの会社に雇われたのだった。コンゴ川に船長として派遣され、象牙を扱う交易所の所長クルツが、川の上流で自分の「王国」を作っているところへと出かける。連れ戻してくる途中で、病気だったクルツは亡くなり、その残された書類や手紙をマーロウがあちこちに配って終わるのだ。

植民地主義による偏見も描かれ、同時にアフリカの現実とは無関係に思える白人の苦悩に終始しているので批判されることも多い。その急先鋒は、アフリカのナイジェリア出身のノーベル賞作家のチヌア・アチュベで、「完全に人種差別の作品だ」と否定した（「アフリカのイメージ」）。さらに、アチュベの父親が赤ん坊だった頃に旅をしたはずのコンラッドが、現地の文化を何も見ていないと指摘する。すぐれた仮面などの芸術作品もあるのに無視するのは、マルコ・ポーロが中国の印刷物や万里の長城に触れていないのと同じだと主張する。あくまでも、『闇の奥』でコンラッドは、マーロウやクルツを通してみたアフリカを描いているだけなのだが、アチュベはそうしたアフリカ像で満足してしまうアメリカ合衆国やイギリスの読者を攻撃していた（ちなみにこれが、アフリカ系の学生もいるアメリカ合衆国のマサチューセッツ大学での一九七五年の講演だったという文脈は無視できない）。

『闇の奥』は冒険小説的であり、「行きて帰りし物語」というファンタジーの構造をもつので、神話的な物語を作りやすいように思えるが、映像化が何度も試みられてきた。オーソン・ウェルズによる映画化はシナリオ段階まで進んだのだが未完に終った。その代わりに一九三八年十一月のマーキュリー劇場で放送されたラジオドラマが存在する。全米にパニックを引き起こした『宇宙戦争』の放送の翌月に流された。マニュエル・アラゴン監督の『森の心』（一九七九）は、五〇年代のスペイン市民戦争後のゲリラが森のなかに立てこもる話になっていた。ニコラス・ローグ監督によるテレビ版（一九九四）も作られた。

直接ではなくても、ターザン映画の『ターザン：REBORN』（二〇一六）は、『闇の奥』と共通する世界を下敷きにしていた。ベルギーのレオポルド二世のコンゴでの植民地経営の行き詰まりから、側近がダイヤモンド鉱山を手に入れようと画策する。ターザンへの復讐を望む先住民の首長と、その身柄と引き換えに鉱山の秘密を教えてもらう約束をする。そこで側近はターザンをコンゴへと招待する。だが、アフリカで野生に帰ったターザンの活躍で、ベルギーの奴隷売買の実態が暴かれ、ダイヤモンドの入手も失敗に終わるのだ。コンラッドのマーロウにはできなかった植民地主義への反撃をターザンがおこなうのである。

そうしたなかで、今もコンラッドの『闇の奥』の映画化作品として賞賛されるのは、舞台をヴェトナム戦争へと置き換えたフランシス・コッポラの『地獄の黙示録』（一九七九）だろう。前半でのヴェトナム戦争の狂気を描く場面に続き、後半は川とともに時間を遡行していくような旅が描かれ、カーツ大佐の神秘的な王国に到達する。最初の脚本を書いたジョン・ミリアスをはじめ、監督のコッポラたちがもつコンラッド・コンプレックスのなせる作品であった。ジョージ・ルーカスに監督をさせる話もあったので、キャンベルの神話学に魅了されていたルーカスが撮ると、また別の作品となったかもしれない。だが、結局は『ゴッドファーザー』（一九七二）で成功したコッポラが手がけることになった。

【地獄の黙示録】

コッポラの『地獄の黙示録』が描いているのは、戦争国家としてのアメリカ合衆国が太平洋の西側へと攻めてくる話である。太平洋をはさんだ戦いとしては、フィリピンを手に入れた米比戦争（一八九九―一九〇二）もあったが、とりわけ真珠湾攻撃以後に太平洋戦争（一九四一―四五）、朝鮮戦争（一九五〇―五三）、ヴェトナム戦争（一九五五―七三）と戦ってきたことで、アメリカ合衆国は多くの若者たちの命を「消費」してきた。この映画にも十七歳の兵士が出てくる。そのやりきれない感覚を表現しているのが、冒頭のヘリコプターの飛翔と重ねられるドアーズによる「ジ・エンド」という曲だろう。映画の最初に終わりがあり、ヘリコプターの回転するローターが天井で回る扇風機へとつながるカットは、繰り返される愚行を示すように見えてくる。

一度はアメリカ本土に戻ったのに、居場所がなくてヴェトナムを再訪したウィラード（マーロウにあたる）は、殺人の経験を買われて、カーツ大佐の始末のために送り込まれる。秘密任務のために川を遡るが、戦場には狂気がすでに蔓延していた。

途中で会った第一騎兵部隊のキルゴア中佐は、左右に割れる波の立つ村でサーフィンをするために、ナパームで村を襲うのだ。有名なワーグナーの音楽とともに武装ヘリコプターが襲う。そして銃撃戦のなかで、サーフィンがおこなわれる。ハワイで発祥した神事でもある波乗りは、エンターテイメントとなり、元の意味合いは忘れられてしまう。初稿の脚本を書いたジョン・ミリアスは、自身の映画『ビッグ・ウェンズデー』（一九七八）で、ヴェトナム戦争と青春時代の思い出となるサーフィンの関係を問い直していた。

この後も戦場の狂気をしめす場面が続く。プレイメイトが慰問にやってくると群がる男たちの姿や、指揮官を喪失した橋での果てしない戦いが描かれる。そして、ウィラードの一行も、しだいに疑心暗鬼となり、通りすがりの船に乗っていた無実の地元民を撃ち殺してしまう。しかも騒動で生じた殺人の責任を、ウィラードも含めて誰も取らないのである。

川を遡行するなかで、ウィラードは、殺人者として野蛮化していった。サイゴンのホテルで待機しているときに、ウィラードがシャワーを浴びて全裸でいるところに、命令書をもった兵士がやってくる。そのときには裸体に羞恥心を感じていたが、しだいにウィラードの軍服も顔も汚れていく。捕虜となった後で、動き回ることが制限されなくなり、カーツ大佐を殺す機会を得る。そのときに、ウィラードは一度水に潜って自分を清める。水面から頭だけを出す、ポスターなどでも使われた有名なカットとなる。ウィラードはジャングルや川と一体化し、ターザンのように野蛮化するのである。

カーツ大佐が住まいとする寺院には、フレイザーの『金枝篇』などの本が転がる。そして、大佐が声を出して読んでいたのは、T・S・エリオットの「うつろな人間」という詩であった。この詩の冒頭には、他ならない『闇の奥』から「カーツさんは亡くなりました」という台詞が引用されている。カーツ大佐がカーツの死のことを読む、という入れ子細工的な設定が、『地獄の黙示録』の出口のなさや閉塞感を形作っているのだ。

そして、ウィラードは予告された殺人を遂行するように、寺院でカーツ大佐を殺すのである。映画で詩が参照されたエリオットには、トマス・ア・ベケットの殉教死を描いた『寺院の殺人』（一九三五）

という詩劇があるので、それが下敷きになったのだろう。ベケットは王に逆らったせいで、四人の騎士に次々と刺殺されるのだが、カーツ大佐は、村人たちが祭りのために牛を殺すのと同時にウィラードに殺害され、この殺人が神に捧げる供犠であることがあからさまに映像化されている。

空爆の指示を待っているサイゴンからの無線連絡が入るが、カーツ大佐を殺害して任務を終えたウィラードは切ってしまう。この「ラジオ」が鍵となる。サイゴン近辺では、ラジオのDJが「グッドモーニング、ヴェトナム」と放送をしていた。しかも、カーツ大佐の側も自分の演説や所見の放送を録音して流しているのだ。ウィラードがカーツ大佐の狂気を認めたのも、米軍が録音した演説の内容を聞いたせいだった。

カーツ大佐がラジオを通じて放送するのは、エリオットの師匠で、『荒地』（一九二二）の添削もおこなった詩人のエズラ・パウンドの行動を思わせる。「ファシスト」になったアメリカ詩人であり、ローマのファシスト政権下で、イタリアから反米反ユダヤ主義放送を流していたのだ。戦後は「狂人」扱いされて、首都ワシントンの精神病院に十二年間収容された。もしも、ウィラードがカーツ大佐を殺害せずに連行してきたのならば、同じような扱いを受けたかもしれない。

ヴェトナムを舞台にしているが、ここには、アメリカ兵といっしょに戦う南ヴェトナムの兵士は登場しない。姿がよくわからない「ベトコン」と、無実の罪で殺されてしまう住民がいるだけである。カーツ大佐を手下となっている原住民は畏怖しているのだが、裏切り者や敵の死体がぶら下がる環境で暮らしている。まさに、そこは地獄であった。ウィラードが、カーツ大佐を殺害した刀を手にして寺院から出てきたとき、人々は畏怖からひざまずくが、ウィラードはカーツ大佐の後継者となるわけではない。カーツ大佐の「恐怖だ、恐怖だ」という声が繰り返されるが、恐怖の状態にあるのは、ウィラードが捨ててきたアメリカ合衆国でも、再訪したヴェトナムでも同じなのだ。

【ヴェトナム戦争とキングコング】

『闇の奥』から『地獄の黙示録』が作られたように、今度は『地獄の黙示録』を下敷きにした後続の作品が生まれる。その一つが『キングコング：髑髏島の巨神』(二〇一七)であった。一九四四年七月七日に、日米の飛行士が空中戦をし、二人が墜落したのは太平洋のキリバス近くにある髑髏島だった。米軍兵士の名前はハンク・マーロウで、明らかに『闇の奥』を踏まえている。日本兵の名前は碇軍平で、こちらは『新世紀エヴァンゲリオン』の碇シンジと任天堂のゲーム開発者の横井軍平を足したものだった。

一九七三年に、アメリカ軍がヴェトナムから撤退する騒動のなかで、モナークという組織が、髑髏島への調査団を送ることを上院議員に認めさせる。ランドサット衛星によって所在地がはっきりしたのだが、やはり人工衛星から撮影しているソ連よりも先に、現地の地質調査をするという名目で政府から資金が出た。島の実効支配が所有権の主張に必要となるからだ。案内人としてイギリスの元特殊部隊の隊員のコンラッド（!）が雇われる。そして、調査団の護衛のために、任務を終えて帰還するはずの武装ヘリの部隊を率いるパッカード大佐とその部下たちが、ヴェトナムのダナンから出港地のバンコクへとやってくるのだ。

この混成部隊に加わり、初代の映画でのアンとデナムの役を兼ねたのが、女性カメラマンのウィーバーだった。これも『エイリアン』の主演のシガニー・ウィーバーを重ねている。彼女はアンのような女優志願者ではないし、報道カメラマンとして戦場や死体に慣れている。そして、コングと向き合い、さらに自分から皮膚に触れることで相手と意思を疎通しようとする。好意をもったコングは、水に落ちたウィーバーを手のひらで拾い上げて救い出す。

ウィーバーをめぐってコンラッドとコングの間に、初代のような三角関係的な表現はない。むしろウィーバーとコングの心の交流に力点が置かれている。制作された時代の違いだけでなく、もはや「美女と野獣」という図式では、悲劇を成立させるのが不可能となった。もちろん、コングはゴジラと戦う予定なので、死による悲劇となるはずもない。

モナークの髑髏島調査団は、利害の異なる関係者たちから成り立つが、上陸後の騒動で、救援のへリが来るまで仲間をしだいに失っていった。パッカード大佐が、殺された部下への復讐としてコングを爆破しようとしたときに、コンラッドとウィーバーとマーロウが阻止する。殺戮に抵抗する良心派の人物たちなので、コンラッドとマーロウという名前がつけられていたのだ。

パッカード大佐は「コングに誰が王か教えてやれ、それは人間だ」という立場だし、「家族や国民を脅威から守るのが兵士の務めだ」と考えている。これまで部下を全員生還させてきたのが誇りだったのだが、今回のミッションでは失敗して意固地になっていた。それに対して、民間の仕事だと騙されて案内人役となったコンラッドは、マーロウや先住民と出会ったせいで、コングを含めた島全体を守るべきだと主張するのだ。結局、部下の造反もあって、パッカード大佐は孤立し、コングを爆死させる前に、逆にコングに粉砕されてしまう。

パッカード大佐を演じたサミュエル・L・ジャクソンは、スター・ウォーズ映画やアベンジャーズ映画でも知られる。そして、『ターザン：REBORN』では、実在したジョージ・ワシントン・ウィリアムズを演じていた。アメリカ合衆国の黒人の軍人であり、歴史家として書物を書き、現地で見聞したレオポルド二世の非道ぶりを告発した。観察者だった作家コンラッドとは異なり、自分の人種的な怒りから行動した人物なのである。ジャクソンが今回演じたパッカード大佐は軍人一筋の生き方をしている。これは、『英雄の条件』（二〇〇〇）という実録映画で、イエメンでの発砲の責任を軍法会議で裁かれる指揮官という難しい役を演じたジャクソンならではの起用でもあった。

こうした役柄の経験をもつジャクソンが演じたことで、パッカード大佐は自分の任務と信念に忠実な軍人に見えるのだ。パッカード大佐は、ウィーバーのようなヴェトナムの現実を伝えるマスコミが、国民に厭戦気分を広げ、戦争を負けさせたと考えている。そして、黒人表象ともいえるコングと対比されて、パッカード大佐がアメリカ合衆国という国家のために戦い続ける黒人の軍人であることに意味があったのだ。しかも、対峙したパッカード大佐が、どこかコングの破壊的な暴力に魅入られる瞬間さえある。

パッカード大佐が「敗北」ではなく「撤退」と彼が抗弁したヴェトナム戦争の結末を、アメリカ社会が未だに受け入れかねている様子がうかがえる。そもそも、モナークの幹部として髑髏島の調査を率いたランダは、三十年前の戦艦ロナークのたった一人の生き残りで、戦争ではなくて髑髏島の怪物によって千人の仲間が殺されたことを証明したいと願ってきた。ランダは島で亡くなるが、代わりにおなじ戦争の髑髏島での生き残りのマーロウが、シカゴの家族のもとに帰還兵として戻るところで映画は終わる。マーロウは戦死者として数えられていたが、『闇の奥』の語り手のように、故郷であるアメリカ合衆国に無事帰還できた。

けれども、この映画は帰ることができなかった者たちの話である。ヴェトナムの戦場ではなくて、髑髏島での秘密裏の作戦中にパッカード大佐が死んだことで、彼は名誉の戦死を遂げてはいない。ヴェトナムからの撤退により、本国に帰る予定だったパッカード大佐と多くの部下は、ランダの個人的な動機を潜めた計画のせいで髑髏島で死去した。日本兵の軍平はマーロウが作った墓の下に眠っている。彼の日本刀を、マーロウさらにはコンラッドが、島の怪物相手に使って、窮地を逃れることができた。だが、テレビでカブスの野球の試合を見ているマーロウが、軍平の最期をその遺族に語る気配はない。

戦地で本当は何があったのかが、わからずじまいの場合もあることが、『地獄の黙示録』とは別の形で、この映画では表現されている。軍事法廷で、そうした真実を追求するのが、ジャクソンが主演した『英雄の条件』の主題に他ならなかった。初代のコング映画で活躍した船員たちと違い、今回は政府の関係機関の職員や兵士たちの話である。当然ながら、髑髏島探査で死亡した兵士の遺族たちに、軍から真相が公表されるはずもない。ランダが目指したような真相解明が閉ざされ、再び髑髏島事件は闇に葬られるのである。

エンドクレジットが終わると、秘密を知ったコンラッドとウィーバーは、モナークへの参加を促される。かつてコングのような巨大生物たちが支配していた世界があり、再び怪物たちが力をもとうとしている。水爆実験のひとつは、明確に怪物（ゴジラ）を退治するために実行された。そのとき、冒頭のタイトルで、ニュース映像や音声で流された、第二次世界大戦後からヴェトナム撤退までの戦争と科学技術の発展の説明が、怪物たちとの戦いの前哨戦に見えてくるのである。

こうして、ダーウィンの悪夢とも言うべき『失われた世界』を新しいコング映画が描き直した。しかも、ハワイのオアフ島、オーストラリアのクイーンズランド、ヴェトナムなど様々なロケ地の風景や、CGによって、今回の髑髏島が作られている。『地獄の黙示録』では、ヴェトナムでの撮影は不可能だったので、フィリピンとその軍隊が利用されたが、今度はヴェトナムの風景が髑髏島のために利用されるのである。政治的な関係の変化によって、描き出されるものも変わってきた。しかしながら、太平洋を舞台にして進化と退化をめぐる物語を作り出すことは終わってはいない。

第6章　移民と経済戦争
――『ダイ・ハード』と『ブラック・レイン』

太平洋はハワイや南洋諸島さらにアメリカ西海岸から中南米までの移民たちを運ぶ航路でもあった。この章では、まず、太平洋戦争をはさんだ日本とアメリカ合衆国の関係を描いた『ハワイの夜』や『東京ジョー』を比較して、日米の戦争体験の乗り越え方の違いを見る。移民排斥運動で生じた「イエローペリル（黄禍）」がステレオタイプを生み出し、それが戦前のフー・マンチューやチャーリー・チャン映画だけでなく、戦後の『サンダーバード』にも残っていることを確認する。また、アメリカ合衆国への日本企業の経済進出を高層ビルによって象徴的に扱った『ダイ・ハード』を取り上げる。そして、裏表やニセ札をめぐるやくざの経済進出を描く『ブラック・レイン』を考える。「黒い雨」が原爆ではなくて大阪空襲を指すことで、戦後の変化がより普遍化された。そして、ブラジル移民が太平洋を渡ったことを念頭に置いて、移民を運んだ笠戸丸の運命を探り、さらに垣根涼介が『ワイルド・ソウル』や『真夏の島に咲く花は』で、新しい日本人移民のあり方を探っている点を考える。

1　移民が渡る太平洋

【海を渡った移民たち】

明治元年はそのまま日本のハワイ移民元年だった。太平洋を渡った集団移民の第一号であるが、当時ハワイは独立王国だったので、アメリカ合衆国へ移民したというのは正確ではない。だが、そのハワイの官僚機構を作ったのは白人たちだった（池澤夏樹『ハワイイ紀行』）。そして、百五十年の間に、国民と国家を一致させる要請から境界線が引かれ直すたびに、移民たちはどこに所属するのかを問われ、翻弄されてきたのだ。

北杜夫の『南太平洋ひるね旅』に、ワイキキの浜辺とは異なり、市街では日系人が多くて、会話に「ベラベラベラア、アイ・ノー・ライク、マズイカラノウ」と広島弁が交じる様子が引用されている。北には聞き取れない流暢な英語、ついでピジンイングリッシュ、そして日本語という順番になっている。本音はやはり母語でないと語れないのかもしれない。

北が聞き取った三段階の言語は、第一世代が直面した言葉の上での苦難をそのまま物語っている。

現地語ができなければ、会話を必要としない肉体労働や単純労働に甘んじるしかない。とりわけ成人になってからの言語習得能力が、それぞれの移民の命運を左右するのである。『ガリヴァー旅行記』でも、オランダ語から馬の国の言語まで、外国語をすぐに習得できる能力が、ガリヴァーの外国ぐらしを有利にしていた。

移民が引き起こされる大きな要因は、もちろん貧困である。そして、社会の仕組みだけでなく、大火や戦争といった人災や、干魃や津波や嵐といった天災が貧困を生み出したりもする。たとえ移民となっても、「一世」の帰属意識は不安定であり、戦争などで移民先の国と「母国」との対立が激化すると、アイデンティティの危機に陥ることがある。ハワイ移民の場合には、真珠湾攻撃という直接的な形で、敵と味方の境界線のどちらの側につくのかが試されることになった。多くのアメリカ合衆国国民の立場を代表するE・R・バローズのようには、敵味方を素朴に分類はできないのである。

一九四一年の十二月八日のハワイの真珠湾攻撃と十日のマレー半島沖でのイギリスの戦艦プリンス・オブ・ウェールズ撃沈を描いたのが、映画『ハワイ・マレー沖海戦』（一九四二）だった。冒頭に「一億で背負へ誉の家と人」と標語が映し出される。『パシフィック・リム』の「一億火の玉」へと向かう言葉でもある。

映画のなかで、攻撃目標であるハワイからのラジオ放送を士官室で聞く場面がある。敵性音楽が流れ、ＤＪの英語を聞き取り、入港した軍艦の兵士たちが上陸してダンスに興じているようすだとわかる。士官の一人がそのリズムに聞き惚れるカットさえある。そして士官たちは、攻撃が成功して空襲警報で放送が中断するのを待つのだが、その際にも敵性音楽は流れている。

そして、マレー沖で、イギリスの戦艦プリンス・オブ・ウェールズを発見したあと、索敵機の乗員は、「ああ、すごい、こいつを沈めるのか」と賛嘆するのだ。その後、援軍となる攻撃機の編隊が向かう。索敵から攻撃に至る間、明らかにワーグナーの「ワルキューレの騎行」を模した音楽が流される。これは『地獄の黙示録』の先駆けにも思える。

この映画で描かれたハワイとマレー沖の二つの海戦は、「鬼畜米英」に対する先制攻撃であり、自分たちが魅入られると同時に恐れているものを攻撃していた。両方の戦いは、戦艦どうしの海戦ではなく、一方的な空からの攻撃であり、魚雷を使った撃沈だった。この先制攻撃は効果をもったが、その後アメリカの空爆に日本は怯えることになる。

真珠湾攻撃は、当然ながら、ハワイの日系アメリカ人に大きな分断を引き起こした。その様子を戦後になって描いたのが、マキノ雅弘と松林宗恵監督による『ハワイの夜』（一九五三）だった。原作は今日出海の小説で、室内は日本のセットで撮影されたが、ハワイロケをたくさん盛り込んでいた。日中事変のころ、学生スポーツの選手としてハワイを訪れた男と、戦争をはさんだ日系人一家との交流と分断を描く。

大学の水泳部の明が、日系二世のジーンと知り合う。そして、日米の親善の水泳大会が開催されるのだが、思わず日本人のほうに拍手をして応援する日系人たちがいる。サーフィンやボートに乗る場面やハワイアンダンスを踊るジーンなど、観光ガイド的な要素も盛り込み、光がきらめく波のなかで恋人となった明とジーンが抱き合うのである。

けれども、「1941年12月8日」と日付が入り、一転して真珠湾攻撃の場面や学徒出陣のニュース映像となる。このため、学生である明はサイパンへと出征する。ジャングルのぬかるみのなかで、かつてのハワイの光景を思い出すのだ。それに対してジーンの兄は、二世部隊と呼ばれた442連隊に入り、日本と戦うことを決意する。

そして「お父さんの国は負けるよ」と予言した一世の父親も亡くなり、戦後になってジーンが迎えた兄は片足を失って帰ってくる。一方、サイパンで負傷した明は「PW」つまり「戦争捕虜」となって、ハワイの病院にやってくるのだが、死期をさとり、ジーンの家にまで無理をしてやってきて再会する。明をMPに渡したくないジーンと兄が対立するが、捕まえにきたMPの車のなかで明の死が確認されるのだ。

物語の全体は、明の死によって結婚を諦めて修道女となったジーンが語る話となっている。父親は一世なので、ひょっとするとハワイ内に五ヶ所作られた強制収容所の一つに送られた可能性もある。日系人がアメリカ本土でマンザナーの強制収容所に入れられたのは有名になった。そして映像でも、実体験小説に基づく『さらばマンザナール収容所』（一九七六）や、アラン・パーカー監督の『愛と哀しみの旅路』（一九九〇）が作られた。ハワイの強制収容所の存在も一九九八年以降知られるようになってきた。ジーンの兄が参加した４４２連隊はパイナップル部隊などと呼ばれて、イタリアなどヨーロッパ戦線で活躍したのだ。

戦争が生んだ日米のこうした分断を、『ハワイの夜』とは別の観点から描いたのが、ハンフリー・ボガートが出た『東京ジョー』（一九四九）だった。戦前に銀座二丁目でクラブ「東京ヂョー」を経営していた主人公ジョーが、空襲でも残った店に七年ぶりに訪ねてくる。店の歌手だったトリーナを捨てて、アメリカへと帰ったが、戦争で戻れなかった。その後、軍隊に入り、戦後はパイロットとして働いていた。トリーナは別の男と結婚していて、まるで『カサブランカ』の焼き直しのような展開となる。異なる点は、トリーナはジョーの娘であるアーニャを生んでいたのである。

ジョーは、旧知の元特高の高官であるキムラ男爵から、飛行機での品物の輸送の依頼を受ける。トリーナが戦時中に「東京ローズ」のような反米放送をしていたという記録をもっていて、それを使って脅されたので協力を承知するのだ。荷物は最初食用の冷凍ガエルだったのだが、貨物ではなくて、ソウルから三人の戦犯を密かに日本に連れ戻すのが、キムラ男爵の計略だった。GHQはその陰謀を炙り出そうとしていて、ジョーも手伝うが、その結果、娘のアーニャが誘拐されてしまう。犯罪者と軍に挟まれながら、最後は娘を守るために、ジョーは男爵の銃弾を受けて絶命するのだ。

戦争を挟んだ空白の七年を、店の隣の空き地が視覚的にしめす。「隣りにあった薄汚いホテルはどうした？」とジョーが質問すると、「B29が駐車場にしたよ」とジョーが店を任せていた旧友のイトーが自嘲気味に応じる。このホテルの地下室に娘は隠されていたのだ。ジョーはイトーと再会すると柔道を始めるなど対等であろうとするが、イトーはその友情と、敗戦国の人間であるという引け目と、キムラ男爵への忠誠とに心が引き裂かれる。そして、イトーはジョーの娘が誘拐された責任を感じて自殺する。発見したジョーは、イトーに男爵たちに利用され搾取されてきたことから目を覚ませと訴え、アメリカが占領をしているのは日本の復興のためだと説明する。イトーは死んでしまうので、このメッセージを受け止めるのは日本の観客となるはずだが、残念ながら日本未公開で終わってしまった。

戦前の名優である早川雪洲がキムラ男爵を演じているのだが、これは雪洲の戦後復帰作となった。千葉生まれの一世である雪洲は、江田島の海軍兵学校さらにシカゴ大学留学を経てアメリカの俳優となった。フランスで映画を撮っていたときに、ドイツ軍の占領にあい、水彩画で生計をたてて、さらに地下活動も手伝っていた。戦後になってボガートのプロダクションが映画への出演を依頼してきたのだ（サイト「ゴールドシー・アジアン・アメリカン・ピープル」）。その後の雪洲は悪役が多くなり、その代表といえるのが『戦場にかける橋』（一九五七）での捕虜収容所所長の斎藤大佐であろう。

『東京ジョー』は『ハワイの夜』と同じように、ボギーはスタジオで演技をし、東京ロケと合成されている。ボギーの背後に戦後の日本の実景がスクリーンプロセスで映し出され、東京という一つの場所を表すように結びつけられている。時空を超えたイメージが結びつけられるので、二つの作品が描いている時間的な空白を表現するのに、映画という媒体はふさわしいのだ。

【イエローペリル】

太平洋を渡った移民は、もちろん日本人だけではない。タヒチにおいて、北杜夫は中国人が帳場を預かるホテルに泊まり、中国料理店で食事をしていた。そして、「タヒチにはもはや純血のタヒチ人はいない。すべて、中国、フランスとの混血である」と断定している。タヒチに疫病とアルコールを捕鯨船員が持ち込んだせいで、人口が激減してしまった。そこでコプラ生産に必要な労働力不足を補うために、一八六〇年代に中国人の苦力が香港から連れてこられた。その後、中国人たちは島の商業を握るようになっていく（池田節雄『タヒチ』）。

さらにアメリカ本土では、アヘン戦争以降に太平洋を渡った多くの中国人労働者が、大陸横断鉄道の建設に従事していた。また、『キング・コング』のヴェンチャー号の船上にもチャーリーという中国人のコックがいた。彼は女優のアンをあれこれと元気づける心優しい中国人である。だが、それ以上の存在として扱われることはない。

日本や中国などアジア系とみなされる人種への偏見は、西洋を脅かす「イエローペリル（黄禍）」と呼ばれ、様々なところに顔を覗かせる。しかもステレオタイプ化され、分かりやすいキャラクターとなって、小説ばかりでなく、図像的に了解しやすい挿絵やマンガや映画を通じてそのイメージは拡散されてきた。ステレオタイプとしてどちらも中国系である悪人「フー・マンチュー」と、善良な探偵「チャーリー・チャン」が有名である。

フー・マンチューの小説は、イギリスの小説家サックス・ローマーによって、『フー・マンチュー博士の秘密』以下、一九一三年から五九年まで書かれた。フー・マンチューは毒殺を得意とし、痩せた容貌と「傅満州」という名前をもつ。北京の漢方医だったが、義和団事件で妻子を殺害されたのでイギリスに復讐をしている。この系譜は、『フラッシュ・ゴードン』のミン皇帝などへと引き継がれていくし、冷戦下では、００７シリーズのドクター・ノーのような共産中国の冷酷な科学者と結びついた。

それに対して、チャーリー・チャンは、アメリカの小説家アール・デア・ビガーズにより『鍵のない家』以下、一九二五年から三二年にかけて六冊書かれた。ハワイのホノルルに住む子沢山の刑事である。小太りで山羊髭の風貌は、フー・マンチューの逆転像となっている。箴言めいた言葉を吐き英語も片言だった。さらにチャーリー・チャンに対抗して、ジョン・P・マーカンドが、天皇の密偵「ミスター・モト」を主人公にした作品を一九三五年から六作発表している。こちらは北京やホノルルで対中国工作をおこなう人物だった。

英米の小説家の原作で、こうしたアジア系の悪党や探偵がハリウッド映画化されたのだが、それはアメリカ合衆国が一九三〇年代におこなった日本人や中国人移民の排斥の動きとつながっていた。寡黙で何を考えているのかを「英語」で言語化出来ない人物とみなして、恐怖あるいは神秘の対象に押し込めたのだ。こうした線引をするのは、相手を仲間と見なさずに差別をする際の基本原理である。

映画作品の多くが、アジア系以外のいわゆる白人俳優によって演じられた。フー・マンチューをワーナー（ウォーナー）・オーランドやヘンリー・ブランドンが演じて、原作にはない髭を加えた。チャーリー・チャンも、初期には上山草人のような日本人が演じたこともあったが、やはりワーナー・オーランド、さらにシドニー・トーラーやピーター・ユスチノフが演じた。そして、ミスター・モトはピーター・ローレの当たり役となっている。小説だけでなく、オリジナルの脚本による映画作品がたくさん作られた。

ただし、これを単純に白人がマイノリティを独占して演じている「ホワイトウォッシング」とみなすことは出来ない。移民排斥から戦争を経ての東アジア系に対する忌避があった。また、全米俳優組合などのユニオン制によって就業上でも合法的に排除されていた面もある。しかも、フー・マンチューのブランドンは、フォード監督の『捜索者』では先住民の役をやっていた。また、ローレはハンガリー生まれのユダヤ人だが、『透明スパイ』の日本人イキト男爵だけでなく、ドイツ人、フランス人、スラブ人などさまざまな役を演じた。敵役などとして、マイノリティ専門の白人俳優もいたわけで、単純なホワイトウォッシングというわけではない。

しかも、ここには「演じる」ことの多様性をどこまで許容するのかという問題もある。日本人が白人でないからハムレットを演じることができない、などと言い出したのならば、多くの演劇公演は存在しなくなる。また、「ブラックフェイス」や「イエローフェイス」批判のなかには、混血などを認めないという人種や民族の特徴を純化する危険な主張も含まれている。たとえば、オバマ前大統領を誰かが演じる伝記映画があるとすれば、配役として黒人俳優でも白人俳優でも困難を生じ、同じような混血の俳優に演じさせないと、政治的に正しく表象出来ないことになってしまう。そうした主張は、そもそも人間の俳優が他人を演じるという演劇や映画の表現方法への否定ともなりえるのだ。

もちろん、アジア系に対するステレオタイプの安易な利用は、戦後になっても残っていた。日本でも知られるイギリスのアンダーソン夫妻によるテレビのSF人形劇の『サンダーバード』(一九六五―六六)がよい例だろう。人形劇やアニメは、生身の人間が演じる必要がないので、かえってステレオタイプがそのまま表象されるのである。しかもデフォルメによって特徴が誇張されることになる。こちらのほうが抱えている問題は大きい。

『サンダーバード』は、イギリス製のテレビドラマではあるが、国際市場を狙ってか、国際救助隊を設立したのはジェフ・トレイシーというアメリカの富豪となっている。彼の五人の息子たちもアメリカのマーキュリー計画の飛行士にちなんでいた。南太平洋に秘密基地をもっていて、それぞれサンダーバード1号から5号までを担当して、協力して事故や事件を解決していく。日本の円谷プロのテレビ特撮やアニメなどに多大な影響を与えたことで知られる。ただし、主ターゲットと考えたはずのアメリカ合衆国の放映では視聴率は振るわなかった。

トレイシー一家と敵対する武器商人は、「ザ・フッド」と呼ばれるが、東南アジアの寺院に根拠地をもっている。禿頭で黒い眉が特徴となるので、容貌も含めて『地獄の黙示録』でのカーツ大佐をどこか思わせる。しかも、二〇〇四年の実写映画版では、ベン・キングズレーがフッドを演じた。キングズレーは、父方がインド人(母親はイギリス人)だったので、『ガンジー』(一九八二)で脚光を浴びた。

その後も、幅広い役を演じてきたが、アジア系やインド系とされる人物が多い。フッドつまりはフードをかぶった謎の人物で、悪の黒幕というわけである。

それに対して、フッドの義兄弟で、トレーシー家の執事となったのがキラノである。彼の娘ティンティン（日本版はミンミン）もトレイシー一家に協力している。二人の名前は日本人や中国人を連想させる音の響きをもち、容貌や服装も東アジア系である。ティンティンが天才科学者ブレインズの助手であり、ときには恋人のアランのために行動してステレオタイプから脱却する瞬間もある。けれども、同じ女性でも、ロンドンのレディ・ペネロープのように自由に振る舞うことはできない。キラノもティンティンも使用人らしく、ソファに座る一家の背後で立っていることが多い。階級も違い、人種も違うせいなのだ。リブード作品である『サンダーバード　ARE　GO』（二〇一五）には、人種的表現への配慮もあって、キラノとティンティンは登場しなかった。

ここでも「敵対」か「従順」かという、アジア系へのステレオタイプは作動し、自分たちとは異質なものに境界線を引いていた。イギリス製なので、その想像力は東南アジアから東アジアに限られていたが、それでも嫌悪するものを遠くに置こうとするのは間違いない。フー・マンチューの悪徳も、ロンドンのチャイナタウンの阿片窟などのイメージに基づいて、増幅されていたのだ。

先住民問題を内包しながらも、移民を是とするはずのアメリカ合衆国へと、十九世紀後半以降に渡ってきた移民たちへの反応は温かいものではなかった。遅れてやってきた移民たちは、既得権益や富を奪う経済侵略者ととらえられたりする。文字通り「異邦人＝エイリアン」を送り出すアフリカやハイチなどを「不潔な国々」（ドナルド・トランプ）とみなすのも意外ではない。しかも、トランプ大統領がドイツ移民の三世であり、ボストンなどに住む旧家からみて新参者であることなどは無視され、渡ってきた順番だけではなく、人種や民族の枠によって優遇される実態がある。

そうした排除をするときに、イエローペリルも一つの考えとして働くのだ。たとえば、朝鮮戦争以降に増えていた韓国系アメリカ人をめぐる状況は、一九九一年のロサンジェルス暴動での商店への襲撃事件によって浮かび上がった。黒人暴動の直接の原因は、ロドニー・キング事件での警察官による暴行と、裁判での無罪判決への反発だった。だが、同時に韓国系個人商店への襲撃が発生し、銃撃戦も起きて、暴動全体の被害の半額に達したとされる。襲撃となった背景には、韓国系アメリカ人の女性店主が、万引きと間違えて黒人少女を背後から射殺した事件があった。もはや単純に白人対非白人といった図式では人種や民族の対立を語れない状況になっていて、「人種のるつぼ」として溶け合う理念が成立しないのだ。しかも、大西洋を超えてきた者たちと太平洋を超えてきた者たちの利害が西海岸でぶつかっているという地域的な特性もあった。

2　移民たちの『ダイ・ハード』

【ナカトミビル】

その西海岸を舞台にして、アメリカ合衆国が抱える人種や民族の対立や亀裂を見せつけた作品が『ダイ・ハード』（一九八八）だろう。主演のブルース・ウィリスをテレビ俳優から一躍映画スターへと押し上げたアクション作品で、人気によってシリーズが五作目『ダイ・ハード／ラスト・デイ』（二〇一三）まで作られ、現在六作目が検討されている。

原作となったのはロデリック・ソープの小説『永遠に続く物はない』（一九七九）だった。主人公のリーランドが出た前作『刑事《でか》』（一九六八）は映画化されていて、フランク・シナトラが主演をしていた。初老の刑事が担当した同性愛の問題がからんだ事件のせいで、刑事をやめて私立探偵となるまでの苦渋を描いている。その続編では、孫までいるリーランドが、クリスマスにセントルイスからロサンジェルスに住む石油会社に勤務する娘を訪れたことで、会社を襲うテロに巻き込まれるのだ。

時代に合わせて小説の内容が変更され、主人公の年齢も若返り、ニューヨークの刑事ジョン・マクレーンとなった。そして訪れる相手も娘ではなく妻のホリーとなった。ホリーは旧姓のジャネロで、日本企業のナカトミ商事に勤め、二人の子供の世話を不法移民であるスペイン系の女性ポリーナにみてもらっている。これによって、『ダイ・ハード』は別の物語となった。

マクレーンが飛行機に乗って、クリスマス休暇を家族と過ごすために西海岸にやってきた。そして、妻のホリーが副社長として働いているナカトミビルへと、会社が回したリムジンで運ばれてくる。三菱地所がニューヨークのロックフェラー・センター・ビルを購入したのは、一九八九年十月でこの映画の後のことだが、ニューヨークなどで日本企業が不動産を購入する動きはすでに知られていた。そうした動きを受けている。

たとえば、新井満が書いた「サンセット・ビーチ・ホテル」と対をなす「サンライズ・ステート・ビルティング」(一九八八)にその話が出てくる。前作の主人公の桜木と別居中の妻である碧が主人公となり、しかも日没ではなくて日の出を扱い、タイトル通りにビルをめぐる話である。ニューヨークで書道のパフォーマンスをするように碧を招待したアラブ系の画商が、「五番街にあるめぼしい建物がつぎつぎにアラブ系と日系企業に買収されているのも事実です」と述べる。そして、碧は偶然知り合った老人を通じて、「移民センター」だったというビルが解体爆破されることや、自由の女神を目指して移民してきた者たちの過去を知るようになる。このビル解体による再開発は、若いやり手の不動産業者ドナルド・トランプの計画だと説明されている。現実のトランプは、そうした再開発の延長上にアメリカ大統領への道をたどっていったのだ。

『ダイ・ハード』のナカトミビルは西海岸のロサンジェルスにあるのだが、ビル名が日本の進出を象徴的にしめしていた。会社のクリスマスイヴのパーティーに乗り込んできたテロリストの親玉であるハンスは、社長のタカギをあぶり出すために略歴を述べたてる。

さて、どこにタカギ氏はいるのかな？　ジョゼフ・ヨシノブ・タカギ。一九三七年日本の京都生まれ。一九三九年に家族でカリフォルニア州サン・ペドロに移住。マンザナーに一九四二年から三年までいた。一九五五年にカリフォルニア大学の給費生、一九六二年にスタンフォード大学で法学位を、一九七〇年にハーバードでＭＢＡを獲得。ナカトミ・コーポレーションの社長、ナカトミ投資グループの議長…。

ここまで聞いて耐えきれずにタカギは自分から名乗り出るのである。

事実上の移民二世であるジョゼフ・ヨシノブ・タカギの略歴に、日系アメリカ人の戦中と戦後が集約され、過去の汚辱と現在の栄光が語られるのだ。現在のタカギはナカトミビルに君臨する人物である。リムジンの黒人の運転手や黒人のパトロール警官はビルを見上げるだけである。後から来たアジア系の移民が追い抜いたことが視覚的にしめされている。

そして、会社の金庫室のパスワードを教えろ、と銃で脅すハンスの要求をタカギははねつける。「東京の本社に行って聞いてこい」と口にすると、ハンスはタカギの頭を撃ち抜いてしまう。最初からタカギが口を割るとは思っていなかったのだ。本社や本家に忠誠を誓うのも、ステレオタイプの日本人像である。

タカギを演じたジェイムズ・シゲタは、ハワイ生まれの三世で、早川雪洲以降の日系俳優の代表ともいえる。音楽の才能から、ハワイアン音楽で日本でも活躍し、紅白歌合戦に出場したこともある。映画デビューをしたのは、サミュエル・フラー監督の『クリムゾン・キモノ』(一九五九)だった。

そのなかでシゲタは、ロサンジェルスのリトル・トーキョーで活躍する、日系二世の刑事ジョー・コジャクを演じた。ストリッパー殺人事件の捜査のなかで、証拠となる絵を残した画家である白人女性をめぐり、戦友である刑事仲間と三角関係となりジョーは苦悩する。剣道を通して二人が激しく戦ったりもする。映画の冒頭から、「赤とんぼ」のメロディが主人公の気持ちを表すように効果的に使われた。そして、日本まつりのパレードがおこなわれている最中に犯人を追いかけるなど、アメリカ合衆国内の日本文化が描き出されていた。

戦後になると、日系アメリカ人の俳優も活躍する。シゲタの他に、『ベスト・キッド』(一九八四)で有名になったパット・モリタや、テレビの『スター・トレック』(一九六六―六九)でヒカル・スールーを演じたジョージ・タケイもいる。二人は二世で収容所暮らしを体験していた。ジョージ・シゲタも含め、戦争前後の日系アメリカ人の過酷な体験を共有していた。

だが、それとともに、彼らは日本人の役以外に中国人や韓国朝鮮人の役を演じることにもなる。他方で中国系や韓国系の俳優たちも事情は似ていて、東アジア系という大雑把な枠に入れられて、演技を要求されるのだ。残念ながらこの本でも起きていることなのだが、「白人」とか「黒人」という大雑把な人種的な名称を採用する場合に、より細かな民族的な差異が無視されてしまう。その差異を分節化して、所作や容貌の違いを気にするのは、民族的な当事者たちなのである。

『ダイ・ハード』と同じようにアメリカに進出した日本企業における問題を扱った『ライジング・サン』（一九九三）で、ジンゴ（ジュンコ）・アサクマという日系人の役を演じたティア・カレルは、フィリピン人、中国人、スペイン人、ハワイ先住民の血を引いている。容貌がアジア系だということで日本人の役を演じることもあるし、当たり役の一つはハワイを舞台にした『リロ・アンド・スティッチ』のシリーズでのリロの姉だった。混血の進んでいるハワイのなかではそうした差異はあまり目立たないのだ。

チャン・ツィイーが主演した『ＳＡＹＵＲＩ』（二〇〇五）のように、戦時中の京都の祇園という徹頭徹尾日本的な空間を描きながらも、中心となったのは、コン・リーやミシェール・ヨーなどの中国系の俳優たちだった。確かに「ホワイトウォッシング」はしていないわけだが、共演した桃井かおりや渡辺謙や工藤夕貴とでは、所作などの違いが目立つのも事実である。漢字文化圏とか東アジア系と一括しても、世代や時代や地域を越えて細かな違いをもっている。もしも、日本人だけが日本人を表象できるはずだ、という発想をとるならば、こうした配役は間違っていることになる。だが、祇園の舞妓や芸妓自体が、地方の子供を連れてきて作られていく「人工物」だというのが、他ならないこの映画の主題でもあった。ある意味でその人工性が際立ったのである。

実写のハリウッド版の『DRAGONBALL EVOLUTION』(二〇〇九)のように、主人公は白人の少年となり、脇を固めるのもチョン・ユンファなど中国系で、敵役にかろうじて日本人俳優として田村英里子がいるだけという映画もある。だが、原作の鳥山明が下敷きにしていたのは孫悟空と『西遊記』であり、そもそも悟空は日本人ではないのだろうし、中国人プロデューサーや監督の意向が強く働いたのである。あくまでも中国系の視点からの鳥山作品の解釈だった。

そう考えると、『シン・ゴジラ』(二〇一六)において、石原さとみが演じた祖母が日本人であるカヨコ・アン・パタースンは、こうしたハリウッド映画へ扱いへの反撃ともなりえる。日本人が日本の血を引くアメリカ人を演じることで、現在ハリウッドでアメリカ化されようとしているゴジラへ、そうした点からも異議を申し立てていたのだ。

【移民やテロリストの排斥】

『ダイ・ハード』は、冒頭のジェット旅客機がロサンジェルス空港に着陸するところから、すでに落下への恐怖を物語っている。そしてナカトミビル内のエレベーターや外観の垂直の壁を巧みに使うことで、マクレーンの垂直落下が主題だと見えてくる（『キング・コング』へのオマージュだろう）。そのため人も爆弾も上から降ってくる。高いビルは、ロサンジェルス市警察に階級や序列があり、警視から事務方のパトロール警官、さらには彼らの上にＦＢＩがいる官僚組織の比喩とも言える。それにナカトミビルは、文字通り「中」の金庫室に債券という「富」を抱えた金満ビルであることをしめしていた。

この作品はあからさまにディズニー版のアニメ『プーさんとはちみつ』（一九六六）を借用している。マクレーンは、子供たちへのクリスマスプレゼント用に大きなテディベアを買ってニューヨークからやってきた。テロリストと戦う間、その人形はリムジンの後部座席でマクレーンの帰りを待っている。マクレーンが窮地に陥ると自分に向かって「考えろ、考えろ、考えろ」と繰り返すのも、アニメのプーさんのセリフである。しかもプーさんは高い木の上にある蜂の巣のハチミツを手に入れようとして、災難にあうのである。こうしたサブカルチャー的な知識は、テロリストたちとの関係を考える上で重要となる。ナカトミ商事の会長の名前がオヅだと聞いて、日本の観客がオズの魔法使いよりも、小津安二郎を連想するようなものだ。

こうしたどうでもよい知識の共有が、文化の上での「彼―我」を分けるのである。テロリストの親玉であるハンス・グルーバーを、イギリスの俳優アラン・リックマンが演じている。ハンスは西ドイツのテロ組織に属していたが、すでに除名されている。他のオランダやドイツやスラブの名前をもつテロリストたちもいるが、彼らはそうした知識とは無縁である。同じテロリストでも、黒人のテオは金庫を開けるために雇われた男らしく、仲間と入ってくるときに「ACからマジックへパス」などとプロバスケの試合の様子を語っていた。

だが、極めつけはハンスの間違いであろう。マクレーンの妻のホリーを人質にとって、「カウボーイ気取りだな。ジョン・ウェインとグレース・ケリーか」と揶揄すると、マクレーンは「ゲーリー・クーパーだよ」と指摘して、ハンスたちを撃つのである。単独で戦う保安官の物語である『真昼の決闘』（一九五二）が下敷きになっている。しかも、ハンスがビルから落下するところは、ヒッチコックの『逃走迷路』（一九四三）の最後で、自由の女神からドイツのテロリストが落ちる場面の借用だった。

この作品の骨格は、西から入ってきた経済的な侵入者の富を、東から奪いに来たテロリストを、東から西へとやってきた警官が撃退する話である。しかも、ニューヨークの警官マクレーンと、黒人警官のパウエルがバディとなる。現在のカリフォルニアにゴールドラッシュはないが、ナカトミ商事は最高の売上を誇るほどの金を稼いでいた。それが、クリスマスパーティーを開き、金庫室に六億ドルの債券を仕舞っていた理由なのだ。

ここで露わになるのは、問題解決を邪魔する人間たちの存在である。テロリストと単独で戦うマクレーンに対して、官僚的なロス市警や定石どおりのFBIの行動が笑い者となる。部下の言うことを理解できない無能な上司である警視のせいで、装甲車や警官の犠牲が出た。FBIの二人のジョンソンは白人と黒人のコンビで、これがマクレーンとパウエルと対になる。彼らはハンスの想定通りに、テロリスト対策を教科書通りにおこない、ビルを含めた電源を落とすことでテロリストを脅そうとするが、停電が金庫の最後の壁を突破する助けとなる。そしてFBIは人質救出と称して、ヘリコプター上からテロリストを殲滅する作戦を立てるのだ。

ヴェトナム戦争とつながるヘリコプターの記憶がここにはある。しかも、FBIは人質の犠牲者が二十五パーセントと想定して、平然としている。『地獄の黙示録』（一九七九）では、実際にゲリラの掃討作戦をおこなっていたフィリピン軍のヘリコプターを使って、ヴェトナム戦争時の緊迫感をだしていた。また、『ブルーサンダー』（一九八三）は、ロス市警が導入した新鋭ヘリのデモンストレーションのために、暴動をでっち上げる話だったが、まさにその場所でヘリの攻撃がおこなわれるのだ。ただし、映画の詩的正義（因果応報）の原則で、二人のジョンソンはハンスたちが用意した爆弾でヘリもろとも吹き飛んでしまう。

　他にも事件に群がる者たちが出てくる。視聴率のためには、警察無線を盗み聞きし、他人のプライバシーを平然と暴くレポーターがいる。ホリーの家へと押しかけるが、ドアを開けて子供にインタビューするために、家政婦のポリーナに不法移民だと移民局に通報するぞと脅迫する。そして、災難に乗じてテレビで自著を売り込もうとする評論家が出てくる。また、事態を口先だけでマネジメントできると考え、麻薬でハイになってマクレーンとの交渉に失敗してハンスに射殺される幹部社員などが出現するのだ。

　金になるためなら誰もが集まってくるロサンジェルスで、金満ビルの象徴となったナカトミビルだが、ハイテクでコンピューターに制御されている。エレベーターも出入り口も集中管理されているのだ。金庫室の六重のセキュリティを開封するには、テオのような技術者を必要とする。だが、ハンスたちの緻密なプランを邪魔してぶち壊したのが、同じくよそ者のマクレーンだった。彼が生身の身体を使い、ガラスの破片で足の裏を切り、床に血を流しながら戦うところに、この映画の魅力があった。デジタル化していく世界にマクレーンは身体で逆らうのである。

　「ダイ・ハード」とは、なかなか死なない抵抗者という意味で、保守主義者のことを指す。だが、移民や外国から入ってきた企業もなかなか死なないのである。映画の最後で雪のように債券の書類が破棄された窓から降るところに「レット・イット・スノー」の歌が流れる。その後に続くのは、日本では年末を彩る音楽となっているベートーヴェンの第九の合唱であった。日本企業が現地の人間を雇って売上を伸ばす強欲さと、そのためにクリスマスも含めた風習にうまく溶け込む面を見せている。確かにタカギ社長はテロリストによって殺されたが、ナカトミ商事の進出がそれで終わるわけではない。別の人間が経営に携わるだけである。三菱地所がニューヨークのロックフェラー・センター・ビルを手放したのが、バブル経済の崩壊が理由だったように、経済的な失敗以外にそうした進出の動きを止めることはできないのである。

3　『ブラック・レイン』と帰還者たち

【偽物たちの世界】

『ダイ・ハード』が、アメリカに入ってきた金満日本企業と外国テロリストを扱っていたとすれば、リドリー・スコット監督の『ブラック・レイン』（一九八九）は、ニューヨークの刑事が西海岸ではなく、日本で活躍する話となっている。今回の主題はニセ札騒動というまさに経済問題だった。しかも、ニューヨークの刑事が太平洋を飛び越えて、直接悪の根拠地に出かけていくのである。

『ブラック・レイン』につきまとうのは、同じ監督のSF作品の『ブレードランナー』（一九八二）の影である。そちらは、P・K・ディックによる未来の西海岸サンフランシスコを舞台にした『アンドロイドは電気羊の夢を見るか?』（一九六八）を基に作り上げたものである。映画では舞台はロセンジェルスとなり、強力ワカモトの広告が空に浮かび、主人公のデッカードは屋台でヌードルをすすり、店主から「二つで十分ですよ」と忠告を受ける。意図的にスコット監督は日本らしさをしめす風俗を取り込んでいた。地球にやってきたレプリカントは、火星の植民地での労働のためにタイレル社で作り出された、寿命も短く記憶も捏造された人工生命体だった。植民地での安い労働力としてのレプリカントの反逆は、アメリカ西海岸での移民や植民地主義をめぐりディックが描いた悪夢だったといえる。

太平洋を越えてくる移民の問題は、『ブラック・レイン』では、外から入り込む日本のやくざによる経済戦争として描かれる。千ドルのニセ札の原版をヤクザたちが争奪する話だが、刷るためには表裏の二枚の原版が必要となる。ここから本物と偽物の区別、さらには表と裏というテーマが見えてくる。マフィアとヤクザという日米の犯罪組織が、ニューヨークのイタリア料理の店でニセ札に関する相談をするのが争いの発端だった。

この映画のヤクザのイメージのお手本は、シドニー・ポラック監督の『ザ・ヤクザ』（一九七四）である。

ロバート・ミッチャムと高倉健が共演した。高倉は、『ハワイの夜』で主演した鶴田浩二とともに、東映の任侠路線を担った二大スターであった（しかもどちらにも重要な役として岸恵子が出てくる）。『ザ・ヤクザ』では、かつて恩を受けた私立探偵のミッチャムを救うために、やくざから身を洗って剣道の師範をしているはずの高倉健が、暴れ回る場面が印象的である。これは『ブラック・レイン』で、松田優作が演じた佐藤が暴れるのともつながる。『ブラック・レイン』での指詰めの儀式や義理人情の強調といった要素は『ザ・ヤクザ』から借用した部分が多い。

『ブラック・レイン』では反復が大きな役目を果たして、表と裏が明らかになっていく。マフィアとヤクザを重ねるように日米の二つの場所が利用される。イタリア料理店でチャーリーがフォークで食べているのはパスタだった。マフィアとヤクザの会食を見張っていると、佐藤が入ってくる。殺人とニセ札の原版の奪取をおこなった佐藤の逃走をニックが防ぎ、精肉加工工場のなかに追い込んで逮捕した。天井からぶら下がった肉のなかをニックが追い回し、最後はチャーリーが銃を突きつけて佐藤をおとなしくさせた。

それに対して、日本で佐藤の女の一人が根城にしているのは大阪の魚市場の二階である。市場内で売られる魚が色鮮やかに映される。向かいの店で女を見張りながら、高倉が演じる松本の前でニックが不器用にヌードル（うどん）を食べていると、おばちゃんから箸の使い方を伝授される。そこで今度は正しくうどんを食べながら、ニックは自分が麻薬の売人から金を受け取る悪徳警官であることを松本に告白するのだ。パスタとうどん、肉と魚が二つの場所を重ねつつ対比させ、しかもチャーリーの不在のせいで、ニックは自分の罪の告白をする気持ちとなるのである。

また、飛行機から抜け出すという行為も反復される。これも偽物や騙しを鍵とするこの映画の筋の展開に大きな枠を与えている。一回目は、ニックが佐藤をニセ刑事に引き渡したことによって、佐藤が脱出できた。ニセの刑事たちも佐藤も、カタコトではあれ英語も理解し話すのに対して、ニックは日本語が読めないので、ニセの書類にサインをしてしまう。英語でニックと交渉するニセ刑事役に内田裕也を使ったことは興味深い。あとで松本がレイ・チャールズの曲を歌うが、本職の歌手はこの映画では歌わないのだ。

二回目は、アメリカに送り返されるはずのニックが貨物室につながる業務用のエレベーターを使って脱出することで佐藤への復讐に向かう。そして、一見棚田か茶畑のように見せて、じつはカリフォルニアのナパバレーのブドウ畑で撮影された波のようにうねる土地へと導かれていくのだ。ここで、冒頭の再開発を待つさびれた川沿いでのバイクレースのように、ニックがバイクで佐藤を追跡し、復讐のために殺害することなく逮捕するのである。表と裏とニセと本物が一致することになるのだ。

ガイジンだったニックが、「セイトウ」と発音していた佐藤をきちんと「サトウ」と発音できるようになった。そして、ヌードルの食べ方が上達し、最後に空港で食べながら上手になっただろうと松本に誇る。日本体験を通じて、ニックはぎこちない会釈ができるようになり、ニセ日本人として振舞えるようになったのである。

【大阪の黒い雨】

『ブラック・レイン』の初稿シナリオでは、舞台は新大久保や歌舞伎町だった。ラブホテルなどの場所も出てくるし、最後は温泉の煙が立ち込めた大分の別府で、菅井はニックやコボ（佐藤）や松本たちと対面するのである。映画の冒頭にあるバイクの場面などは存在しない。出来上がった映画とは雰囲気はかなり異なる。警視庁から撮影の協力が得られなかったので、協力してくれる大阪府警が管轄する大阪へと場所が移された。この変更が『ブラック・レイン』にもたらした意味は大きい。

冒頭の日の丸を思わせる真っ赤な太陽に「ブラック・レイン」というタイトルが被り、次にその球体がクイーンズの公園にある巨大な地球儀のモニュメントとなる。南北アメリカが浮かぶ西半球の面で、日本とアメリカが裏表の関係として視覚化される。だが、政治都市ワシントンと東京が対応するのなら、ニセ札が登場する商業都市ニューヨークにふさわしいのはやはり大阪であろう。

しかも、ニックたちと佐藤を乗せたノースウェスト機が着陸する際に見える夕焼けの大阪は、煙をあげた工業都市の姿を見せる。松本が住む団地の向こうには、高速道路と煙をあげている赤と白の縞模様の煙突が一本立っている。バブル期の大阪に舞台を移したことで、グリコや雪印のネオンサインなど、いまや懐かしい風景が映し出されている。そうした大阪のけばけばしさと、スコット監督が好む逆光の光景を、『ダイ・ハード』とおなじ撮影監督のヤン・デ・ボンはうまく捉えていた。

ニックはアメリカへ送還されるはずだったのに、チャーリーの復讐として佐藤を追い求め、飛行機から逃げ出した。そして打ち放しのゴルフ場で練習をする菅井と接触をする。ガイジンが佐藤を殺せば、組の間の利害とは関係ないから都合が良いはずだ、という主張をする。菅井は、「君は太平洋上ではないのかね」とニックの立場を皮肉り、佐藤はアメリカ人と同じ「金」が目的だと決めつける。そしてタイトルとなる「黒い雨」の話をするのだが、広島の原爆ではなく、大阪空襲の話だった。

俺が十歳のとき、B—29がやってきた。家族は三日間地下にいた。出てみたら、町はなくなっていた。そして熱気が雨を連れてきた。黒い雨だ。お前たちが雨を黒くした、そして俺たちの喉の奥に、お前らの価値観を突っ込んだのだ。俺たちは、自分が何者なのかを忘れてしまった。お前たちが佐藤や、何千もの仲間を生み出したのだ。俺は今お前らに復讐をしているんだ。

菅井がマフィアと組んだニセ札による経済戦争は、あくまでも戦争の敗北への私的な復讐から発していて、佐藤のような金儲けのためではないのである。

菅井の大阪空襲の話は、小松左京の『日本アパッチ族』（一九六四）や開高健の『日本三文オペラ』（一九五九）で描かれた軍需工場のあとの金属や機械を盗用して、大阪の工業が復興した過去とつながる。それと呼応するかのように、溶鉱炉のある製鉄工場で、佐藤たちとニックたちが銃撃戦をおこなう。スコット監督が『エイリアン』などとおなじ熱と光を好んだこともあるだろうが、金属をどろどろに溶かして作り変える溶鉱炉の働きが、黒い雨による戦後の日本人の変質とうまく対応しているのだ。

戦後の世代として、佐藤は菅井の子分でありながら、親分と対等になろうとして、早く成長しようと考えている。それは偽物だろうがヤクザの親分に手っ取り早くなることだ。だから、詫びを入れるために指を詰める儀式を利用して、菅井たちの殺害を目論む。自分の指の欠損と引き換えに、大きな縄張りを手に入れようとしたのである。それを阻止したのが、ニューヨークのイタリア料理店で佐藤の殺人を目撃し、さらに部下のチャーリーを殺害されたニックだったのである。

しかも、アメリカの爆弾による「黒い雨」を浴びて変貌したのは佐藤だけではない。松本は高級クラブでチャーリーと「ホワッド・アイ・セイ」（一九五九）を熱唱する。黒のサングラスはレイ・チャールズの真似なのである。しかもこの曲が白人にカバーされて広がった記念碑的な曲であるのも、松本とチャーリーの間の垣根を取り払うのに役立っている。松本は英語を話せることも含めて、アメリカへの憧れを抱えていて、「昔のGIのほうが立派だった」とニックに文句を言うのだ。これは同じようにカタコトの英語を話せても、本質的にガイジン嫌いの本部長との違いでもある。

そして、折り目正しくて、剣道をおこない、ニックの暴走にも耐えるストイックな刑事松本正博の姿は、アメリカ人が求める日本人像に合致する。あくまでもチャーリー・チャンの系譜に属していて、ナカトミ商事や佐藤や菅井のように、アメリカ合衆国へ経済進出をする「エコノミック・アニマル」とは異なっていた。

【日本人像が作られる】

高倉健が演じた刑事の名前は、初稿では、マッモト・イチローで、「イチ」と省略されていた。座頭市が念頭にあったのだろう(座頭市を演じた勝新太郎の兄の若山富三郎が出ている)。それが松本正博(マサ)へと変更された背後に、作家のハワード・ファストが、E・V・カニンガムのペンネームで書いたマスト・マサオ・シリーズがあったのかもしれない。『復讐するサマンサ』(一九六七)以後六冊続き、チャーリー・チャンやミスター・モトとも異なる戦後の日系二世の刑事が主人公である。

マツモト・マサヒロとマスト・マサオの関連はどちらもMの音が二つ並ぶだけではない。ファストは戦前からの左翼作家として知られ、スターリン批判後は共産党を離党したが、トマス・ペインやアメリカ市民戦争を扱った小説、さらには映画化された『蜃気楼』のようなエンターテインメントを書いて成功した作家だった。とりわけ、スタンリー・キューブリック監督の『スパルタカス』（一九六〇）の原作小説で知られる。この映画で主演をしたカーク・ダグラスは、もちろんニック役のマイケル・ダグラスの父親である。

マストは、ビバリーヒルズの刑事で、「ゼン・ブディスト（禅仏教徒）」として描かれている。日本の仏教徒のすべてが禅宗のわけではないし、宗教には神道もあれば、キリスト教もある。ビバリーヒルズを舞台にしても、金持ちの犯罪を調査してその腐敗ぶりを暴くハードボイルドの貧乏な白人探偵ではなく、マイノリティの刑事としてマストは活躍するのである。アメリカ合衆国生まれの二世であり、東洋に行ったことはないと口にする一方で、同じ二世の妻と日本語で会話したりもする。そのゆらぎが、戦前のアジア系探偵や刑事とは異なるのだ。そのあたりが松本正博に流れ込んだのかもしれない。

『ブラック・レイン』の松本が、一方でニックの行動にとまどいながら、ニセ札を暴いてくれたことに感謝し、他方でニックが汚職で自分たちの面汚しをしていると諭していく。ニックは悪徳警官であり、子供の養育費のために犯罪に目をつぶり、麻薬の売人から金を受け取る。体を張ったバイクレースをするのも、金儲けのためで子供の授業料代に化けるのである。離婚して慰謝料に月千ドルもかかるのに、どこから手に入れているのだ、と監査官に指摘される。まさに菅井が主張するように、金まみれのアメリカ人なのだ。チャーリーというまだピュアな人間を犠牲にしたことで後悔し、最後にニセ札の原版を松本に渡すところは、一定の改心を感じさせる。

ニックの気持ちを最後に「ピュア」にさせたのは、松本が示す、ストイックで耐えながらも必要に応じて力を爆発させる「ピュア」な日本人像だった。ニックが助けを求めに行ったとき、松本は団地の一室で正座しながら何かを書いていた。背筋の伸びた剣道での姿も含めて、そうした武士道的な姿勢が示される。高倉は『ザ・ヤクザ』のために剣道を習い、無手勝流にドスを振り回すヤクザとは異なる武士的な演技もできるようになったのである。

だが、ひょっとすると、こうした武士道的な価値観自体が、歴史が浅いもので、価値づけが外から来た可能性さえある。有名な『武士道』（一九〇〇）は、キリスト教徒である新渡戸稲造が、騎士道を手本に英語で著述したものである。武士が存在しなくなった明治になって外国人向けに書かれた論であり、新渡戸はメソジストでクェーカー教徒なので、記述のなかにピューリタン的な色合いが濃い。

さらに佐藤忠男の『長谷川伸論』（一九七五）によれば、『沓掛時次郎』などの長谷川伸の股旅ものは、ウィリアム・S・ハートが主演した初期の西部劇へとつながり、長谷川自身もアメリカ映画を観て換骨奪胎していた。戦前の時代劇や小説が海外ネタを模していることに関しては、小林信彦が『小説世界のロビンソン』（一九八九）のなかで論じていた。だとすると、股旅物とその延長に作られた任侠物のドラマツルギーが、ハリウッド映画や海外小説から影響を受けた可能性は高い。

もしも、戦前の西部劇やメロドラマで表現されていた「ロンリネス」が、戦争による文化的な分断によって、「国風文化」として内面化され、それが戦後の股旅時代劇や任侠映画として形を変えて出現したとするならば、話は随分と違ってくる。中学生時代からアメリカ映画ファンだった小津安二郎が、戦地でフォードなどのハリウッド映画を百本観て、今後はスター中心主義ではなく、日常を描くという戦後の映画の方向性を見極めたようなものだ（これに関しては拙著『「東京物語」と日本人』を参照のこと）。

こうした流れをたどると、任侠映画の担い手だった高倉健が、男どうしの友情を主題とする『ザ・ヤクザ』や『ブラック・レイン』で活躍しても不思議ではない。最後にニックが松本に「元気でな、カウボーイ」と言っても違和感をおぼえないのは、共通の文化をもつアメリカと日本の双方の観客が納得する展開だからである。それを強調するように「暗闇の孤独」を歌い上げる曲がエンディングに流れるのだ。太平洋を渡ったのは移民だけではなくて、本や映画といった文化生産物も含まれている。

4　移民たちの新しいアイデンティティ

【ブラジル行き太平洋航路】

『ダイ・ハード』のタカギ社長や『ブラック・レイン』の菅井は、日米の対立のなかで運命を変えられてしまった人物である。タカギはナカトミ商事のアメリカ社長にまで出世したが、テロリストを装う集団に射殺されてしまった。菅井は空襲を生き延びて、裏世界の親分にまでのし上がったのだが、その過程で英語も身に着けた。だが、佐藤のような新しい勢力によって倒されてしまう。

経済のために出稼ぎや移民をすることは、近代の日本社会にとって不可欠だった。先祖伝来の土地を、たとえ息子でも、次男や三男では相続もできない。土地を分割してしまうと、生活に必要な面積が不足するせいだ。そして、国内に産業もない明治時代には、出稼ぎや移民をしなくては家族の口を養えなかった。

その行き先はニューカレドニアの鉱山、アラフラ海の真珠採り、フィリピンの道路建設、ハワイのサトウキビ畑労働、北米の鉄道工事へと転じていった。やがて、この流れは米国やカナダの排日運動に阻まれ、南に折れて、南米を志向した。（宇佐美昇三『笠戸丸から見た日本』）
太平洋を渡った日本からの移民の行き先は、ハワイなどの島々だけではないし、カナダやアメリカ合衆国の西海岸だけではない。中南米では、ペルー（アルベルト・フジモリ元大統領を出した国である）、コロンビア、そしてブラジルなどが移民先となる。

とりわけブラジルは太平洋に面しているわけではないが、数十日を必要とする船旅の航路の大半が太平洋上だった。石川達三がブラジル移民を扱った「蒼氓」で、一九三五年に第一回の芥川賞を受賞したことでも知られる。石川が体験したのは一九三〇年のブラジル移民だった。ブラジル移民はすでに六世まで世代を重ねていて、ブラジル社会に浸透し拡散している。しかも、日系ブラジル人問題は、戦後アメリカ合衆国の五十番目の州となったハワイへの移民とはまた違った様相を見せる。

一九〇八年の第一回ブラジル移民が乗船したのが「笠戸丸」で象徴的に語られる。だが、この笠戸丸の名前は意外なところに登場する。なかにし礼が作詞をして、北原ミレイが歌い日本作詩大賞の作品賞を受賞した「石狩挽歌」（一九七五）である。一番の歌詞に「沖を通るは笠戸丸」と出てくるのだ。この歌は、かつて賑わったニシン漁が消えてしまったことと、なかにしが生まれ育った海の向こうの満州の地の消失、さらに戦争によって沈没した笠戸丸の運命が重ねられていた。戦前には、歌詞にも出てくるオタモイ岬にニシン漁の番屋があっただけでなく、小樽港にも漁船だけでなく海外からの定期船も多数入っていたのだが、戦後に寂れたようすが、挽歌《エレジー》として捉えられている。

この笠戸丸はまさに数奇な運命をたどった船である。生涯をかけてこの船の歴史を調査した宇佐美昇三は、『笠戸丸から見た日本』（二〇〇七）で、多くの証言やロイズの船舶保険などの資料に基づき、その経歴を明らかにした。その時々のこの船の位置づけが、太平洋をめぐる日本の経済的な欲望を表している、と言ってもよいくらいだ。

宇佐美の調査結果を要約すると以下のようになる。一九〇〇年にイギリスのニューカッスルで作られ、ポトシと名づけられた船が、売却されてロシア義勇艦隊の病院船カザンとなる。それが一九〇四年の日露戦争で捕獲され、笠戸丸と改名された（カザンに音を似せたとされる）。その後海軍省から東洋汽船へと貸出され、ハワイやペルーへの移民船となった。一九〇八年のブラジル移民船のあと海軍省に返却され、今度は大阪商船に払い下げられると、台湾航路の客船として活躍した。一九二七年に南京事件が起きると、海軍省は特設病院船に改装する。その後ハワイなどの移民船にもなりながら、世界恐慌の煽りを受けて、一九三〇年には売却されて漁船となる。その後持ち主を変えながら、朝鮮沖のイワシ、カムチャッカ沖のサケマスやカニなどの工船として四〇年まで働いた。アメリカと開戦した後には、貨物船として日本海やカムチャッカで稼働していた。そして一九四五年七月に小樽港から出港して、八月九日にカムチャッカのウトカ沖で撃沈されてしまうのだ。大連航路でも活躍したので、満州生まれのなかにし礼にとって、象徴的な船なのは間違いない。笠戸丸がブラジルへと行ったのは二回にすぎないが、「さんとす丸」「ぶゑのすあいれす丸」など他の船がブラジルとの間を往復していた（山田廸生『船にみる日本人移民史』）。

北杜夫は『マンボウ夢遊郷』（一九七八）で、中南米のメキシコ、コロンビア、ブラジル、ペルーを訪れた。これは『南太平洋ひるね旅』で出会った日本人移民に心を打たれて、その記録を執筆しようと思ったのである。そしてブラジル入植の記録文学である『輝ける碧き空の下で』（一九八二―八六）の二部作を完成させた。当初は現代まで扱う三部作の予定だったが、広範囲にわたるので途中で筆を置いた、と第二部のあとがきで言い訳をしている。

実在した人物を扱う記録文学であり、旅行者ではなく移民だからこそ、ブラジルでぶつかった出来事の意味も重い。たとえば平野運平は、東京外国語学校でスペイン語を学んでから通訳として向かった五人の一人だった。最初イタリア人支配人のもとで成功するのだが、日本人だけで開拓すべきだとして、主導して平野植民地を作る。ところがマラリアに襲われてしまい、平野はこう述べる。

わしは多くの日本人のためにこの植民地を作った。初めは順調だったが、マラリヤという大敵にぶつかった。ここに来ている人たちはみんなわしを信頼してきた移民たちだ。もうマラリヤで死人が一人出ている。まだ大勢のマラリヤ患者がいる。もし彼らが死んだりしたらわしの責任だ。それならばこのわしがマラリヤで第一番に死ぬべきだ。（第一部第九章）

これは平野の決意であるとともに、故郷に帰ることができない第一世代の思いを集約した言葉だった。

ブラジル移民は、ハワイの442連隊のように、戦時中に直接兵士として日本と交戦したことはなかった。それだけに、日本の敗戦に関して「勝ち組」と「負け組」に分かれて争ったこともあった。この争いは、ビセンテ・アモリン監督のブラジル映画『汚れた心』（二〇一一）のように正面切って描かれることもある。ただし、伊原剛志や常盤貴子など日本人俳優を使っているのは、敗戦を信じなかった「臣道連盟」に参加した世代がまだ生きているなかでの制作の困難さを感じさせる。北杜夫も「勝ち組」をめぐる問題は、情報が乏しかった現地の状況によるのだから、実際に訪れてみると、彼らの考えを一笑に付すことができないと述べていた（『輝ける碧き空の下で』第二部あとがき）。

【新しい居場所を探す日本人】

そもそも敗戦によって、膨張していた「大日本帝国」の植民地からの引揚者たちが、日本国内のあちらこちらへと入植したのである。開高健は『ロビンソンの末裔』（一九六〇）で北海道の引揚者の入植を描いた。北海道の根釧のパイロットファームや秋田の八郎潟の干拓などさまざまな土地開発の計画も立てられた。もちろん小さな規模の開拓は全国各地でおこなわれたのだが、条件の良い土地が残されているはずもなく、荒れた土地で中南米移民たちとおなじような労苦を味わったのである。

しかも、個人の海外移住だけではなく、大規模な移民事業は戦後も続いた。たとえば、中米のドミニカ移民訴訟が有名である。一九五六から五九年まで日本政府が送り込んだ移民に割り当てられた土地は開墾に適さず、詐欺にあったとして訴訟が起きた。これは二〇〇〇年に裁判となったが、時効だとして却下され、政府からの一時金で和解した。またブラジルへの移民船は一九七三年に終了するが、高度経済成長のあとでも、移民事業そのものが続けられていたのだ。現在も数万人から十万人が日本から海外へと出ているが、それはあくまでも個人の営みとされている。

日本から中南米への入植移民の数は急速に減少した。だが、一九八〇年後半のバブル経済時には人手不足を解消するため、多くの日系ブラジル人が職を求めて日本へと渡ってきた。それは戦後の引揚者とはまた異なり、国交回復後の「中国残留孤児（邦人）」とともに、世代を経て出てきた「大日本帝国」の負の遺産であり、新しく日本へと帰還した者たちだった。ピーク時には日系ブラジル人は国内で二十七万人を超えたとされる。飛行機の直行便が飛ぶ時代に、かつてのように船で渡ってくるわけではないし、移動の目的も以前とは異なってきたのだ。

それとともに、観光ガイドを越えて、グローバルな観点で日本と海外との関係を捉え直す書き手が登場する。たとえば、池澤夏樹の『ハワイイ紀行』(一九九六)は旅行記だが、フラやサーフィンの歴史的な経緯を織り込んで語られ、「星の羅針盤」の章のようにハワイへと移住してきた人々を浮かび上がらせた。また、ホラー作家の坂東眞砂子がタヒチに移住した記録である『南洋の島語り』(二〇〇八)は、金融社会や電気生活となったタヒチの様子を語っている。約束を守るとか、生活のために働くことをめぐる価値観の違いに関して述べていくのだが、かつての『パパラギ』のような単純な文明批判や日本社会批判をおこなうわけではない。

そうした流れのなかで、太平洋への新しい見方を提示した一人が、ミステリーや冒険小説作家の垣根涼介だった。デビュー作の『午前三時のルースター』(二〇〇〇)では、旅行代理店での体験から、ヴェトナムと日本との関係を描いた。その垣根が、ブラジルやコロンビアを取材旅行して書いた『ワイルド・ソウル』(二〇〇三)は、高い評価を受けて大藪春彦賞などを受賞した。北杜夫の『輝ける碧き空の下で』がブラジル移民の記録文学だとすると、これは冒険小説らしく、政府や国家に復讐する話になっていた。

賞に名前を冠された大藪春彦は、代表作の『野獣死すべし』(一九五八)で、満州帰りの伊達邦彦が、大学の入学金を確保するために銀行強盗をし、さらに戦時中に父親を破滅させた相手へ復讐する話を描いていた。仲代達矢や松田優作の主演で映画化もされた。そこには国家の暴力に、個人が抗う姿が扱われていたので、垣根の今回の作品にふさわしい賞だったのである。

政府の「棄民政策」から一九六一年にブラジル移民として渡った衛藤が、ドミニカ移民並みの辛酸をなめ、それに怒って復讐をするのが軸となる。青果商として成功した衛藤の意向を受けたのが、入植地の隣人の生き残りで、養子となったケイだった。そして、彼らの計画に参加するのが、戦後広島からコロンビアに移民した生き残りで、やはり麻薬マフィアのボスの養子になった松尾だった。松尾は日本で表向きは宝石商をして麻薬の密輸をしている。そして、ケイと松尾が実は幼馴染であるとわかり、意気投合するところで計画は立ち上がっていった。

復讐する相手は、四十年前に無謀な移民事業を立案して手柄にした、外務省の役人、移民事業をおこなった民間会社の経営者、入植地の映像を捏造したプロダクションの社長たちだった。復讐といっても単純な流血ではなくて、意外な形でおこなわれるが、その目的はあくまでも四十年前の事実を、二〇〇三年の日本人に知らせることだった。

中心となる衛藤という名前は、衛藤健こと「東京ジョー」あるいは「モンタナジョー」と呼ばれた日系アメリカ人のマフィアのボスに由来するのかもしれない。移民たちのもつ憤懣が描かれ、復讐するための資金や武器が、合法非合法問わずに存分に使われる。だが、『ワイルド・ソウル』の衛藤のような過去への復讐心だけでは、新しい方向は見いだせない。真相を知ったジャーナリストの貴子とケイとの恋愛感情が描かれているが、その結末はちょっと予想を外した軽いものとなっている。そこに大藪春彦の時代とは異なる垣根涼介の新しさが見える。

さらに、垣根は『真夏の島に咲く花は』(二〇〇六)で、日本人が新しく居場所やアイデンティティを探る動きを描きだそうとした。それは、相手の社会に過剰に同化したり、逆に反発するのではなく、また海外を自分探しの舞台に利用するだけでもなく、折り合いをつける態度である。そのために用意されたのが、東経と西経がぶつかる百八十度の日付変更線近くにあるフィジーだった。

小説の中心人物は四人の若者である。親に連れてこられた日系フィジー人のヨシを筆頭に、フィジー人のチョネ、インド人のサディー、日本からワーキングホリデーでやってきたアコである。この四人の青春群像を描き、さらに知り合いの中国人一家もからんでくる。しかも、アジア系というだけでお互いが分かり合えるわけではない。

ヨシこと織田良昭と他の登場人物は対等におかれている。フィジーのインド系大統領へのクーデター事件を背景に、フィジー人、インド人、中国人の間の対立が描かれる。その背後には、フィジーをイギリスが支配してきた歴史が詰まっているのだ。クーデターと連動するように起きたインド系住民への反発があり、質屋と中華料理店を営んでいた中国人一家はフィジー人から襲われる。利子をつけて返済する概念をもたないフィジー人たちが質屋に反発したせいだった。

フィジーでの身の危険を感じて、インド人の一家はオーストラリアのゴールドコーストに、中国人の一家はニュージーランドへと移住してしまう。イギリス連邦内ならば、移住が比較的自由で、英語ができると新しい商売のチャンスを掴めるせいでもある。そしてワーキングホリデーでやってきたアコも、日本へと帰るのだ。

けれども、ヨシはフィジーを離れるつもりはない。その気持の説明のためにタンギモウジアの花を持ち出す。『ワイルド・ソウル』で中心となるのは桔梗だったが、垣根は今度も花を使ってうまく小説世界を説明する。ヨシが訪れた湖に、赤い花をつけて広がるのは、別名乙女の涙というタンギモウジアの花だった。それは「着生植物で、巨木のそばに寄り添うようにして育つ」ものだった。

大樹に寄り添うことによってしか、根を下ろすことができない。でも、見方を変えれば、この二つが絡み合うことによってしか湖畔に花は咲かない。どちらかが欠けては、花は咲かない。

（エピローグ）

ヨシはこの相互性のなかに、フィジーと自分の将来を重ねるのである。

これは、詩人で評論家の管啓次郎が、『斜線の旅』(二〇〇九)で島の重要性を語り、「文化のクレオル化、チャンプルー化、ごちゃまぜ化は、多くの島の得意技だ」と喝破したのにも通じる。菅はル・クレジオなどを手がかりにして、フィジーやタヒチと東京も武漢も金沢も対等という考えをしめす。実はこれこそが、島国日本の人種や文化のあり方に他ならない。太平洋をめぐる百五十年の日本移民の話は、グローバル化のなかで、文化や人種や民族の混交が進んでいる現実を示しているのだ。

第7章　戦争と怪獣の記憶
——ゴジラ映画と『パシフィック・リム』

太平洋は戦場や核実験場となり、大きな傷が残されてきた。そうした出来事は戦争映画のようにストレートに扱われるだけでなく、怪獣映画のように間接的な描かれ方もする。この章では、文化人類学者のレヴィ＝ストロースと原爆や原子力との思わぬつながりから始めて、環大西洋のネットワークで考え出された原爆が、太平洋で使われるようになった流れを考える。そして、原爆投下にインディアナポリス号が果たした役割を『ジョーズ』や『パシフィック・ウォー』でたどる。またフランスが原子力大国でもあることから、フランスの水爆実験とエメリッヒ版のゴジラ映画、さらに『シン・ゴジラ』との関係を扱う。そして、太平洋で生まれた怪獣映画の後継者として、メキシコ移民のデル・トロ監督が作った『パシフィック・リム』が、太平洋の海の底に開いた傷口をどのように描いているのかを明らかにする。そこでは、ブリーチという裂け目を通じて、過去のさまざまな怨念や因縁が吹き出してくるのだ。

1　大西洋の怪物から太平洋の怪獣へ

【環大西洋と原爆開発】

フランスが一九四〇年にナチスドイツに敗北してヴィシーに首都を置くと、反ユダヤ主義政策のせいで、ユダヤ人である人類学者の卵クロード・レヴィ＝ストロースは国籍を失った。レジスタンスに参加する妻と別れ、一九四一年にニュースクールで働くために単身アメリカへと向かった。途中寄港したアメリカ合衆国領のプエルトリコで、所持していたトランクの書類からドイツのスパイだと嫌疑を受け、三週間の足止めを喰らう。中身はブラジルでの調査結果で、後にそれが構造主義人類学の博士論文となった。足止めされていたときに、同じく国籍を失ったユダヤ系フランス人の化学者バートランド・ゴールドシュミットと再会する。そして、レヴィ＝ストロースは、真珠湾攻撃以前の一九四一年五月に、ゴールドシュミットから原爆に関する説明を受けたのである（『悲しき熱帯』）。

原爆が実現する可能性については、一九一四年にH・G・ウェルズのSF小説『解放された世界』がすでに触れていて、日本でも科学雑誌の記事や小説で知られていた。だが、レヴィ＝ストロースは原爆開発の当事者から直接話を聞いたのである。ゴールドシュミットはマリー・キュリーの助手で、原爆のメカニズムをよく知り、原爆開発の研究グループに参加するためにアメリカ合衆国に渡ったのだ。後に『回想　アトミック・コンプレックス』（一九八四）を出版した。

それによると、かつてウランはラジウムを抽出するための材料にすぎなかった。戦前に高濃度のウランを産出したのは、ベルギー領コンゴとカナダの極北地域である。そのカナダで一九四二年にプルトニュウムの抽出に成功したのが、他ならないゴールドシュミットだった。どちらもフランス語圏で、とりわけ『闇の奥』とつながるベルギー領コンゴ（コンゴ自由国）は、象牙や天然ゴムだけでなく、金銀ダイヤモンドからボーキサイトから銅まで金属資源の宝庫でもあった（レヴィ＝ストロースもゴールドシュミットも、ベルギー生まれのフランス人）。

ゴールドシュミットは、戦後フランス原子力委員会を作り、ＩＲＥＡのフランス代表も務め、アメリカと異なる原子力政策をもった。日本の核燃料サイクルのために使用済み燃料の再処理をするのが、フランスの国策会社アレヴァ（現オレノ）だった。そして、『シン・ゴジラ』（二〇一六）でも、アメリカ合衆国中心の多国籍軍は、ゴジラ殲滅のために核を東京に投下しようとカウントダウンをする。それを遅らせるために、日本はフランスを味方につけて、外交的な揺さぶりをかけるのだ。

フランスは太平洋のタヒチ近くのムルロア環礁などで核実験をおこなった。原発が発電量の七〇％

に及び、脱原発を掲げるドイツへと余剰電力を売っている。しかも、原子力空母「シャルル・ド・ゴール」を二〇〇一年に就航させ、核兵器をこの空母に搭載して、いつでも使用可能な状態にある。フランスは核の脅威を利用する原子力大国のひとつである。ゴールドシュミットはフランスが原子力の平和利用を推進する立場だと強調し、ナチスが占領していなければ、フランスが重水素とウランで最初の原子炉を開発していたとして、原爆から原発へと話をうまく切り替えてしまう。

だが、ゴールドシュミットも、さすがに原爆投下に関して全面的な肯定はしていない。広島や長崎と似た惨劇として、一九〇二年の西インド諸島のマルティニック諸島での火山の噴火で、セント・ピエールで二万四千人が亡くなったこと、さらに三二年の十四万人がなくなった関東大震災をあげる。天災と並べることで、当時の情勢で原爆投下は不可避だったと結論づける。

しかも、ナチスや日本に核実験のデモンストレーションをするだけで、広島や長崎の原爆投下が避けられていたのならば、「原子力に対する世界的な世論の圧力は今日よりも少なく、原子力平和利用はもっと容易に推進されていたであろうし、核兵器の拡散に対する反対は今日ほどには強くなかったのではないか」と推測する。つまり、原爆の投下は、その後の核アレルギーを招いたのでよくなかった、という評価なのだ。

これに対して、原爆投下以前に原爆の話を聞いたレヴィ＝ストロースは、ゴールドシュミットのような楽観的な見方はとらない。原爆投下後の一九五五年に発表された『悲しき熱帯』のなかで、原発についてこう述べる。

西洋文明の生んだ最も高名な作品――窺い知ることのできない複雑さで、さまざまな構造が入念に組み合わされている原子炉――の場合のように、西洋の秩序と調和は、今日地上を汚している夥しい量にのぼる呪われた副産物の排泄を必要とするものなのである。旅よ、お前がわれわれに真っ先に見せてくれるものは、人類の顔に投げつけられたわれわれの汚物なのだ。

（第4章「力の探求」）

この「副産物」とか「汚物」が、原子炉の場合には、放射能汚染から核のゴミまで含むのは間違いない。レヴィ＝ストロースの『悲しき熱帯』が出版された五五年とは、『原子怪獣現わる』（一九五三）や『ゴジラ』（一九五四）が公開された後で、いまだに水爆実験がおこなわれている冷戦下だった。

【大西洋の怪物から太平洋の怪獣へ】

レヴィ＝ストロースやゴールドシュミットの回想からもわかるように、ヒットラーやヴィシー政権の反ユダヤ主義のせいで、結果としてロケットや原爆を研究していたユダヤ人研究者がアメリカあるいはソ連に集まった。もちろんその傍らで、多くの東欧ユダヤ人の学者や芸術家や一般市民が、ナチスによりアウシュビッツなどの強制収容所で絶命していったのである。

ナチスが原爆を保有することを物理学者のレオ・シラードとアインシュタインが恐れてフランクリン・ルーズベルト（ローズベルト）大統領に手紙を送ったことで、マンハッタン計画が前進した。アメリカ合衆国だけでなく、英仏さらにソ連との開発競争を招いた。そして、核開発という名のもとに、原水爆という軍事利用と、原子炉という平和利用が進められたが、もちろん表裏一体の関係である。

マンハッタン計画は、アメリカ本土の東半分で計画が立案され、ミシシッピ川より西半分で実験がおこなわれた。一九四五年の実験のために、ニューメキシコ州のソコロ近くのトリニティ核実験場が選ばれた。しかも、これは広島と長崎での「本番」を伴った文字通りの実験だった。現在も北朝鮮などで続く核実験も、すべては実戦での核使用の準備に他ならない。すでに本番を経験したあとでは、ゴールドシュミットなどが言う「デモンストレーション」にとどまらないことは当然なのだ。

戦後になって、核実験は太平洋を中心におこなわれた。アメリカ軍によるマーシャル諸島のビキニ環礁（一九四六―五八）やエニウェトク環礁や島々（一九四八―六二）での核実験、さらにフランスによるムルロア環礁などフランス領ポリネシア（一九六六―九六）、そしてイギリスにより、キリバス近くのクリスマス（キリスィマスィ）島（一九五七―五八）やオーストラリア周辺の島やマリランガ砂漠（一九五二―六三）で核実験が実施された。

ついでに言えば、ソ連もカザフスタンや北極のノヴァヤゼムリャといったモスクワから離れた場所で核実験をおこなったのだ。アメリカ合衆国は、ネヴァダ州のネヴァダ核実験場（一九五一―九二）へと実験場所を移すのだが、太平洋では実験コストが高くつくのが主な理由だった。いずれにせよ、どの場所も首都から離れていて、人家も少なくて秘密保持が出来、放射能汚染などの不測の事態があっても対処できる場所だった。核実験場や原子力発電所など、レヴィ＝ストロースが言う「副産物」や「汚物」が出る施設は、できるだけ国の中心地から遠くへ置かれてきたのである。それは日本の場合も同じだった。

一九五六年にメルヴィルの『白鯨』をジョン・ヒューストンが映画化したとき、レイ・ブラッドベリが脚本を担当した意義は大きい。ピークォド号が太平洋に入って白鯨と遭遇する際に、行き先がビキニだと台詞で念を押され、しかも地図の上にビキニの文字が映し出される。これは原作小説にはないもので、マーシャル諸島の核実験場としてのビキニを想起せずにはいられない。

そもそも、ブラッドベリの小説「霧笛」（一九五一）に基づいて『原子怪獣現わる』は作られた。霧笛の本来の役目は船舶への警告なのだが、太古の恐竜が導かれて灯台の霧笛と応答して、あまりに

「愛しすぎて」破壊してしまうのである。太古からの「孤独」を守ってきた生物は、出会いを求めて海上に出てきたが、仲間ではなかったと失望して、再び深海へと戻ってしまった。人工物（霧笛）が生命（恐竜）と応答する物語でもあり、新築された灯台の霧笛が恐竜を呼んでいるように聞こえるところで終わる。この「霧笛」のアイデアは、E・A・ポーの遺作とされるミステリアスな断片作品の「灯台」にまで遡るとされる（巽孝之）。何しろポーの作品では、途中の日付でぷつりと空白となっていて、そこに何者かに襲われたという書かれなかった物語を読み込みたくなるのだ。

映画化された『原子怪獣現わる』で、北極での核実験のせいで氷が溶けて出現した恐竜は、灯台を壊しながらも、海に面したニューヨークへと向かった。そして、見世物として連れてこられた恐竜が『失われた世界』でロンドンを、『キング・コング』がニューヨークを脅かしたように、都会で暴れることで恐竜や巨大猿が怪物となっていく。『原子怪獣現わる』には、放射能による巨大化という契機は含まれていないが、この時期の冷戦期のSFスリラー作品では、人間に始まりクモやアリやトカゲやタコなどさまざまな生物が、核兵器や放射性物質により巨大化した。バート・I・ゴードンのように、イナゴからネズミまで巨大生物を映画に登場させ続けた監督もいるほどである。

しかも、怪物が襲う場所が、大西洋側だけでなく太平洋側となることも増えていった。たとえば、『水爆と深海の怪物』（一九五五）のタコの怪物はサンフランシスコを、『放射能X』（一九五四）では巨大なアリがロサンジェルスを襲うのである。とりわけ『放射能X』のゴードン・ダグラス監督は、『トーキョーへ行った最初のヤンキー』（一九四五）で原爆投下を扱っていた。この映画が全米公開されたのは、直後の九月のことだった。

戦争捕虜となっているアメリカ人科学者を救出するために、日本人に整形した男が潜入する物語である。最後に広島と長崎に原爆を投下する場面が挿入されて、二つのきのこ雲で物語はお終いとなる。映画の完成後に原爆投下があったので実写映像が挿入された。ただし、トリニティ実験場での映像が使われている。こうして、日本で捕虜になっていた科学者が、原爆製造にとって重要な人物となり、彼の働きで原爆が完成したかのように読める（ちなみに『ダイ・ハード』の前作にあたる『刑事《でか》』もダグラス監督作品である）。

メルヴィルの『白鯨』の子孫ともいえる巨大なホオジロザメの恐怖を描いたピーター・ベンチリーの『ジョーズ』（一九七四）は、ニューヨーク州のロングアイランドを舞台にしていた。もちろん、このホオジロザメは放射能で巨大化したわけではない。七五年のスティーヴン・スピルバーグの映画では、場所はアミティアイランドと架空の名前になり、実際にはマサチューセッツ州のマーサズ・ヴィニヤード島で撮影された。

いずれにせよ大西洋に面した物語なのだが、映画オリジナルの台詞として、太平洋での戦争の話が入ってくる。サメ退治に生涯をかけるクイントという男がその理由を説明する。戦時中にインディアナポリス号に乗っていて、その沈没から生き延びたせいだった。

日本の潜水艦がおれたちの船の脇腹に二発魚雷を撃ち込みやがったのさ。爆弾を届けたテニアン島からレイテ島へと帰る途中のことだ。広島の原爆だったのさ。千百人が海のなかへ落ちた。十二分で船は沈んだよ。一時間半後に、最初のサメが顔を見せた。十三フィートはあるトラザメだった。

こうして乗組員が次々とサメに襲われていったのだが、救助が遅れたのは「原爆の作戦は極秘だったので、救難信号を出せなかったからだ」とクイントは説明する。マンハッタン計画がもたらした別の犠牲者がいたのだ。

クイントが語るサメの恐怖は、藤田嗣治の手になる戦争画である《ソロモン海域に於ける米兵の末路》（一九四三）にも描かれていた。ソロモン海戦で日本が撃沈した船に乗っていた米兵が、救命ボートに乗って暗い海面を漂流している。その後ろに、彼らを待ち構えるサメの姿が描かれている。ジェリコーの《メデューズ号の筏》などの西洋名画を踏まえて、インディアナポリス号の乗組員の絶望を先取りしていた。

　クイントが語ったインディアナポリス号の話は、ニコラス・ケイジがマクベイ艦長を演じた『パシフィック・ウォー』（二〇一六）で、実録映画として詳細に描き出された。冒頭の説明では、硫黄島や沖縄での苦戦の反省から、原爆で早期に戦争を終わらすと政府が方針を決め、原爆の投下が承認される。テニアン島へと船を使って原爆を運ぶことになり、その役目にマクベイ艦長が乗るインディアナポリス号が選ばれた。ただし、インディアナポリス号のような重巡洋艦は船足こそ速いが、対潜水艦兵器を備えていないので無防備である。通常は駆逐艦が護衛をするのに、秘密保持のため単独航行が命じられた。テニアン島への輸送は成功したが、帰路で日本の潜水艦伊58号に撃沈され、その後悲劇が待っていた。三度のSOSの発信に対しても、レイテ島の基地は日本軍の罠ではないかと勘ぐり、救援隊を出動させせなかった。

　哨戒艇に発見されるまでの四日間に、撃沈時の被害だけでなく、漂流中の衰弱やサメの攻撃で、多くの命が失われた。千二百人弱の乗組員のうち三百人強が生還したにすぎない。この映画の原題は『USSインディアナポリス　勇気ある男たち』で、戦争の勝利の影に隠れた犠牲者の姿を浮かび上がらせようとしていた。

　戦後になって、事件のフラッシュバックに悩むマクベイ艦長の判断が正しかったかどうかの軍法会議が開かれた。自分たちの失策を免れたい海軍上層部が、人身御供として艦長を差し出したのである。日本側の証言も必要となり、潜水艦の橋本艦長が出廷した。双方の艦長が海ではなく裁判所で対面する。その結果、マクベイ艦長の有罪が決まった。

マクベイ艦長への個人攻撃はやまず、妻の死後に自殺をしてしまう。彼の名誉が回復されたのは二〇〇〇年のことだった。橋本艦長も、テニアン島への原爆輸送を阻止できなかったせいで、自責の念にかられて戦後は神職となった。そして、マクベイ艦長の名誉回復に奔走したのである。黒人西部劇の『黒豹のバラード』やブラックパンサー党を描いた『パンサー／黒豹の銃弾』を監督したマリオ・ヴァン・ピーブルズらしく、乗組員の白人と黒人の人種的な対立を描き、さらに人種を超えた和解をしめそうとしていた。こうして、太平洋戦争と原爆体験を経たことで、大西洋の怪物が太平洋の怪獣へと変貌する準備ができあがったのである。

【太平洋の核実験場とゴジラ】

ビキニ水爆による第五福竜丸の被害を受けて、一九五四年の『ゴジラ』が制作された。かつて日本が一九一四年から南洋諸島を信託統治したが、そのなかにマーシャル諸島も入っていて、ビキニ環礁もエニウェトク環礁（ブラウン環礁）も版図に含まれていた。この海域は日本の漁船にとって、未知の場所ではなかった（関連については拙著『ゴジラの精神史』を参照）。つまり、水爆だけでなく太平洋戦争とのつながりが、ゴジラの怖さを増幅しているのだ。

ゴジラが暴れることで、都心が全面的に停電となると、空襲を恐れて灯火管制をした戦時中の夜が蘇ってくる。照明が消えた夜に浮かび上がるゴジラの黒い影に観客は色々な意味を読み取るのだ。東京湾でのゴジラの最後の姿は、一方で原爆や空襲で死ぬ者の声や姿のようでもあり、他方で遠く離れた戦地で亡くなった者たちの声や姿を浮かびあがらせる。ゴジラが人々にもたらした死と、ゴジラそのものの死が、日本から見た戦争を強く感じさせる表現になっていた。

そして、この『ゴジラ』と同じ一九五四年に発表されたのが、ウィリアム・ゴールディングの『蝿の王』である。ゴールディングは後にこの作品でノーベル文学賞を受賞した。フェニモア・クーパーの海事小説を、ポーが『アーサー・ゴードン・ピムの冒険』で悪夢に変えたように、十九世紀の帝国主義的な少国民を作るためのヴェルヌの『二年間のバカンス』や、バランタインの『珊瑚島』といった児童文学を、二十世紀の恐怖の物語へと転じてみせた。

第三次世界大戦が始まり、避難途中の少年たちが乗った飛行機が太平洋の島へと墜落する。不時着によってつけられた「傷跡」がジャングルに残る描写から始まるが、文明によってつけられたその傷は、島の生活で癒やされることなく、少年たちの間に広がっていく。少年たちはヴェルヌの場合のように対立を乗り越えてサバイバルするわけではない。ブリアンとドニファンのような男らしい和解はおこらず、対立は相互の殺し合いへと発展していく。その醜さが、腐って蝿がたかった「ブタの頭＝蝿の王」に象徴されている。ここにあるのは、核兵器がもたらした「黒い雨」に汚染された太平洋の島なのである。

アメリカ合衆国ではなく、フランスによる太平洋上の核実験に迫ったのが、ハリウッドによる最初のゴジラ映画となった、ローランド・エメリッヒ監督の『GODZILLA』（一九九八）だった。二本足で素早く歩き回る爬虫類としてのゴジラの造形は、旧来のファンからは不評だった。着ぐるみが作り出す下半身の安定や、人が入るからこそ大きな前足がすっかり失われてしまったからだ。

だが、エメリッヒは、『ジュラシック・パーク』以降のCGによる恐竜映画の流れを受けあくまでも爬虫類の延長の存在として、論理的に考えてこの形態を選択した。しかも、アメリカで放映されていたテレビアニメ版のビルに登るゴジラの後継者だったともいえる（このあたりの経緯は拙著『新ゴジラ論』で触れた）。タイトルクレジットの背後に、ムルロア環礁での核実験の映像が流れる。ウミイグアナやオオトカゲの姿が重なり、明らかにフランスの核実験が原因でゴジラが誕生したと予告していた。そして監督の名前の背後に、巨大な卵が浮かび上がるので、関連は明白だった。

今までにない「新しい種」であることが強調されるゴジラによる破壊は、仏領ポリネシアから始まる。まずは日本のマグロ工船が襲われる。第五福竜丸がビキニ環礁近くでマグロ漁をしていて死の灰を浴びたことを踏まえているのだ。そして、パナマを横断し、ジャマイカ、そしてニューヨーク沖へとやってくる。オスなのに単為生殖で妊娠して、マンハッタン島の地下に巣を作るためだった。ニューヨークにやってくるのは、『原子怪獣現わる』や『キング・コング』の図式をなぞっている。

原子力規制委員会に所属している生物学者のニックは、ゴジラの正体を突き止めて、「あいつは単なる動物だ。ほしいものが分かれば、おびき寄せることができる」と結論づける。そして、ゴジラはマグロ好きの両生類と定義され、泳ぐ姿は巨大なウミイグアナのように描かれた。恐竜とのつながりも古生物学者によって暗示されるが、全体の印象として、四足で動き回るところなどは、恐竜というよりも巨大なトカゲである。

プロデューサーで脚本を担当したディーン・デヴリンは、「原爆による自然破壊への恐怖」が初代の『ゴジラ』のテーマだと捉えていた（DVD特典映像）。デヴリンには戦争の兵器として使用された原爆という発想は欠けている。その考えがゴジラの造形以上に、この映画のなかでのゴジラの扱いに影響を及ぼしている。ニックは学生時代に反核運動をしていたが、内部から変えたほうがよいとして、原子力規制委員会に所属している。

だが、彼の行動や立場に、まさに内部から裏切りや亀裂が入っていく。視覚的な表現として、キングコングの落下にも耐えた一枚岩のマンハッタン島に、ゴジラが地下から裂け目を入れるのだ。そして、元恋人の裏切りで、ニックがチームから弾きだされると、今度はフランスの秘密機関が接触してくる。彼らは、フランスの実験が生み出したゴジラが、世界に被害を与えている事実を隠蔽し、その始末をもくろんでいた。

そして、秘密機関とニックたちが、マディソン・スクエア・ガーデンの中に産みつけられた卵から増えたゴジラの子孫を発見し、アメリカ軍が爆弾を落として始末する。子孫を殺されて怒り狂った親ゴジラも、ブルックリン橋の途中で攻撃されて、そこで絶命するのだ。もちろんゴジラは不滅であり、エンドレスの予感を与える終わり方をしている。

エメリッヒ版のゴジラは、着ぐるみではなくてＣＧで合成され、マグロを主食として、オスなのに妊娠しているせいで大食漢となり、その結果「一年間に四万頭」に繁殖する。それに批判的に応答したのが、庵野秀明の『シン・ゴジラ』(二〇一六)に他ならない。ゴジラが全編ＣＧで作られた日本最初の作品となるのだが、動きは野村萬斎の動作をモーションキャプチャーしている。マグロどころか口から何も食べないので歯並びは悪く、最初は四つ這いで歩いても第三形態で直立し、第五形態がヒト型となって増殖して世界に広がる以前に凍結されてしまった。

エメリッヒ版での最高の意志決定者が大統領ではなく、州知事や市長選をしている市長になったことで、ニューヨークを描く映画となった。ゴジラが走り回ったせいで壊れたのが、クライスラービルやパークアベニューなどニューヨークの名所であるのは偶然ではない。それに対して、庵野版は首相や自衛隊を描いているが、いきなり東京湾から始めたことで、鎌倉などを描いても、最後に東京駅の前でゴジラを凍結させて、まぎれもない東京を描く映画にした。全体としてエメリッヒ版でニューヨークへとぶれてしまったゴジラを、太平洋へとはっきりと取り戻す意志をもっていたのだ。

2　『パシフィック・リム』と環太平洋連合

【太平洋の底からやってくるもの】

タイトルに太平洋を盛り込んだ『パシフィック・リム』(二〇一三)は、二〇一七年の『シェイプ・オブ・ウォーター』でアカデミー賞監督となったギレルモ・デル・トロ監督による怪獣映画である。怪獣が出現するブリーチは太平洋の深海の裂け目、マリアナ海溝と考えられている。そこから、別世界の住民が、地球の人間を殲滅させるために怪獣を送り込んでくる。主人公となるローリーの印象的なナレーションで映画は始まる。

子供の頃、自分がちっぽけだとか孤独だと感じた時、星を見上げたものだ。あそこには別の生物がいるんだと思っていた。結局間違った方角を見ていたのさ。異世界の生物が我々の世界にやってきたのは、太平洋のはるか深い底からだった。二つの地殻構造プレートの亀裂からだった。異次元の入口。ブリーチつまり裂け目だ。

このように冒頭で、空から異星人が侵略してくるという典型的なSF小説の設定を覆してみせる。ブラッドベリの「霧笛」以降の深海からやってくる恐竜や怪物たちの話が、『不思議の国のアリス』のように穴が異世界との扉となるファンタジーの定石と結びつく。『パシフィック・リム』は、これまでのアイデアを最大限に取り込んで、集約した作品となっている。

怪獣はまずサンフランシスコを襲い、多大な被害をもたらした。アレックス・アーバインによるノヴェライズ小説では、サンフランシスコで三発の戦術核を使ったせいで、放射能汚染で数世紀にわたって人が立ち入れなくなり、そこは「忘却の湾」と呼ばれている。その後も怪獣を倒すために戦術核を使っていたが、その度に人間の住む場所が減ってしまった。そこで怪獣に対抗するために、人間が二人乗って戦うイェーガーという人型の兵器が開発された。イェーガーが功を奏して怪獣を次々と倒したので、パイロットはヒーローとなり、怪獣がおもちゃやお笑い番組のネタとなり、消費されていくようすがコンパクトな映像にまとめられていた。このカットの一つとして、「欲しがりません　勝つまでは」の新兵募集のポスターが出てきたのだ。

主人公で語り手でもあるローリーは、イェーガーの優秀なパイロットだったのだが、アラスカでの戦いでパートナーの兄を失ってしまう。巻き込まれた漁船を守ろうとして人道的な配慮をしたのが裏目に出たのだ。そして、これが引き金となり、維持のコストが掛かりすぎるというので、イェーガー計画は取りやめとなる。

代わりに巨大な壁を建設する話が出てくる。3・11以降の映画らしく、津波や外からやってくる脅威に壁で対抗する方法がふさわしく思えたのだ。そして、ローリーがパイロットをやめて五年経ち、今はアラスカの壁の建設現場で働いている。そのとき、オーストラリアの「生命の壁」が簡単に怪獣によって破られ、旧式のイェーガーがようやく怪獣を退治した。職場でその場面をテレビで見ていると、ペントコスト司令官がリクルートにやってくる。再びイェーガーを使って、怪獣を倒さないといけない時代が来たのである。

次々と押し寄せてくる怪獣はトカゲ型など三タイプで、血や皮膚に赤い色は使わないといった決まりごとのなかで、さまざまなデザインが考案された。同じ形態の怪獣はなく、しだいに能力も高まっていき、カテゴリーも1から順番に2、3とあがり、強さも能力も変わっていくのである。しかも、出現する間隔が短くなり、数も増えてくる。この加速化は、たとえば「インベーダーゲーム」で敵が接近してくるとスピードが速くなるのにも似ていて、怪獣の増殖に対応できなくなれば、「ゲームオーバー」となってしまうのだ。

『パシフィック・リム』では、「天災」ともいえる怪獣対策に割り当てる時間と予算が有限であることがシビアに描き出されている。過去のフィクションで、正義のためならば軍隊や防衛組織にいくらでも予算が投入できたのとは大違いである。ペントコスト司令官は、香港のシャッタードームを中心基地として、イェーガー部隊を再建していた。その維持のために、怪獣の死骸を解体して漢方薬などにして密売する闇商人のハンニバル・チョウから資金援助を受けているのである。

怪獣と人間搭載型のロボットの対決を描いたギレルモ・デル・トロは、エンドロールの冒頭に「本多猪四郎とハリーハウゼンに捧ぐ」という謝辞を載せていた。日本のロボットアニメや特撮作品の影響が多分に感じられる。それとともに、イェーガーの挙動には、トランスフォーマーなどアメリカのアニメの雰囲気もある。デル・トロは、本多猪四郎とハリーハウゼンが発達させてきた着ぐるみとストップモーションアニメの技法や、人間ドラマとCGなどの特撮部分を包括した演出方法を参考にしたのである。あえて本多猪四郎の名前をあげているのは、昭和ゴジラシリーズへのオマージュだろうし、怪獣とイェーガーの戦いが、たとえば、ゴジラとメカゴジラの戦いの変奏にも見える（ゴジラの機械的模倣であるメカゴジラに関しては、拙著『新ゴジラ論』を参照のこと)。

【ブリーチとドリフト】

イェーガーは一人で操縦するのが難しかったので、左右の脳を分割することになり、二人の人間で操縦する人型のロボットとなった。二人の人間が意思疎通することをドリフトと呼んでいる。そのため、肉親どうしでシンクロしやすいとされていた。主人公のローリーも相性の良さから兄のヤンシーと組んでいた。他にもハンセン親子とか、三つ子のタン兄弟などのように血の繋がりをもつ者どうしが多い。

だが、精神が直結することで、相手の内面や記憶を知ってしまうのである。ローリーがイェーガーを降りて壁の建設工事で働くようになったのも、兄が死んだ瞬間に精神がつながっていたので、フラッシュバックする恐怖の記憶におびえているせいなのだ。そして、心に傷を抱えるローリーが、やはり怪獣によって両親を失いペントコスト司令官に育てられた森マコと男女のドリフトへと向かうのが、この映画のロマンスとしての筋である。

ドリフトは、「シンクロ」という言葉を使っても表現される。ローリーとマコのように、男女二人で一つという設定としては、『ウルトラマンA』(一九七二―七三)の北斗星司と南夕子の合体変身が有名だが、さらに新婚夫婦が巨大ロボットを操縦する『神魂合体ゴーダンナー!!』(二〇〇三—〇四)もある。そして、少年二人による『GEAR戦士電童』(二〇〇〇—〇一)、二人で一人のライダーである『仮面ライダーW』(二〇〇九—一〇)などとも関連しそうだ。

しかも、境界線を越えて相互に理解しあいシンクロするドリフトが、この映画の最大の鍵となる太平洋の海溝に開いた裂け目のイメージと深くつながる。ブリーチとは、肉体の傷でもあり、心の傷でもある。外に向かって内部をさらけ出した穴で、ひょっとするとそこを通ることで分かり合えるのかもしれない。だからこそ、ブリーチは強みにも弱みにもなりえるのだ。

ペントコスト司令官は、イェーガーに乗って家族の復讐のために戦いたいと切望するマコに「復讐とは口を開けた傷のようなものだ」と言い放つ。復讐心はドリフトをする上で障害となる。ブリーチは、相手に心を開くために必要だが、同時に相手の負の部分がそこから流入する。だから、マコとローリーが最初にシンクロしたときに、イェーガーの暴走が始まってしまったのである。

シンクロするには、意識してお互いのブリーチを開ける必要がある。マコは子供時代の怪獣に襲われて両親を失った記憶へと遡行してしまう。司令官のテンドーは、「ウサギを追っている」と『不思議の国のアリス』を使って表現する。マコの反応はローリーが抱える兄の死の記憶とつながったせいなのだ。負が負を呼ぶ連鎖を引き起こし、イェーガーが暴走する。その混乱の傷は、ローリーの頬の傷として表現されている。それと同時に、マコとローリーは傷を負う者としてお互いに対等だと認識するのである。

父親と慕うペントコスト司令官から自立しローリーとのシンクロをコントロールすることで、マコは心の傷を乗り越えていく。そして、マコが拘ってきた家族のための怪獣への復讐は、ジプシー・デンジャーが怪獣オオタチによって、高度一万五千メートルに持ち上げられた時に、最後の武器として抜いた刀をローリーとシンクロして使い、一撃で倒すことでなし遂げられた。

しかも、ブリーチとドリフトの関係はパイロット以外にも存在する。二つの世界をつなぐブリーチの構造を解明し、送られてくる怪獣の数が急速に増えることを予想したのは、ハーマン・ゴットリーブ博士だった。数学オタクで数式を駆使して「数字は嘘をつかない。政治や詩歌や口約束は嘘だが」と言い放つ。あくまでも数で表される論理に忠実な学者だった。

それに対して、怪獣オタクのニュート・ガイズラー博士は生物学的な事実の方を重んじる。そして解剖やＤＮＡ解析をしても怪獣のことはよくわからないので、怪獣の脳とドリフトするのがいちばんだと考える。実行した結果、エイリアンがブリーチを作り怪獣という兵器を使って地球へと侵略してきたとわかる。かつて恐竜時代に訪れたがそのときは断念し、大気汚染などで環境が悪化したせいで、侵略を再開したのである。怪獣の青い血や吐き出す液体が酸性なのも、攻撃の破壊力であるとともに、環境を悪化する力となっている。

しかも、ナイフヘッドだとか、オニババとか、オオタチとか、形状からさまざまな愛称をつけられた怪獣たちは、外見の多様性と異なり、DNAが同じクローンであるとわかってきた。そのためお互いに記憶も共有しているのだ。そこにイェーガー（人間＋機械）と怪獣たちとの違いがある。

イェーガーで戦うためには、生身の人間とコンピューターを搭載した機械とがシンクロしなくてはならない。その前段階として、二人あるいは三人の人間がドリフトする必要がある。香港の環太平洋防衛軍のシャッタードームに残されたイェーガーは四体であった。内訳は、ロシア人パイロットのチェルノ・アルファ、中国人パイロットのクリムゾン・タイフーン、オーストラリア人パイロットのストライカー・エウレカ、それにローリーとマコが乗るジプシー・デンジャーだった。それぞれの個性は、機体だけでなく、乗っている者たちの資質や記憶によって生み出されている。パイロットどうしが互いに仲が良いわけでもない。それが戦いにおいて連携がとれない弱みとなり、同時に次の行動が機械的に予測できない強みともなる。

人間どうしのドリフトが重要となるからこそ、いがみ合っていたゴットリーブ博士とガイズラー博士という凸凹コンビが必要だった。二人のマッドサイエンティストがしだいにシンクロすることが問題解決へと導くのである。怪獣たちの共同性はクローンという単一のものの複製で出来上がっていた。

それに対して、環太平洋連合という連合体は一枚岩ではなくて、各国の利害を守るためにぎくしゃくしたり、せっかく作った壁が破られたり、関係者の心理的なブリーチを通じて争ったり理解し合うのである。そこに『パシフィック・リム』の設定の妙がある。

【環太平洋連合という幻想】

『パシフィック・リム』は、エイリアンが意図的に作り出したブリーチから出てくる理不尽な暴力と太平洋沿岸の国々が戦う物語である。地球の植民地化を実行するエイリアンたちは、怪獣を武器にして人類の殲滅を目論む。ブリーチから出て来る怪獣をめぐって、強大な力による戦争、植民地主義、核兵器の使用といった太平洋をめぐるさまざまな過去が、怪獣戦争の形となって吹き出してくるのだ。

冒頭に「カイジュウ：［日本語］巨大生物」と英語で定義が出てくる。戦う武器であるイェーガーはドイツ語で狩人のことだと説明される。こうして日独の言葉が並べられるのは偶然ではない。パイロットの森マコは日本人で、怪獣退治をサポートする二人の科学者たち、数学オタクのハーマン（ヘルマン）・ゴッドリーブと、怪獣オタクのニュート・ガイズラーは、ともにドイツ系なのである。ドイツ系のマッドサイエンティストというのは、フランケンシュタイン博士以来の伝統でもある。

こうして、ヨーロッパの裏側にあたる太平洋で、第二次世界大戦の悪夢の克服がおこなわれるのだ。

イェーガーに搭乗するパイロットたちも、アメリカ合衆国、オーストラリア、中国、ロシアと戦争に関わった国々の者たちである。しかも、ペントコスト司令官は少々意外に思えるが、ロンドン生まれのイギリス出身と設定されている。彼が香港のシャッタードームを拠点にし、ハンニバル・チャウのような暗黒街の住人と結びつくのは、旧植民地の関係を踏まえると納得がいく。マコを養子にするのは、さしずめ日英同盟なのだろうか。

この『パシフィック・リム』は、太平洋の地政学的な意味を問い直している。二十世紀になって、地理的な条件が政治に与える影響を考察する「地政学《ジオポリティクス》」が一つの説明原理となった。とりわけ、ドイツのハウスホーファーが定式化したものが知られる。それは、ヨーロッパの宣教師たちの「文明化の使命」や、アメリカ流の「明白な使命」、ナチス・ドイツの「生存圏」の確保などとつながっている。地政学は、何よりも他国への侵略を正当化する論理として活躍した。現在でも地政学的な原理にもとづいて争いや対立が生じている。

『パシフィック・リム』のブリーチのような「裂け目」となる場所は、過去から何度も戦争の舞台となってきた。たとえば、ワトソン博士が負傷して帰還することになったのがイギリスがロシアの南下を恐れて起こした第二次アフガン戦争だったように、現在もアフガニスタンにアメリカ合衆国などの多国籍軍が駐留する。ヒンズークシ山脈にあるサラン（グ）峠などが対ロシアの地政学的な意味をもつせいだ。また、地中海のジブラルタル海峡のヨーロッパ側がイギリス領で、対岸のアフリカ側がスペイン領なのも、地中海と大西洋をつなぐこの狭い海峡がもつ地政学的な意味からの占領である。そして、同じように、マラッカ海峡やペルシア湾のホルムズ海峡を通過する石油タンカーの航行を保証するという名目で、日本の「シーレーン」構想も正当化されるのである。パナマ運河もスエズ運河も、人工的なブリーチという意味では、『パシフィック・リム』の太平洋の底の裂け目と同じなのだ。

環太平洋連合とは、環太平洋火山帯に属し、必要なら沿岸から逃げ出すことができる国々が、海溝と向かいあうことで成立するかなり都合の良い幻想である。ノヴェライズ小説では、シャッタードームがあったのが「アンカレッジ、香港、リマ、ロンサンジェルス、パナマシティ、シドニー、東京、ウラジオストック」とされる。しかも、怪獣防御の「命の壁」が破られると、沿岸一帯は危険なので、それぞれの国が内陸へと人や物資を移動するのである。この映画の「太平洋」には太平洋上の島の話は出てこない。ハワイもタヒチもビキニもフィジーもサモアもきれいに抜け落ちている。太平洋の中心部分は、どこまでも海底の光景でしかない。

そして、太平洋の底の傷を縫合するために利用しようと思った核爆弾は、怪獣のDNAをチェックしているブリーチから、通過が許可されずにはじかれてしまった。そこで、マコとローリーの乗ったジプシー・デンジャーは、怪獣の死体とともにブリーチに潜入する。そして、イェーガー本体の原子炉をオーバーヒートさせて破壊するという捨て身の作戦が選ばれた。出入り口の破壊に結局原子力が用いられた。

怪獣に対して戦術核を使って生じた被害を防ぐために、動力源として原子力を平和利用をしたのがイェーガーだった。ただし、ペントコスト司令官は、遮蔽設備が不十分だった第一世代のパイロットなので、重い放射線障害を抱えていた。しかも、平和利用だったはずの原子力を、ジプシー・デンジャーは文字通り危険な原爆として使うのである。原子炉がメルトダウンして被害をもたらした福島第一原発事故を連想させずにいられない（もちろん、イェーガーの場合は意図的なものであって、津波による事故と同列には論じられないのだが）。

『パシフィック・リム』は、こうしてブリーチの破壊の成功によって、原水爆の実験や原子炉それがもたらす恐怖や、植民地主義の強欲と悪影響をすべて葬り去り、「平和の海＝太平洋」を取り戻す話となっている。それを視覚的に表現しているのが、ローリーとマコが救命ポッド上で抱き合う場面に他ならない。そして、戦いで片腕を負傷し、息子を失ったオーストラリア出身のハーク・ハンセンが次の司令官となることで、とりあえずの平和を獲得するのである。しかも、イギリス出身のペントコストからハンセンが司令官を引き継いだことで、環太平洋連合が宗主国の支配からようやく脱したようにも見えるのだ。

おわりに　太平洋をめぐる想像力

これで『パシフィック・リム』のために作られた新兵募集の「欲しがりません、勝つまでは」という一枚のポスターの背後にある、マゼラン以来の歴史や文化の集積体をたどる旅は終わる。そこにあったのは、スペイン、イギリス、フランス、ドイツ、さらにアメリカ合衆国や日本などが権益を求めて太平洋の島々に進出し、収奪し、蹂躙してきた過去である。同時に、太平洋は、人々が移動して混血したり、文化や文物が移動し混じり合う場所でもあった。さらに幾多の戦争があり、実験や本番を問わずに核兵器の使用もあった。

そもそも、太平洋の島々とその沿岸にいわゆる白人はいなかったのだが、植民地化により暮らすようになった。現在の日本で定着したＴＯＥＩＣ試験で標準とされる発音が、「イギリス、アメリカ合衆国、カナダ、オーストラリア」英語の四種類であることからも、環太平洋的な広がりはわかるはずだ。大西洋に属すはずの英語が、イギリス本土から離れてこれだけ支配力をもっているのである。そこにはクックや『ガリヴァー旅行記』以来の植民地主義の歴史が深く刻まれている。

近代の国民国家が、島の間や時には島の上に勝手に境界線を引いて、領土を分割するのは、現地の人間には迷惑な話である。なによりも、離れた土地をつなぐ海を、分断する海へと変えているからだ。そして、各国は、自ら引いた境界線を維持するために、軍事的あるいは経済的な力を注いでいる。

しかも、閉じた傷が再び開いて、そこから血を流すこともあるだろう。その危険をしめすように、『パシフィック・リム』では、最後になって怪獣に飲み込まれたハンニバル・チャウが、ナイフで切り裂いて体内から出てくる。そして「おれの靴はどこだ」と自分の銀色の靴を探すセリフを吐く。マコが記憶のなかで抱きしめた赤い靴の場合とは異なり、チャウの野望は終わっていないのだ。

表面上穏やかな太平洋に封印されたものを感じ取るためには、海の下へと向ける想像力が必要となるだろう。地政学が地図や海図に従う地球の表面を扱う「地理学《ジオグラフィー》＋政治学」だとしたら、このジオを「地質学《ジオロジー》」と読み替えることもできる。地球の内部で生成された鉱物資源が地表に浮かび上がってくるのは、地質学的な活動の結果である。ムー大陸やレムリア大陸が否定されたのは、プレートテクトニクス理論によってだった。この理論のおかげで、巨大な地震や津波が起きるメカニズムが少しずつ解明されてきた。『パシフィック・リム』もその考えに基づいている。

目に見えない地球内部の地質学的な動きが、地理的な表面を作り出している。たとえば、日本を代表する兵庫の有馬温泉が、近隣に火山がなくても温泉を出し続けているのは、フィリピン海プレートが、六百万年前にユーラシアプレートの下に潜り込んだときに巻き込んだ海水のせいなのである。熱水が自噴して地表に出てくるときに、かつて珊瑚礁だった石灰から炭酸が生じ、鉄分が途中で含まれるのである（益田晴恵「地球深部の窓――有馬温泉」）。

地球の「裂け目」そのものは、地上にさまざまな富をもたらす。アフリカの大地溝帯が、コンゴに豊富な鉱物資源をもたらしたのである。これが第二次世界大戦前のウラン鉱へとつながっていた。「闇の奥」にソロモン王の鉱山のような誘惑する富が存在するのも、地球の地質学的な運動の成果なのである。そう考えると、ヴェルヌの『地底旅行』や『海底二万里』を取り込んだ太平洋への地質学的な想像力が欠かせない。

太平洋上で起こった歴史を忘れてはならないのは当然である。従来のように、寄港地やリゾート、さらにサトウキビやコプラの畑や鉱物資源の産地として太平洋の島々をとらえる地政学な想像力は必要である。それに加えて、地震や津波の発生メカニズムや海底の地形や資源を含めた地質学的な想像力をもったときに、日本は太平洋との新しい関係を築けるのではないか、と私は思う。

あとがき

これは「太平洋」という場所《トポス》をめぐって、『ガリヴァー旅行記』から『パシフィック・リム』まで扱ったさまざまな小説や映画さらにノンフィクションを自分なりに論じたものである。結果として、多くの作品が射程に入ることになった。

第1部では、ゆるやかに時代の流れを辿った。『ガリヴァー旅行記』はもちろんのこと、『白鯨』と『海底二万里』を関連づけてみた。スティーヴンソンからモームさらには太平洋の作家たちも取り上げている。そしてレムリア大陸やムー大陸の話、さらにはターザンがインドネシアで日本軍と戦う話まで登場する。また森村桂の『天国にいちばん近い島』から、映画や歌になった「青い珊瑚礁」、そして現代に至るまでの流れを扱った。

第2部は主題別に論じてみた。まず進化や退化を描いた作品として『キング・コング』や『地獄の黙示録』を考えてみた。また、日本からの移民をめぐって『ダイ・ハード』や『ブラック・レイン』

さらにブラジル移民の話を扱った。そして太平洋で核実験がおこなわれてきたことを踏まえて、エメリッヒ版の『GODZILLA』や『シン・ゴジラ』さらに『パシフィック・リム』といった怪獣映画を論じている。

『パシフィック・リム』のギレルモ・デル・トロ監督は、メキシコ出身で怪獣オタクとしても知られる。アメコミの実写版『ヘルボーイ』(二〇〇四)の成功で名をあげた。ナチスドイツの計画のせいで、地上に来てしまった悪魔の子ヘルボーイを、ロン・パールマンが主演した。長身で一度見たら忘れられない容貌をしたパールマンは、ハンニバル・チャウの役で『パシフィック・リム』にも姿を見せていた。トロ監督の評価を決定づけたのは、『パンズ・ラビリンス』(二〇〇六)というスペイン内戦の恐怖を描いたダーク・ファンタジーだった。

嬉しいことに、この本の執筆中に、『パシフィック・リム』のトロ監督による新作『シェイプ・オブ・ウォーター』が公開され、見事アカデミー賞の作品賞と監督賞を受賞した。元ネタは『大アマゾンの半魚人』(一九五四)で、初代『ゴジラ』と同じ年に公開された冷戦期ホラーの代表である。えら(ギル)をもつ異形のクリーチャーが、アマゾン川からやってきて、美女を襲う話である。『キング・コング』とも通底する「美女と野獣」がすれ違うテーマだが、トロ監督は相互の恋愛として書き直した。

そして、さらに『パシフィック・リム』の続編にあたる『パシフィック・リム:アップライジング』

が、前作で意図的に無視していた東京を舞台にして、公開を待っている。今度も、太平洋と日本との関係を問い直す作品となっているはずである。

＊

太平洋に関する個人的な思い出を少々。第二次世界大戦中の日系アメリカ人の苦難を知ったのは、ＮＨＫのラジオ劇場枠で一九七五年に放送された『太平洋の虹』と『太平洋の虹・還らざる一機』だった。宮本研の手になるものだと後で知ったが、詳細はほとんど覚えてはいない。だが、日系アメリカ人の少女のインタビューで、日本に来たら顔立ちのせいで日本語で道などを訊かれるが、返事できないのが辛いという内容があったように思う。これがずっと頭に残っている。

それから、大学の学部時代に人並みに阿部知二訳でメルヴィルの『白鯨』を翻訳で読んだのが、太平洋のイメージを作るのに役立った気がする。しかも、『白鯨』の三人の翻訳者と学部と大学院を通じて個人的に触れ合った。野崎孝先生には、ジョン・バースの『フローティング・オペラ』を演習で教わった。『酔いどれ草の仲買人』を訳し終えた頃で、長い休みに『レターズ』をノートを取りながら読んだと楽しそうに語っていた。千石英世先生は卒論の副査で、口頭試問の際にある箇所の解釈をめぐり口論となった。群像新人賞で評論家としてデビューする直前で、飛ぶ鳥を落とす勢いがあった。八木敏雄先生からは、大学院で他ならない『白鯨』の授業を受けたのだが、肝心の本文は読まずに、ハロルド・ビーヴァーの注釈本の注釈部分を読んで注釈をつけるという風変わりな内容だった。阿部知二訳と入れ替えとなる岩波文庫の新訳の準備をしていた時期で、院生を使って予習をしていたのだろう。「クイア」という語が出てくるたびに過剰に反応していた。どれも牧歌的な時代の楽しい思い出である。

書き残したことはたくさんあるし、紙幅の関係で削った内容も多い。それでも、太平洋をめぐって広範囲な素材を扱っているので、ひょっとすると事実関係の錯誤や解釈の間違いがあるかもしれない。指摘していただければ幸いである。また、文中では敬称を略していることをお断りしておきたい。いつもながら、編集者の高梨治氏にはいろいろと面倒をかけてしまった。感謝の言葉を述べておきたい。

小野俊太郎

二〇一八年三月十一日
太平洋の地震と津波が生み出した天災と人災を忘却しないために

◉主な参考文献

※　外国語作品の引用や参照に関しては、翻訳や紙の書籍だけでなく、インターネット・アーカイブズやグーテンベルクのウェブ上のテキスト、さらにデルファイ・シリーズなどの電子書籍にもお世話になった。翻訳は特に明記していない場合は拙訳である。また、ハリウッドなどの外国映画に関しては、日本語字幕ではなく、英語のスクリプトを翻訳している。

阿部知二『火の島――ジャワ・バリ島の記』（中公文庫、一九九二年）
荒このみ『西への衝動――アメリカ風景文化論』（NTT出版、一九九六年）
新井満『サンセット・ビーチ・ホテル』（文藝春秋、一九八八年）
荒俣宏『荒俣宏の裏・世界遺産1 水木しげる、最奥のニューギニア探険』（角川文庫、二〇〇八年）
有吉佐和子『女二人のニューギニア』（朝日新聞社、一九六九年）
池澤夏樹『ハワイイ紀行【完全版】』（新潮文庫、二〇〇〇年）
池田節雄『タヒチ―謎の楽園の歴史と文化』（彩流社、二〇〇五年）
石川栄吉『南太平洋物語――キャプテン・クックは何を見たか』（力富書房、一九八四年）

石川栄吉『日本人のオセアニア発見』（平凡社、一九九二年）
今福龍太『増補版・クレオール主義』（ちくま学芸文庫、二〇〇三年）
岩尾龍太郎『江戸時代のロビンソン―七つの漂流譚』（新潮文庫、二〇〇九年）
宇佐美昇三『笠戸丸から見た日本――したたかに生きた船の物語』（海文堂出版、二〇〇七年）
大井浩二『フロンティアのゆくえ――世紀末アメリカの危機と想像』（開文社、一九八五年）
大井浩二『米比戦争と共和主義の運命――トウェインとローズヴェルトと《シーザーの亡霊》』（彩流社、二〇一七年）
岡谷公二『南の精神誌』（新潮社、二〇〇〇年）
岡谷公二『絵画のなかの熱帯』（平凡社、二〇〇五年）
垣根涼介『ワイルド・ソウル』（新潮文庫、二〇〇九年）
垣根涼介『真夏の島に咲く花は』（中公文庫、二〇一七年）
桂千穂『にっぽん脚本家クロニクル』（ワールドマガジン社、一九九六年）
北杜夫『南太平洋ひるね旅』（新潮文庫、一九七三年）
北杜夫『輝ける碧き空の下で』（新潮社、一九八二年）
北杜夫『マンボウ夢遊郷――中南米を行く』（文春文庫、一九八四年）
北杜夫『輝ける碧き空の下で（第二部）』（新潮社、一九八六年）
小林信彦『小説世界のロビンソン』（新潮社、一九八九年）

佐藤忠男『長谷川伸論――義理人情とはなにか』（岩波現代文庫、二〇〇四年）
塩田光喜『太平洋文明航海記――キャプテン・クックから米中の制海権をめぐる争いまで』（明石書店、二〇一四年）
下河辺美知子編著『モンロー・ドクトリンの半球分割――トランスナショナル時代の地政学』（彩流社、二〇一六年）
末延芳晴『永井荷風の見たあめりか』（中央公論社、一九九七年）
杉本淑彦『文明の帝国――ジュール・ヴェルヌとフランス帝国主義文化』（山川出版社、一九九五年）
菅啓次郎『斜線の旅』（インスクリプト、二〇一〇年）
大地真介『フォークナーのヨクナパトーファ小説―人種・階級・ジェンダーの境界のゆらぎ』（彩流社、二〇一七年）
巽孝之『『白鯨』アメリカン・スタディーズ』（みすず書房、二〇〇五年）
丹治愛『神を殺した男――ダーウィン革命と世紀末』（講談社選書メチエ、一九九四年）
中島敦『中島敦全集第1巻』（筑摩書房、一九七六年）
中島敦『南洋通信』（中公文庫、二〇〇一年）
畑中幸子『南太平洋の環礁にて』（岩波新書、一九六七年）
畑中幸子『ニューギニア高地社会――チンブー人よ、いずこへ』（中公文庫、一九八二年）
羽田正『興亡の世界史――東インド会社とアジアの海』（講談社学術文庫、二〇一七年）

坂東眞砂子『南洋の島語り――タヒチからの手紙』（毎日新聞社、二〇〇六年）
本多勝一『極限の民族――カナダ・エスキモー、ニューギニア高地人、アラビア遊牧民』（朝日新聞社、一九六七年）
正木恒夫『植民地幻想――イギリス文学と非ヨーロッパ』（みすず書房、一九九五年）
益田晴恵「地球深部の窓――有馬温泉」『温泉科学』61号（二〇一一年）
港千尋『太平洋の迷宮――キャプテン・クックの冒険』（リブロポート、一九八八年）
村上龍『悲しき熱帯』（角川文庫、一九八四年）
村上龍『ラッフルズホテル』（集英社、一九八九年）
村上龍・野沢尚『シナリオラッフルズホテル』（集英社文庫、一九八九年）
森瀬繚『ゲームシナリオのためのクトゥルー神話事典』（SBクリエイティブ、二〇一三年）
森村桂『天国にいちばん近い島』（角川文庫、一九九四年）
矢口祐人『ハワイの歴史と文化――悲劇と誇りのモザイクの中で』（中公新書、二〇〇二年）
山田廸生『船にみる日本人移民史――笠戸丸からクルーズ客船へ』（中公新書、一九九八年）
山中速人『ハワイ』（岩波新書、一九九三年）
横溝正史『人面瘡』（角川文庫、一九九六年）
横溝正史『髑髏検校』（角川文庫、二〇〇八年）

＊

アレックス・アーバイン『パシフィック・リム』富永和子訳（角川文庫、二〇一三年）
ハモンド・イネス『キャプテン・クック最後の航海』池央耿訳（創元推理文庫、一九八六年）
オーエン・ウィスター『ヴァージニアン』平石貴樹訳（松柏社、二〇〇七年）
ジュール・ヴェルヌ『海底二万里』江口清訳（集英社文庫、一九九三年）
ジュール・ヴェルヌ『二年間のバカンス――十五少年漂流記』横塚光雄訳（集英社文庫、一九九三年）
アルバート・ウェント『自由の樹のオオコウモリ――アルバート・ウェント作品集』河野至恩訳（日本経済新聞社、二〇〇六年）
エドガー・ウォーレス他『キング・コング』石上三登志訳（創元推理文庫、二〇〇五年）
E・V・カニンガム『復讐するサマンサ』永来重明訳（ハヤカワ・ポケット・ミステリー、一九六八年）
マイク・コーガン『ブラック・レイン』酒井昭伸訳（新潮文庫、一九八九年）
ウィリアム・ゴールディング『蠅の王』平井正穂訳（集英社文庫、二〇〇九年）
バートランド・ゴールドシュミット『回想アトミックコンプレックス　核をめぐる国際謀略』一本松幹雄訳（電力新報社、一九八四年）
ジョゼフ・コンラッド『闇の奥』栗原敏行訳（光文社古典新訳文庫、二〇〇九年）
マーシャル・サーリンズ『歴史の島々』山本真鳥訳（法政大学出版局、一九九三年）
ジョナサン・スウィフト『ガリバー旅行記』山田蘭訳（角川文庫、二〇一一年）
ロバート・ルイス・スティーヴンソン他『難破船』駒月雅子訳（ハヤカワ・ポケット・ミステリ、二〇〇五年）

ロバート・ルイス・スティーヴンソン『ポケットマスターピース08 スティーヴンソン』辻原登編（集英社文庫、二〇一六年）
ルシオ・デ・ソウザ、岡美穂子『大航海時代の日本人奴隷』（中公叢書、二〇一七年）
ロデリック・ソープ『ダイ・ハード』黒丸尚訳（新潮文庫、一九八八年）
チャールズ・ダーウィン『新訳　ビーグル号航海記』荒俣宏訳（平凡社、二〇一三年）
ゼームズ（ジェームズ）・チャーチワード『南洋諸島の古代文化』仲木貞一訳（岡倉書房、一九四二年）
ツイアビ（エーリッヒ・ショイルマン）『パパラギ――はじめて文明を見た南海の酋長ツイアビの演説集』岡崎照夫訳（立風書房、一九八二年）
アーサー・コナン・ドイル『失われた世界』伏見威蕃訳（光文社古典新訳文庫、二〇一六年）
L・スプレーグ・ド・キャンプ（ディ・キャンプ）『幻想大陸』小泉源太郎訳（大陸書房、一九七四年）
エペリ・ハウオファ『おしりに口づけを』村上清敏・山本卓訳（岩波書店、二〇〇六年）
エドガー・ライス・バローズ『時間に忘れられた国』厚木淳訳（創元SF文庫、一九九三年）
ピガフェッタ『マゼラン最初の世界一周航海――ピガフェッタ「最初の世界周航」・トランシルヴァーノ「モルッカ諸島遠征調書」』長南実訳（岩波文庫、二〇一一年）
エドガー・アラン・ポー『大渦巻への落下・灯台』巽孝之訳（新潮文庫、二〇一五年）
エドガー・アラン・ポー『ポケットマスターピース09　E・A・ポー』鴻巣友季子・桜庭一樹編（集英社文庫、二〇一六年）

アリステア・マクリーン『キャプテン・クックの航海』越智道雄訳（早川書房、一九八二年）
マサオ・ミヨシ『我ら見しままに――万延元年遣米使節の旅路』飯野正子訳（平凡社、一九八四年）
ジャイルズ・ミルトン『さむらいウィリアム――三浦按針の生きた時代』築地誠子訳（原書房、二〇〇五年）
ハーマン・メルヴィル『白鯨（上・中・下）』阿部知二訳（岩波文庫、一九五六―七年）
サマセット・モーム『月と六ペンス』行方昭夫訳（岩波文庫、二〇一〇年）
H・P・ラブクラフト『暗黒の秘儀――コズミック・ホラーの全貌』仁賀克雄訳（ソノラマ文庫、一九八五年）
クロード・レヴィ＝ストロース『悲しき熱帯』川田順造訳（中央公論社、一九七七年）
ティム・レボン他『キングコング 髑髏島の巨神』有澤真庭訳（竹書房文庫、二〇一七年）

＊

Chinua Achebe, *Hopes and Impediments: Selected Essays* (Doubleday , 1989)
Gillian Beer, *Open Fields:Science in Cultural Encounter* (Oxofrd UP, 1996)［邦題『未知へのフィールドワーク』］
Edgar Rice Burroughs, *Tarzan and the Foreign Legion* (Ballantine Books, 1977)
David S. Cohen, *Pacific Rim: Man, Machines & Monsters* (Insight Editions, 2013)
Lisa Hopkins, *Giants of the Past: Popular Fictions and the Idea of Evolution* (Bucknell UP, 2004)
Maurice Johnson, Muneharu Kitakagi, Philip Williams, “Japan’s Contributions to Gulliver’s Travels” in *Hikaku Bungaku Journal of Comparative Literature*, Volume 20 (1977)

Richard A. Lupoff, *Master of Adventure: The Worlds of Edgar Rice Burroughs* (University of Nebraska Press, 2005)

Charles P. Mitchell, *The Complete H.P. Lovecraft Filmography* (Greenwood Press, 2001)

Gananath Obeyesekere, *The Apotheosis of Captain Cook: European Mythmaking in the Pacific* (Princeton UP, 1992)

Gananath Obeyesekere, *Cannibal Talk: The Man-Eating Myth and Human Sacrifice in the South Seas* (University of California Press,2005)

John Peck, *Maritime Fiction: Sailors and the Sea in British and American Novels*, 1719-1917 (Palgrave, 2001)

Gene D. Phillips, *Conrad and Cinema: The Art of Adaptation* (Peter Land, 1997)

Theodore Roosevelt, *An Autobiography* (Macmillan, 1913)

H. De Vere Stacpoole, *The Blue Lagoon: A Romance* (Duffield, 1910)

Peter J. Stoett, *The International Politics of Whaling* (University of British Columbia Press, 1997)

Robert Lloyd Webb, *On the Northwest: Commercial Whaling in the Pacific Northwest, 1790-1967* (University of British Columbia Press, 1988)

Simon Winchester, *Pacific: The Ocean of the Future* (William Collins, 2015)

【著者】
小野俊太郎
…おの・しゅんたろう…

1959年、札幌生まれ。

東京都立大学卒業後、成城大学大学院博士課程中途退学。

文芸・文化評論家、成蹊大学、青山学院大学などで教鞭もとる。

主著
『新ゴジラ論』

『ゴジラの精神史』

『ウルトラQの精神史』

『スター・ウォーズの精神史』

『フランケンシュタインの精神史―シェリーから『屍者の帝国』へ』

『ドラキュラの精神史』

『本当はエロいシェイクスピア』

『『ギャツビー』がグレートな理由』(ともに彩流社)、

『モスラの精神史』(講談社現代新書)、

『大魔神の精神史』(角川 one テーマ 21 新書)、

『〈男らしさ〉の神話―変貌する「ハードボイルド」』(講談社選書メチエ)、

『社会が惚れた男たち―日本ハードボイルド 40 年の軌跡』(河出書房新社)、

『日経小説で読む戦後日本』(ちくま新書)、

『『東京物語』と日本人』(松柏社)、

『明治百年―もうひとつの 1968』(青草書房)、

『未来を覗く H.G. ウェルズ―ディストピアの現代はいつ始まったか』(勉誠出版)、

『「里山」を宮崎駿で読み直す―森と人は共生できるのか』(春秋社)

他多数。

Sairyusha

太平洋《たいへいよう》の精神史《せいしんし》

ガリヴァーから『パシフィック・リム』へ

2018年4月16日　第1刷発行

【著者】
小野俊太郎

発行者　竹内淳夫

発行所　株式会社 **彩流社**

〒102-0071　東京都千代田区富士見2-2-2

電話 03 (3234) 5931（代表）FAX　03 (3234) 5932

http://www.sairyusha.co.jp

E-mail: sairyusha@sairyusha.co.jp

装丁　長澤均＋池田ひかる (papier collé)
地図　大橋昭一
印刷　明和印刷(株)
製本　(株)難波製本

定価はカバーに表示してあります。
落丁本・乱丁本はお取替えいたします。
ISBN978-4-7791-2452-5　C0090